R. T. Acron

Ocean City

Im Versteck des Rebellen

R. T. Acron sind Frank Maria Reifenberg und Christian Tielmann, zwei renommierte Kinder- und Jugendbuchautoren.
Frank Maria Reifenberg, 1962 geboren, ist gelernter Buchhändler. Er ist heute freier Autor und verfasst vorwiegend Kinder- und Jugendbücher sowie Drehbücher für Film und Fernsehen.
Christian Tielmann wurde 1971 in Wuppertal geboren. Er studierte Philosophie und Deutsch in Freiburg und Hamburg. Heute lebt er als freier Autor in Detmold.

R. T. Acron

OCEAN CITY

IM VERSTECK DES REBELLEN

dtv

Ausführliche Informationen über unsere Autoren und Bücher
www.dtv.de

Von R. T. Acron ist bei dtv junior außerdem lieferbar:
Ocean City – Jede Sekunde zählt (Band 1)
Ocean City – Stunde der Wahrheit (Band 3)
Kronox – Vom Feind gesteuert

MIX
Papier aus verantwortungsvollen Quellen
FSC
www.fsc.org
FSC® C019821

Ungekürzte Ausgabe
2020 dtv Verlagsgesellschaft mbH & Co. KG, München

Umschlagbild und -gestaltung: Max Meinzold
Gesetzt aus der Sorbonne BQ 11/15·
Satz: Fotosatz Amann, Memmingen
Druck und Bindung: Druckerei C.H.Beck, Nördlingen
Gedruckt auf säurefreiem, chlorfrei gebleichtem Papier
Printed in Germany · ISBN 978-3-423-71873-8

1

Zurück. Das war Jacksons einziger Gedanke. Ein Gedanke so groß, dass er ihm den kühlen Blick auf alles andere verstellte. Ein Gedanke, der ihm die Luft zum Atmen nahm. Das altersschwache Boot stampfte durch die graue See, der Dunkelheit entgegen, raus aus dem künstlichen Licht der City, weg von den Hafenanlagen. Fjodor steuerte die nach Fisch stinkende Kiste geradewegs in die Richtung, in der sie das Festland vermuteten.

»Wir müssen zurück!«, keuchte Jackson.

Sein Freund Crockie stand neben ihm an der Reling. Er war sichtlich bemüht, seinen Magen und seine Nerven unter Kontrolle zu halten. Der Kahn schwankte in den Wellen des Ozeans. Crockie schüttelte den Kopf, auf dem die ersten Haarstoppeln wieder sprießten, nachdem die Abteilung Z ihm im Gefängnis den Schädel rasiert hatte. »Red keinen Mist, Jackson. Wir sind ihnen gerade noch entkommen. Es gibt kein Zurück. Entweder wir schaffen es bis zu der verdammten Küste oder ...« Das *oder* wollte er sich wohl lieber nicht ausmalen.

Crockie kramte in einer Box im Heck des Bootes. Sie stand neben unordentlich hingeworfenen Netzen und ein paar Hummerkörben, die sich dort stapelten. Schwimmwesten kamen zum Vorschein. Drei Stück. Für sieben Personen. Außerdem leuchteten die Westen in einem schreienden Orange, weithin sichtbar. Sichtbarkeit war im Augenblick das Letzte, was sie brauchten.

Crockie knallte den Deckel der Kiste zu. »Wenn ich jemals wieder ein normales Leben haben sollte, lerne ich schwimmen«, knurrte er.

Die Mädchen und Jimmy hatten sich sofort unter Deck in die winzige Kajüte verzogen, um zu überprüfen, ob alles an Bord war, was sie für teure Minuten und Stunden bei dem Eigentümer des Schiffs gekauft hatten. Grischa stand in der Bugspitze und hielt Ausschau. Immer wenn eine hohe Welle heranrollte, gab er Fjodor ein Zeichen, der daraufhin den Motor drosselte.

Jackson packte Crockie an den Schultern. »Wir müssen zurück, Crockie«, wiederholte er. »Zurück!«

Die Lichter der Hochhäuser von Ocean City, die gelbliche Beleuchtung der Hafenanlage der schwimmenden Millionenstadt, entfernten sich immer weiter. Der altersschwache Kahn legte ein beachtliches Tempo vor und schlingerte dabei bedenklich durch die Wellenkämme.

»Er hat sie, Crockie, verdammt noch mal, er hat sie!«

»Wer hat was?« Crockie wand sich aus Jacksons Griff. »Willst du mir die Schulter auskugeln?«

»Kilroy. Rufus. Er hat sie.« Die Panik in Jackson wuchs. Sie überflutete ihn in Wellen, die schlimmer als dieses grauschwarze Wogen vorm Bug des Bootes waren. Es war ihm egal, wie wirr er sich anhörte. Beim Anblick seiner kleinen Schwester an der Hand dieses alten Mannes hatte sich sämtliche Vernunft von ihm verabschiedet.

Jackson hatte sie gesehen. Er hatte genau gesehen, wie der alte Mann Jacksons Schwester Celine festgehalten und zu ihm herübergegrinst hatte. Es bestand kein Zweifel: Es war Rufus Gainsbourgh gewesen. Der Mann, dem Jackson vertraut hatte. Der Mann, der Jackson und Crockie mal einen Hubackle zugesteckt, mal mit einer alten Speicherplatte und ziemlich oft mit einem guten Rat ausgeholfen hatte. Wie ein Großvater war er für Jackson gewesen, obwohl er das nie ausgesprochen hatte. Warum gab er sich als Clarence Kilroy, dem angeblich dieser Kutter gehörte, aus? Warum überließ er ihnen, den gesuchten Rebellen vom Kommando Matt Fuller, das Boot? Aber viel wichtiger als alle anderen Fragen war: Was machte seine kleine Schwester an der Hand dieses Mannes?

Jackson wusste nicht, was für ein Spiel Rufus Gainsbourgh trieb. Eines wusste er jedoch sicher: Celine sollte keine Figur in diesem Spiel sein. Sie mussten umkehren, Celine sofort befreien und dann mit ihr fliehen.

»Er hat Celine.« Jackson raufte sich die Haare. »Wir müssen umdrehen.«

Crockie starrte ihn entgeistert an. »Was redest du für ein Zeug? Bist du irre? Wieso Rufus?«

Das Boot sackte in ein Wellental. Crockie verlor das Gleichgewicht, rutschte aus und kippte rückwärts gegen die Kiste mit den Schwimmwesten. »Verdammt!«, schrie er.

Jackson lief zum Führerstand des Bootes und riss die Tür auf. Fjodor lachte. »Kannste nicht anklopfen? – Ganz schön fette Wellen, quer übern Ozean wollte ich mit dem Ding nicht schippern.«

Jackson griff ins Ruder. Aus dem Augenwinkel nahm er Grischas Fuchteln mit den Armen wahr, aber das Boot legte sich quer.

»Finger weg«, fauchte Fjodor.

»Wir drehen um!«, rief Jackson. Er schob Fjodor weg, packte sich das Ruder und warf es herum. Das Boot legte sich bedenklich auf die Seite. Wassermassen überspülten das Deck. Crockie musste sich festhalten, damit er nicht über Bord ging.

»Scheiße, drehst du jetzt völlig durch, Jackson?«, schrie Crockie. Er kam in die Kabine gestürzt und packte Jackson an der linken Schulter. Im selben Moment legte sich Fjodors schwere Hand auf Jacksons rechte Schulter. Jackson krallte sich am Steuer fest. Die beiden waren stärker. Sie zerrten ihn los. Fjodor schubste Jackson aus dem Führerstand, übernahm wieder das Steuer und brachte das Boot zurück auf Kurs.

Crockie hielt Jackson fest. »Was soll der Mist? Rufus hat Celine? So ein Quatsch. Wir haben einen Plan, kapiert? Und an den halten wir uns, wir können nicht zurück.«

»Ohne mich!«

Jackson stürzte zum Heck, riss die Kiste mit den Schwimmwesten auf und warf eine in das Kielwasser des Bootes. Er kletterte auf die Kiste, bereit zum Sprung, aber Crockie packte ihn am Arm.

»Hör auf, du bist wahnsinnig. Das schaffst nicht einmal du.«

Jackson versuchte, sich loszureißen, aber Crockie hing an ihm wie eine Klette. Das Boot sackte wieder in ein Wellental, sie verloren beide das Gleichgewicht. Crockie knallte vornüber gegen die schmale Reling. Ein Schmerzensschrei übertönte das Rauschen der Wellen. Crockie sackte in sich zusammen und schwankte. Jackson versuchte, ihn am Arm zu packen.

Er spürte, wie ihm der Stoff der Jacke durch die Finger glitt. Er konnte ihn nicht halten. »Vorsicht, Crockie«, schrie er noch, aber es war zu spät. Crockie rutschte über die Reling.

Durch Jacksons Gehirnwindungen raste ein Bild: wie die Leute der Abteilung Z Crockie vor wenigen Wochen angeschossen hatten und sein Freund in den Kanal gestürzt war. Einen Herzschlag zu lang hatte Jackson gewartet, nicht zugegriffen, war nicht hinterhergesprungen. »Crockie war tot«, hatten die anderen gesagt, »du konntest ihm nicht helfen!« Aber Crockie war nicht tot gewesen. Er hatte die Sache überlebt. Jackson machte sich trotzdem Vorwürfe, dass er versagt hatte.

Die Erinnerung gab Jackson eine solche Kraft, dass seine Hand sich wie ein Schraubstock um Crockies Handgelenk legte. Ich lasse ihn nicht los, nein, eher gehe ich mit ihm über Bord. Ein stechender Schmerz ließ ihn zusammenfahren. Das zeitgleiche Krachen klang nicht gut. Nicht Crockies, sondern seine eigene Schulter war ausgekugelt.

»JACKSON!«, gellte wie aus weiter Ferne Crockies Schrei.

Jackson sah, wie Crockies Füße im Wasser schleiften. Die Füße, nun schon die Knie. Jacksons Hand klammerte sich an Crockies Handgelenk und Crockies an seines. Der Schmerz in der Schulter war unerträglich, aber Jackson wusste, dass ein anderer Schmerz ihn nie mehr im ganzen Leben verlassen würde, wenn er jetzt losließ. Er stemmte die Füße gegen die Reling und schaffte es, mit der zweiten Hand Crockies Kragen zu packen. Jemand schrie etwas in Jacksons Ohr, drei, vier weitere Arme griffen nach Crockie.

»Wir haben ihn!«

Chaos, Schreie, etwas raste auf Jacksons Gesicht zu, eine Faust. Wohlige Schwärze breitete sich um Jackson aus.

Jackson schmeckte Blut. Schmerz pochte in seiner Nase. Jemand hatte ihn geschlagen, ihm wahrscheinlich die Nase gebrochen.

Jackson wollte aufstehen. Es ging nicht. Ein unbändiger Schmerz in der Schulter warf ihn zurück in das muffige Kissen. Er lag auf einem der schmalen Betten in der Kajüte. Um ihn herum war es dunkel.

»Hey, jetzt übertreibt ihr's aber, Jungs«, hörte er draußen eine Stimme. Das war Lou.

»Ich wollte ihn nicht umhauen«, grummelte Grischa. »In dem Gemenge …«

»Ist schon gut«, sagte Lou. »Hauptsache, es ist niemand zu Schaden gekommen.«

Seine Nase, seine Schulter, eigentlich sein ganzer Körper fühlte sich ziemlich nach *Schaden* an.

»Er bringt uns alle in Gefahr.« Scouts scharfe Worte ließen keinen Zweifel daran, was sie von Lous Versuch hielt, die anderen zu beruhigen. Sie war von Anfang an nicht davon überzeugt gewesen, dass Jackson eine Hilfe für die Gruppe darstellte. Bei Crockie hatte Scout sich ganz anders verhalten. Kratzbürstig war sie zu allen, aber bei Crockie schimmerte immer noch etwas anderes durch.

Lou nahm Jackson in Schutz. »Jackson hat die Nerven verloren, aber das kann passieren.«

»Das darf nicht passieren«, gab Jimmy zurück. »Wir stehen immer noch am Anfang der Mission. Wenn er wieder durchdreht, kostet uns das vielleicht alle Kopf und Kragen.«

Jackson hasste den herablassenden Ton von James O'Reilly, der von allen nur Jimmy genannt wurde. Klar, er war der Älteste von ihnen. Er hatte der mächtigsten Frau von Ocean City als persönlicher Assistent gedient, und vor allem verfügte er alleine über die Informationen, die sie brauchten, um diesen Matt Fuller auf dem Festland zu finden. Alle anderen sollten nur das wissen, was unbedingt nötig war. Wenn einer von ihnen in die Hände der Abteilung Z fiel, konnte er die Mission nicht gefährden. Crockie hatte erlebt, was es bedeutete, von diesen Leuten befragt zu werden. Nach allem, was Jackson von Crockie erfahren hatte, schreckten die noch nicht mal vor Folter zurück.

»Hey!«, machte Jackson sich bemerkbar.

Die Luke über den Holztritten, die hinauf aufs Deck führten, quietschte und schlug zurück auf die Planken. Schritte trappelten herab.

»Von den Toten auferstanden«, versuchte Crockie einen Scherz.

Jackson konnte nicht grinsen. Jede Regung seiner Gesichtsmuskeln rächte sich mit einem stechenden Schmerz aus der Gegend, wo seine Nase einmal hervorgestanden hatte. Es fühlte sich an, als sei sie jetzt ein breiiger Fleck.

Lou, Scout und Jimmy folgten Crockie in den engen Raum, der schon zwei Personen kaum genug Platz bot. Für einen kurzen Moment konnte er einen Blick auf den tiefschwarzen, von Sternen durchlöcherten Himmel werfen. Das Rauschen der Wellen wurde lauter und übertönte das pulsierende Geräusch in seinem Schädel. Dann schlug die Luke zu. Kurz war es stockfinster, bis Jimmy eine Lampe aufleuchten ließ.

Jackson machte einen erneuten Versuch, sich aufzustützen, aber die Schulter wollte ihm nicht gehorchen.

»Ausgekugelt«, stellte Scout kalt fest.

Bevor Jackson sich wehren konnte, hatte sie seinen Arm gepackt, ihm einen Fuß auf den Brustkorb gesetzt und einmal heftig gezogen. Die Profilsohle auf Jacksons Brust drückte ihm die Lunge ein, ein erneuter blitzartiger Schmerz durchfuhr ihn, über seine Lippen kam aber nur ein »Pffft …« und dann ein Wimmern.

»Gern geschehen«, sagte Scout.

Jackson kreiste mit der linken Schulter, dann mit der rechten. Angenehm war das nicht, aber es reichte, um sich aufzusetzen.

Lou schüttelte den Kopf. Ihr Blick war traurig. Kein Vorwurf, kein Ärger lag darin. »Jackson, was ist los mit dir? Du bringst uns alle in Gefahr! Das muss dir doch klar sein.«

Jackson sah an Lou vorbei. Sein bester Freund Crockie stand da, schaute ihn aus den schwarzen, ein wenig mandelförmigen Augen an. Jackson konnte nicht erkennen, was in Crockie vorging. Seit Crockies Verhaftung hatte sich so viel verändert, nicht nur die langen Haare hatten sie ihm in der Haft abgeschnitten. Als zitterndes Häufchen Elend hatten Jackson und Lou ihn befreit. Zitternd, aber ganz schön zäh, wie sich gezeigt hatte.

»Tut mir leid, Crockie«, flüsterte er.

»Vergiss es«, antwortete Crockie mit einer wegwerfenden Handbewegung. »Mir qualmten die Socken. Die kleine Abkühlung war gut«, versuchte er zu scherzen.

»Es war Rufus«, sagte Jackson leise. »Rufus Gainsbourgh stand am Ufer. Mit Celine.«

Jackson erzählte ihnen in allen Details, was er gesehen hatte. Von dem Typen, der sich als Clarence Kilroy ausgegeben hatte. Wie er den Regenhut abgezogen hatte und dann eine Perücke. Jackson hatte ihn erkannt. Rufus. Ohne jeden Zweifel.

Crockie schüttelte den Kopf. »Ausgeschlossen, Jackson. Du musst dich verguckt haben. Es war dunkel, nur die Funzel am Kai. Es kann nicht sein.«

»Das macht keinen Sinn. Er hat euch doch immer geholfen. Warum sollte Rufus das tun?«, sagte Lou.

»Das weiß ich nicht. Deshalb müssen wir …«, Jackson zögerte einen Augenblick, »… muss *ich* zurück. Ihr könnt mich für bescheuert halten, aber meine kleine Schwester erkenne ich noch. Er hat sie an der Hand gehalten.«

»Hier geht keiner zurück«, sagte Jimmy. »Jedenfalls keiner alleine. Und im Übrigen: Keiner von uns kann zurück. Das weißt du selbst.«

Jimmy reckte den Arm und zog den Ärmel zurück. Sein Decoder kam zum Vorschein. Er fummelte den Verschluss auf und hielt Jackson das Handgelenk hin. Unter der Haut zeichnete sich der Chip ab, der aus einem Menschen einen Teilhaber und Bewohner von Ocean City machte.

»Unsere Identitäten sind verbrannt, verstehst du das? Ich könnte mir das Ding auch aus dem Fleisch pulen. Es gibt kein Zurück mehr, jedenfalls nicht, bis wir Matt Fuller gefunden haben. Er hat die technischen Möglichkeiten, diese verdammten Dinger zu bauen, und zwar so, dass man damit Lydia Tremont und ihre ganze Zentralbank mitsamt der Abteilung Z zum Teufel jagen kann. Wenn du deine Eltern und deine Schwester jemals wiedersehen willst, halte dich an unseren Plan. Tu, was dir gesagt wird. Du gefährdest mit deinem Verhalten die ganze Gruppe. Ist dir das klar? Du hast gerade fast deinen besten Freund über Bord gehen lassen.«

»Hör auf«, ging Crockie dazwischen. »Es war ein Blackout. Er hat mich gehalten, sonst wäre ich Fischfutter geworden.«

Jackson war dankbar, dass sein Freund hinter ihm stand. Er wusste natürlich, dass Jimmy recht hatte. Er ließ den Kopf hängen. Celine war in der Hand eines Mannes, der anscheinend verrückt war. Und was tat Jackson? Er schipperte mit einem Rebellenkommando weg von der City, Richtung Festland. Ohne Celine.

Crockie setzte sich neben Jackson auf die Bettkante. »Jackson, wir haben im Moment keine andere Möglichkeit, als die Sache wie geplant durchzuziehen. Wenn es stimmt, was du sagst –«

»Ich *habe* sie gesehen!«

»Das will ich gar nicht bestreiten. Wenn dieser Kilroy Rufus ist, müssen wir herausfinden, was los ist. Irgendwer spielt uns hier einen gewaltigen Streich.«

»Einen Streich?«, fragte Scout. »Sieht alles nicht nach einem Spaß aus.«

»Müssen wir dich hier unten festketten? Oder können wir dir vertrauen?« Lou fixierte Jacksons Blick.

Klein, drahtig und sportlich hockte sie neben ihm. Die Haare hielt ein schlichtes Gummiband, im linken Ohr trug sie einen Ohrschmuck mit einer Feder, der sanft hin und her schaukelte.

»Natürlich könnt ihr das.«

Plötzlich schlug die Luke auf. Grischa stand oben. »Eine Patrouille, zwei Schnellboote.«

2

»Können die unseren Kahn ausmachen?«, fragte Scout.

»Unser Störsender gegen die Radarortung läuft einwandfrei, aber wenn sie auf Sichtweite kommen …« Grischa zuckte die Achseln.

Jackson sah sie. Es waren zwei Schnellboote, die nördlichen und nordöstlichen Kurs nahmen. Große Suchscheinwerfer strichen über die Wasseroberfläche.

»Wenn sie die Dinger nach Westen schwenken, haben sie uns«, flüsterte Scout.

»Glaube ich nicht, so weit reichen die Strahlen nicht.« Crockie stand mit einem Fernglas direkt hinter Scout und visierte die Patrouillenboote an.

Fjodor änderte den Kurs. »Wir schlagen einen Haken und weichen ihnen aus«, murmelte er.

Jackson ließ den Kopf hängen. Die Lichter von Ocean City wurden schwächer und schwächer und verschwanden bald wie ein sanftes Glimmen im Meer. Wenn ihm trotz des Versprechens, das er Lou gegeben hatte, noch ein Rest Hoffnung geblieben war, verflüchtigte sich dieser nun. Schwimmend würde er es nicht mehr schaffen, bei diesem Wellengang, ohne einen Orientierungspunkt, im Dunkeln. Ausgeschlossen. Seine Hoffnung lag jetzt in der entgegengesetzten Richtung, auf dem Kontinent. Und sie hatte einen Namen: Matt Fuller.

Der Rebell sollte ihnen helfen, seine und Crockies Familien aus der Gewalt von Lydia Tremont und ihren Leuten zu befreien. Er hatte die technischen Mittel, um die kleinen elektronischen Chips zu fälschen, die in der City aus einem Menschen einen Teilhaber machten, ihm mit dem dazugehörigen Decoder eine Identität verschafften. Laut Jimmys Aussage hatte Matt Fuller sogar die nötigen Kontakte, um das gesamte System der City aus den Angeln zu heben, um es neuer, freier und gerechter wiederaufzubauen.

Matt Fuller holen und ihn den Rest erledigen lassen. Das war ihr Plan, auf den steuerte das kleine, stinkende Boot zu.

Jackson spürte, wie seine Nase anschwoll. Der Schlag hatte Wumms gehabt. Er bekam nur noch durch das linke Loch Luft.

Nachdem Fjodor den Kurs geändert hatte, entfernten sie sich weiter von den Patrouillenbooten. Anscheinend suchten sie gar nicht nach diesem Schrottkahn.

Sie saßen zusammengekauert und in alte Decken gehüllt im Heck des Bootes. Nur Fjodor hielt am Steuer durch. Crockie hatte Wasser erhitzt. Jeder hielt nun einen Becher mit heißem Tee in den Händen, der zwar muffig schmeckte, aber immerhin wärmte.

»Wie kommen wir eigentlich durch den äußeren Ring?«, fragte Jackson nach einer Weile und schaute in die Runde.

»Wir haben einen Passierschein«, sagte Jimmy.

»Einen Passierschein?«, fragte Jackson.

Jimmy nickte. »Der Passierschein gehörte zu dem Deal mit Clarence Kilroy. Ohne den Lappen wäre das Boot nichts wert gewesen.«

Jackson biss sich auf die Lippen. Er verkniff sich den Kommentar. Er bewahrte Ruhe. Er hatte es Lou versprochen. Und er hoffte, dass er sich doch geirrt hatte. Wenn dieser Bootseigentümer, dieser Kilroy, und Rufus Gainsbourgh ein und dieselbe Person waren, dann wollte er nicht wissen, was passierte, wenn sie den *Lappen* bei einer Kontrolle vorlegten. Es musste doch längst eine riesige Fahndung nach ihnen geben. Nach allem, was sie sich geleistet hatten, war davon auszugehen, dass die Sicherheitsdienste ihnen auch eine Flucht über das Meer zutrauten.

»Ihr glaubt also wirklich, dass die einen alten Fischkutter mit sieben gesuchten Leuten darauf durchlassen, einfach so? Nur weil sie einen *Lappen* dabeihaben?«, fragte Crockie.

Jimmy lächelte. »Ja. Ich habe allerdings ein paar Tricks vorbereitet.«

Lou zeigte in den Himmel vor ihnen. »Ist das da der Leuchtturm auf dem Festland?« Am Horizont huschte ein Licht vorüber.

»Möglich«, murmelte Jimmy. »Ich hätte nicht gedacht, dass wir schon so nah sind.«

Jackson hörte den Zweifel in Jimmys Stimme. Sie steuerten genau auf das Signal zu.

Scout war es, die durch ein Fernglas sah und plötzlich das Kommando gab: »Mist, abdrehen! Schnell, wir müssen abdrehen! Das ist der äußere Ring.«

Fjodor steuerte das Boot in südlicher Richtung von den Lichtern weg, aber schon bald tauchten neue auf. Es wurden mehr und mehr, und je näher sie kamen, desto größer wurden die Bogen, die die starken Scheinwerfer zogen.

»Willkommen im äußeren Ring von Ocean City«, flüsterte Jimmy.

Sie alle sagten kein Wort. Jackson sah Schiffe. Große, hell erleuchtete Fregatten, die mit ihren Suchscheinwerfern das Meer erhellten, allerdings im Moment noch in die andere Richtung, nach draußen.

»Je näher die City einem Kontinent kommt, umso enger zieht sich der äußere Ring zu«, erklärte James O'Reilly flüsternd. »Aber ich hätte nicht gedacht, dass er *so* eng ist, um uns vor den Feinden von außen zu beschützen.«

Die Feinde von außen. Bei diesen Worten schoss Jackson der Schwur durch den Kopf. Wie lange hatte er den mit seiner Schwester Celine geübt? Wie oft hatte er selbst ihn wiederholen müssen? *»Mir ist bewusst und ich habe verstanden, dass nur die Gemeinschaft der City dazu in der Lage ist, mich gegen Feinde von außen und gegen Unrecht im Innern zu schützen.«*

Jeder Bewohner von Ocean City hatte diesen Schwur geleistet. Dabei war die Gemeinschaft zu einem Scheiß in der Lage! Unrecht im Innern – was hatten seine Eltern, was hatte Celine getan? Nichts! Sie wurden unschuldig festgehalten. Feinde von außen? Gab es die überhaupt? Oder diente dieser Ring aus Kriegsschiffen in Wahrheit dazu, die Bewohner der City in Schach zu halten?

»Das Leben auf den Kontinenten ist hart und geprägt von großer Ungerechtigkeit«, so hatten sie es in der Clark Kellington Highschool gelernt. Diesen Satz hatten Jackson, Crockie und einfach alle an der Schule irgendwann in Referaten aufsagen müssen. Machte die ewige Wiederholung eines Satzes diesen Satz wahr? Wer von ihnen war schon einmal außerhalb der City gewesen? Crockie nicht, Lou und Scout garantiert auch nicht und Jackson selbst war nur einmal im Urlaub in einer befreundeten schwimmenden Stadt gewesen, die sich Cheruba Island nannte. Aber auf einem Kontinent? Nie.

Fjodor und Grischa kamen vom Kontinent. Sie redeten nicht gern darüber. Wie auch immer das Leben auf den Kontinenten aussah: Auf einen Kontakt mit den Leuten vom äußeren Ring waren Fjodor und Grischa jedenfalls nicht scharf. Sie ließen die Scheinwerferschiffe nicht aus den Augen.

»Sie schließen den Ring und das da sieht ganz nach einem Boot der Border Control aus«, sagte Fjodor.

Ein eher schmales und nicht sehr großes Motorboot mit den Hoheitszeichen von Ocean City nahm Kurs auf den Kutter. Nicht sehr schnell, aber geradewegs.

»Ein Schnellboot«, knurrte Grischa. »Abhauen könnt ihr knicken.«

»Okay, wir gehen ins Wasser«, sagte Jimmy. »Nur Grischa und Fjodor bleiben an Bord und spielen die harmlosen Fischer, für die der Lappen ausgestellt ist.«

Crockie wurde kreidebleich, hielt aber den Mund.

»Das soll dein Trick sein?«, fragte Jackson. »Crockie kann nicht schwimmen!«

»Macht nichts«, erwiderte Jimmy. »Das muss er auch nicht.«

3

Lydia Tremont tackerte mit ihren Absätzen von links nach rechts in ihrem hoch oben im Tower der Zentralbank von Ocean City gelegenen Büro, machte kehrt und tackerte zurück. Das wiederholte sie seit einer guten Stunde. Hin und her.

Dieser Raum setzte alle Zeichen ihrer Macht ins rechte Licht. Auf dem wuchtigen Schreibtisch aus einem Edelholz, das längst nicht mehr gehandelt werden durfte, thronte das blitzblank glänzende Messingschild. *Generalsekretärin Lydia Tremont* stand darauf, so ausgerichtet, dass es jeder beim Betreten ihrer Machtzentrale sehen konnte. Manchmal ärgerte sie sich, dass in ihrem Titel das Wort Sekretärin enthalten war. Mittlerweile wusste allerdings jeder in Ocean City: Lydia Tremont war der General, nicht die Sekretärin.

An den Wänden präsentierte sie die Urkunden ihrer ebenso blitzblanken Karriere. Sogar das Abschlusszeugnis der Clark Kellington Highschool hing dort: Abschlussnote 1,0 *und* Exzellenz-Prädikat. Das war in der Geschichte von Ocean City selten.

Bei ihrem nächsten Marsch durch das Zimmer knallte sie den Finger auf den Knopf der Gegensprechanlage, ein Reflex, eine Bewegung, die sie tausendmal vollzogen hatte, wenn sie ihren Assistenten in Bewegung setzen wollte. Fast hatte sie den Namen des

Verräters auf den Lippen gehabt. Im letzten Moment verschluckte sie ihn.

Auf James O'Reillys Stuhl saß niemand mehr. Allzu schnell würde sie den Posten auch nicht neu besetzen. So bald würde sie niemandem vertrauen, lieber kümmerte sie sich selbst um ihren Terminkalender und kochte sich auch den Kaffee.

Alles hatte dieser Mistkerl gewusst, alles hatte sie O'Reilly anvertraut. Na ja, fast. Ziemlich viel jedenfalls. Sie wäre niemals auf den Gedanken gekommen, dass der geschniegelte Kerl sie hintergehen würde. Eine glänzende Karriere hatte O'Reilly in Aussicht gehabt. Niemand war mit Mitte 20 so hoch aufgestiegen wie er und nun hockte er irgendwo im Dreck, mit diesen Rotzlöffeln. Halbstarke Jungs und Mädchen, die es geschafft hatten, Lydia Tremont auszutricksen. Eine Bande von Teenagern, dieser Jackson Crowler war nicht einmal 14. Unglaublich!

»Ihr werdet es noch sehen«, knurrte sie. »Eine Schlacht habt ihr vielleicht gewonnen, aber der Krieg beginnt gerade erst.« Sie machte kehrt und legte die nächste Runde zurück.

Wo blieben die Agenten der Abteilung Z? Wenn diese Krise überstanden war, würde sie aufräumen. Überall. Im Zentralbankrat, in der Abteilung Z. »Überall«, schnaufte sie.

Sie machte an einem der bodentiefen Fenster halt und schaute hinaus. Ihre Blicke wanderten über die Skyline der City, die in den letzten 100 Jahren rund um das erste Modul mit dem Turm der Zeitagentur stetig gewachsen war. Kein Mensch hatte bei der Gründung der City damit gerechnet, dass dieses frei auf dem Meer treibende Gebilde eines Tages 15 Millionen Bewohner haben würde.

»Frau Generalsekretärin?«

Lydia Tremont zuckte zusammen, riss den Blick von den Lichtern der Stadt los. »Können Sie nicht anklopfen?«

»Haben wir.« Mechthild Schmidt deutete eine Verbeugung an, eigentlich nur ein Nicken und ein kurzes Wippen auf den Fußballen. Sie trug einen dunkelblauen Hosenanzug, wie immer. Das Ding schien mit ihr verwachsen zu sein. Ihre braunen Haare waren streng nach hinten gekämmt und zu einem Pferdeschwanz festgezurrt, was ihr eine maskenhafte Miene gab.

»Dreimal«, ergänzte ihr Partner Dieter Meier, ein drahtiger Typ in einem ebenfalls dunkelblauen Anzug.

Die Generalsekretärin vergeudete keine Zeit. »Haben Sie diese miesen kleinen Ratten?«, platzte es aus ihr heraus. Sie schnappte nach Luft und merkte selbst, wie viel Wut in jedem dieser Worte lag. Ich muss mich zusammenreißen, dachte sie. Entschlossen, unerbittlich – das sollte sie sein. Aber Gefühle zeigen? Auf keinen Fall.

In Mechthild Schmidts Gesicht zuckte eine Augenbraue, kaum merklich. Hatte sie den Hass in Tremonts Worten gespürt, oder wusste sie schon, was ihr blühte, wenn die Antwort auf die Frage negativ ausfiel?

»Nein«, sagte Meier. »Keine Spur.«

Tremont schnaubte.

»Wirklich gar keine noch so kleine Spur«, ergänzte Schmidt.

»Das ist unmöglich.« Lydia Tremont hatte sich wieder im Griff. »Man kann sich auf Dauer nicht in der City bewegen, ohne an irgendeinem Trafficpoint Spuren zu hinterlassen.«

Es gehörte zur Genialität und Stabilität des Systems von Ocean City, dass nicht mit Geld oder Gold bezahlt wurde, sondern jeder Bewohner der Stadt seinen Konsum in Stunden, Minuten und Sekunden bezahlte. Ein erfreulicher Nebeneffekt dieser Währung war die perfekte Überwachungsmaschinerie der zentralen Zeitagentur. Jeder Bezahlvorgang wurde über den fälschungssicheren

Decoder, den die Bewohner am Handgelenk tragen mussten, an den Trafficpoints ausgeführt. Wer die Subway nutzte, ein Gespräch an einem Teleport führte oder einfach nur einen Algensalat in einer Bar aß, hinterließ Spuren im System der Zeitagentur. Niemand konnte mit einer Tarnkappe durch Ocean City spazieren.

Meier räusperte sich. »Ihr Assistent …«

»Ehemaliger Assistent!«, fuhr Lydia Tremont dazwischen.

»O'Reilly und seine Helfer haben einen Ausbruch aus dem sichersten Trakt unserer Abteilung organisiert, sie sind offensichtlich zu einigem in der Lage«, sagte Meier.

Er blieb dabei ganz ruhig. Das System hatte seit geraumer Zeit Mängel, es war veraltet. Tremont war diejenige, die gezögert hatte, die für die Modernisierung notwendigen Mittel freizugeben.

»Reden wir Klartext«, sagte Mechthild Schmidt.

Lydia Tremont schaute sie an. Die Frau wagte einen schnittigen Ton. Irgendwie gefiel der Generalsekretärin das.

»Alle Abfragen, die wir innerhalb einer so kurzen Zeit durchs System jagen konnten, waren negativ. Es ist nur eine Frage der Zeit, bis einer von ihnen ins Netz geht. Ein Problem ist, dass wir nicht die Identität von allen in der Gruppe kennen. Jackson Crowler, Crockie Fleming und mit großer Wahrscheinlichkeit auch Louise Clermont gehören dazu. Von zwei weiteren jungen Männern und einem Mädchen haben wir vage Beschreibungen, keine Namen, keine Subkutan-ID-Chips – nichts. Wenn sie abgetaucht sind und nicht mehr in der Schule oder an ihren Arbeitsplätzen auftauchen, fallen sie vielleicht irgendwann auf. Aber das kann dauern.«

»Kann dauern. Frage der Zeit.« Lydia Tremonts Hand schlug auf die Tischplatte. »Wir haben keine Zeit. Es darf nicht dauern.«

Die Agentin blieb ruhig. »Richtig. Keine Zeit und keine Leute.

Sie wissen genau, dass alle Sicherheitsorgane der City am Limit arbeiten, wenn wir uns dem Festland nähern.«

Lydia Tremont stöhnte. Für einen Augenblick hatte sie diese Tatsache verdrängt.

Wenn Ocean City sich der westlichen Spitze des Kontinents näherte, mussten alle Segmente der oberen Verwaltung, besonders aber die Strömungstechniker sowie die Ingenieure in den Maschinenparks, unter Hochdruck arbeiten und rund um die Uhr bereitstehen. Und natürlich die Sicherheitsabteilungen. Die City war zu keinem Zeitpunkt so angreifbar. Wenn das riesige Gebilde an den Versorgungsarmen der weit ins Meer ragenden Docks für ein paar Tage vor Anker ging, lagen bei allen die Nerven blank. Dieses Mal würden sie sogar zwei oder drei Wochen brauchen, weil die City endlich den schrottreifen und mit Chemikalien vergifteten Bezirk 404 abmontieren und irgendwo in der Wüste entsorgen wollte. Über ein Jahr hatten die Verhandlungen mit einem der Warlords, der den Bereich rund um den Floating Port kontrollierte, gedauert. Dieser Aristide war ein unberechenbarer Typ. Wenn sie den verpesteten Schrott nicht bald loswurden, würde sich die Erneuerung der Wohngebiete im ehemaligen 404er ewig in die Länge ziehen.

»Nach unserer Meinung ist es kein Zufall, was gerade passiert. Oder besser gesagt: dass es *jetzt* passiert«, sagte Mechthild Schmidt. Sie sagte allerdings nicht, was sie damit meinte. Sie ließ die Worte für ein paar Herzschläge sacken.

Lydia Tremont hielt das Schweigen aus. Sie verstand sofort, was Schmidt nur andeutete. Sie lächelte, setzte sich in den schweren Sessel und streifte ihre unbequemen Schuhe ab. »Natürlich. Sie wollen aufs Festland. Sie hinterlassen keine Spuren in der City, weil sie gar nicht mehr hier sind.«

»Gewissheit gibt es nicht, aber ich …«, sie korrigierte sich, »Meier und ich sind davon überzeugt.«

»Was will die Bande in dieser Monsterstadt auf dem Kontinent? Die ganze Gegend ist vom Bürgerkrieg zerschossen.«

Mechthild Schmidt zuckte mit den Achseln. »Keine Ahnung. Klar ist aber, dass sie so eine Nummer nicht ohne Hilfe durchziehen können. Entweder verfügen sie über eine Menge Zeit auf geheimen Konten oder über ein Netzwerk von Helfern. Oder jemand mit viel Einfluss steckt dahinter.«

Jemand, der an meinem Stuhl sägt, dachte Lydia Tremont. Jemand, der vielleicht sogar O'Reilly aus genau diesem Grund direkt in meiner unmittelbaren Nähe platziert hatte.

»Madam?«, fragte Dieter Meier.

»Nichts. – Ich muss nachdenken. Vergessen Sie die Fahndung in der City. Geben Sie eine Meldung an den Chef der Border Control Agency. Diskret. Ich will nicht, dass das Ausmaß unserer Probleme bekannt wird. Offiziell fahnden wir weiter nach ein paar kriminellen Jugendlichen.«

Die beiden Agenten nickten und verließen das Büro. Lydia Tremont griff zum Teleport. Wenn die Bande es vielleicht schon geschafft hatte, den äußeren Ring zu überwinden, brauchte sie einen Spürhund, einen Terrier, einen richtigen Wadenbeißer, der sich nicht abschütteln ließ. Ihr sehr spezieller Freund war der richtige Mann dafür.

»Euch kriege ich«, murmelte sie, während sie auf die Verbindung wartete.

Crockie wollte sich offensichtlich nichts anmerken lassen. Lou, Scout und den anderen konnte er vielleicht etwas vormachen, aber Jackson nicht. Vermutlich mied er deshalb den Blick seines Freundes, als sie sich alle in die Tauchanzüge zwängten.

»Wirst später froh sein, dass wir das dickere Neopren genommen haben. Damit hältste es auch in fies kaltem Wasser aus. Wenn du endlich drin bist.« Scout lachte und half Crockie beim Aufsetzen der Pressluftflasche.

Lou und Jackson standen bereits in voller Montur da, die Flossen an den Füßen.

»Seid sparsam mit der Atemluft«, sagte Jimmy.

Fjodor und Grischa kamen aus der Kajüte. »Und?«, fragte Fjodor und grinste. »Wie sehen wir aus?«

Crockie lachte. »Wie zwei Fischer aus einem drittklassigen Musical. – Erinnerst du dich, Jackson? In der Theatergruppe bei Mrs Doubtfire in der fünften Klasse, als wir für die karibische Nacht geprobt haben? Aloha-heeee …«, sang er.

Jackson nahm ihm die gute Laune nicht ab. Er kannte seinen Freund, und wahrscheinlich merkte Crockie selbst, wie falsch sein Versuch klang, die Angst zu vertreiben. Das Boot der Grenzkontrolle kam von vorn auf sie zu. Sie durften keine Zeit mehr verlieren.

»Boah, das Zeug stinkt wie Sau«, sagte Grischa. Er hielt Jimmy den Ärmel des dicken Wollpullovers hin. Er strotze von Mottenlöchern und Ölflecken.

Jimmy verzog angewidert das Gesicht. »Das ist gut, die Klamotten sind von den Leuten, die mit dem Kutter jahrelang ihre Zeitkonten aufgebessert haben. Wenn ihr euer freches Grinsen unterdrücken könnt, geht ihr als Fischer durch.«

Jimmy hatte ihnen den Plan erklärt. Die Fischkutter waren ein Überbleibsel aus vergangenen Zeiten. Die Direktion von Ocean

City ließ die paar Familien, die dieses Geschäft noch betrieben, gewähren. Vielleicht lag es daran, dass gerade die oberen Zehntausend genau die Leckereien am liebsten auf den Teller bekamen, die die unabhängigen Fischer manchmal unter Einsatz ihres Lebens herbeischafften. Wer viele Stunden und Tage auf dem Konto hatte, konnte sich das wild gefangene Meeresgetier leisten. Abnehmer gab es genug. Junge Thunfische und einige Oktopusarten waren besonders beliebt, aber auch alle möglichen Langusten, Krebse und Hummer.

»Der Kutter hat eine ganzjährige Lizenz«, sagte Jimmy. Er zog das in Folie eingeschweißte Schriftstück aus der Lasche einer Mappe, die an der Tür zum Führerstand hing. Das Dokument war zerknautscht und fleckig, die Folie schon ein paarmal ausgebessert worden. »Sie ist nicht gefälscht und sie gilt für zwei Personen.«

Das war also der Grund, warum die anderen ins Wasser mussten.

»Also rein in die Brühe«, sagte Scout. »Unser Besuch ist gleich da!«

Sie zog die Taucherbrille auf die Nase, steckte den Atemregler in den Mund und nuschelte etwas. Als keiner reagierte, nahm sie das Gerät, durch das sie unter Wasser atmen würde, wieder heraus. »Die Leine, den Karabinerhaken!«, blaffte sie ungeduldig, als verpasse sie im nächsten Moment ein Wasserski-Vergnügen auf Cheruba Island.

Einer nach dem anderen kontrollierten sie noch einmal ihre Pressluftflaschen sowie den Sitz der Westen und der Bleigürtel, die sie schnell hinabziehen würden. Kurz vorm Sprung ins Wasser hakte Grischa die fünf Karabiner der Führungsleinen neben den beiden Leinen, an denen Hummerkörbe hingen, ein. Solange diese Leinen hielten, konnte keiner verloren gehen.

»Flach atmen, am besten gar nicht atmen«, sagte Fjodor.

»Haha«, gab Lou zurück.

»Da gibt es nichts zu lachen. Man sieht die Luftblasen an der Oberfläche, und außerdem wissen wir nicht, wie lange die den Kutter filzen.«

Lou sprang hinter Scout her. Jimmy folgte ihr.

Crockie zögerte.

Jackson ahnte, was in seinem Freund vorging. Das war nicht nur Wasser. Es war kein Tümpel, kein Pool, keines der Kanälchen, die sie in der City angelegt hatten. Das war der Ozean. Tief und schwarz. Schwärzer als die Nacht.

»Jetzt!«, rief Fjodor. »Mach schon!«

Crockie zitterte am ganzen Körper.

Jackson nahm seine Hand. »Du hast eine Pressluftflasche«, sagte er, aber das machte das Zittern nur schlimmer. »Du hast uns.«

»Ich kann das nicht«, wisperte Crockie.

»Ich helfe dir. Wir bleiben zusammen, okay?« Jackson stand jetzt hinter ihm. In der einen Hand hielt er seinen Atemregler, in der anderen den von Crockie. »Sag nichts mehr und denk nichts mehr.« Er stopfte Crockie das Mundstück zwischen die Lippen.

Crockie wehrte sich, aber Jackson hatte schon den Karabinerhaken befestigt. Er umklammerte seinen Freund, so gut das mit der ganzen Ausrüstung ging. Dann ein Stoß, ein Sprung, trotz des dicken Neoprens: Kälte. Kälte, die von den Beinen nach oben zog, zum Bauch, die Brust wurde eng. Blasen, Gluckern, Rauschen rundherum. Langsam sanken sie hinunter.

4

Anita Stremolo stand mit einer ordentlichen Portion Stolz auf der Brücke des Aufklärungsschnellboots C43. Endlich hatte sie drei Männer unter ihrem Kommando. Es waren zwar nicht gleich fünf Boote und dreißig Mann, aber das sollte noch kommen. Spätestens in fünf Jahren wäre sie so weit. Ganz sicher. Dieses Aufklärungsboot war erst der Anfang ihrer Karriere in der Border Control Agency. Anita musste die Nähe der City zum Festland nutzen, um den nächsten Karriereschritt in der BCA vorzubereiten. Der kleine Kutter kam da wie gerufen. So konnte sie ihrer Mannschaft zeigen, wie eine Kontrolle unter ihrer Führung auszusehen hatte.

Der äußere Ring aus Marineschiffen, Tauchrobotern, Drohnen und Helikoptern wurde gerade eng um die City gezogen. Kein Gummiboot gelangte mehr unerkannt in die Nähe der schwimmenden Rieseninsel. Ohne Passierschein kam keiner rein und keiner raus.

Captain Anita Stremolo konnte alle 232 Paragrafen des Border Control Index herunterbeten. Jede denkbare und ein paar undenkbare Situationen hatte sie im Simulator trainiert. Nun würde sie zeigen, was sie draufhatte. Leider war Chuck Nording ihr Erster Offizier und der schien weder sie noch ihre Aufgabe ernst zu nehmen.

»Sieht aus wie ’n stinkender Fischkutter, Lady!«, sagte Chuck.

»Erstens lautet die korrekte Anrede *Captain* und nicht *Lady*! Zweitens ist es mir egal, was es zu sein *scheint*! Ich will wissen, was es *ist*! – Geben Sie das Kommando. Der Kutter soll beidrehen, wir kommen längsseits«, befahl Anita.

Das wäre doch gelacht, wenn dieser uralte Fischkutter nicht irgendetwas an Bord hatte, das an der offiziellen Agentur für Rohstoff und Außenhandel vorbei an Land geschmuggelt werden sollte. Schließlich waren sie in Küstennähe. Da lauerten die Schlepperbanden, die Menschenhändler und die illegalen Rohstoffhändler. Die Feinde wurden von der City angelockt, wenn sich der Koloss dem Festland näherte. Noch dazu bei diesem Manöver. Der Floating Port, der vor dem Festland im Meer schwamm, war berühmt und berüchtigt. Das perfekte Terrain für jemanden wie Anita Stremolo, um sich zu beweisen.

Der Strahl der Scheinwerfer klebte an dem Kutter. Zwei junge Männer bildeten offenbar die ganze Besatzung. Die winkten schon mit ihrem Passierschein. Lächerlich. Und sehr verdächtig.

»Sie haben einen Passierschein, *Captain* Stremolo!«

Chuck betonte nun ihren Titel. Sollte er doch. Hauptsache, ihm ging in den verfetteten Schädel, wer hier an Bord das Sagen hatte. Ihr erster Offizier kraulte sich die Wampe.

»Kümmern wir uns lieber um den östlichen Sektor.«

»Nichts da. Wir kontrollieren!«, entschied Anita Stremolo. Sie war sich ihrer Sache nicht ganz so sicher, wie sie tat. Der Kutter sah tatsächlich ziemlich harmlos aus. Eklig und alt, aber harmlos. Nur hatte sie entschieden, etwas zu finden, und sie hatte ihren Befehl leider schon ausgesprochen. Also musste sie den auch durchziehen. Korrekturen des eigenen Verhaltens waren im Leben einer Stremolo nicht vorgesehen.

»Sie wollen echt einen Kutter filzen? Haben Sie das schon mal gemacht? Da stinken die Finger noch tagelang«, maulte Chuck.

»Es ist mir vollkommen egal, wer wie stinkt!«, fuhr Anita ihren Ersten Offizier an. Widerspruch konnte und wollte sie nicht dulden. Falls sie etwas fanden, war es ihr Verdienst.

Die See hatte sich etwas beruhigt. Anita Stremolo bellte ihren Befehl durch die Bordsprechanlage. »Der Erste Offizier und ich übernehmen das persönlich.« Sie lächelte Chuck kalt an. Sollten seine Finger ordentlich stinken. »Sie bleiben an Bord«, befahl sie dem Steuermann.

Der sollte das Schiff ruhig und das Steuer in der Hand halten. Hoffentlich konnte er wenigstens das Funkgerät bedienen, falls die anderen Schiffe des Verbands sie brauchten.

Chuck verzog den Mund säuerlich, als er die CK 1 nach ihr betreten hatte.

»Passierschein?«, fragte Anita die beiden jungen Männer an Bord. Sie bereute jedes Wort, das sie sprechen musste. Denn sprechen bedeutete ausatmen, und ausatmen bedeutete, dass sie diesen grässlichen Gestank auf dem Kutter danach einatmen musste.

Der größere der beiden Kerle in zerschlissenen Lumpen reichte ihr den Schein. Uraltes Ding. Aber allem Anschein nach amtlich.

»Wir müssen Ihre Decoder checken«, befahl Anita.

Das überließ sie Chuck. Er hatte das mobile Lesegerät. Die beiden Männer hielten bereitwillig ihre Armbänder mit den Decodern in das Lesegerät.

Grischa und Fjodor Omelchuk hießen diese Fischer. Sie hatten eine Menge Zeit auf ihren Konten. So reich sahen die beiden eigentlich nicht aus. Da war was faul! Da musste was faul sein. Die handelten garantiert mit irgendwas Illegalem oder wollten mit ihrem stinkenden Kahn Menschen in die City schmuggeln.

Sie musterte die beiden jungen Männer. »Brüder, hm?«

Der Ältere nickte.

»Hören Sie, Officer«, sagte er. »Wir müssen weiter unsere Fangkörbe setzen. Ist die perfekte Zeit und Tiefe für den Hummer.«

Anita brachte ihn mit einer wegwerfenden Handbewegung zum Schweigen. »Sie müssen im Augenblick gar nichts.«

Sie gab Chuck einen Wink. »Alles durchsuchen!«

»Wonach?«, fragte Chuck halblaut und gähnte. »Entschuldigung. Wonach, *Captain*?«

Anita sah ihn streng an. »Passagiere, Waffen, verbotene Substanzen – selbst wenn die *Herren* Omelchuk ein paar alte Algenverbundstoffpaletten ohne Genehmigung an Land schmuggeln wollen, will ich es wissen, verstanden?«

Dann nahm sie sich die großen Kisten vor. Es war widerlich. Es stank. Fischaugen starrten sie an. »Was ist das? Ihr Fang? Alter, verdorbener Fisch?«

Die Fischbrüder grinsten. »Das sind Köder, Officer.«

»*Captain*, wenn ich bitten darf.«

»Das sind trotzdem Köder für die Hummer, Captain! Wir legen sie in diese Körbe, das sind die Fallen.« Der kleinere Omelchuk zeigte einen uralten Hummerkorb. Das Teil sah aus, als wäre es von Wikingern vor zweitausend Jahren erfunden worden.

»Wir legen den Köder rein«, erklärte er. »Dann kommt die Rückholleine dran und der Korb wird abgesetzt.«

Anita hob die Hand, um ihn zum Schweigen zu bringen. Sie brauchte keinen Vortrag über Hummerfangtechnik. Sie wollte wissen, was unter den Fischaugen war. Und sie brauchte eine Strafaktion für ihren Ersten Offizier. Erbarmungslos zeigte sie auf die stinkende Fischkiste und sagte: »Nording! Durchsuchen!«

Chuck Nording verzog das Gesicht.

»Sie haben nicht zufällig einen Gummihandschuh für mich, Captain?«

Anita konnte ein Grinsen nur schwer unterdrücken. Natürlich hatte sie ein Paar. Immer. »Zufällig nicht, Chuck!«, sagte sie.

Es tat so gut zu sehen, wie angewidert er in die Kiste voller totem Fischglibber griff. Angeblich wurde in der City das widerlichste Getränk aller Zeiten aus diesem Zeug gebraut: der berühmte Hubackle, der keinem schmeckte und der trotzdem überall zum Preis von einer Minute angeboten wurde. »Da ist nichts. Was soll da auch sein? Illegale Personen passen nicht in diese Fischkisten, *Captain*. Und Waffen würden unbrauchbar werden, *Captain*.«

Auch unter Deck war die Suche nicht viel erfolgreicher. Wenn sie etwas an Bord hatten, waren die Jungs da oben wohl sehr einfallsreich, was das Versteck anging. Stremolo wollte die Kajüte schon verlassen, als im Schein ihrer Stablampe etwas aufblitzte. Direkt neben dem muffigen Bett schimmerte etwas. Anita bückte sich danach.

Es war ein Ohrring. Mit Federn. Ganz schön weiblich für diese beiden Kerle.

Sie ging nach oben und leuchtete den Fischern direkt in die Gesichter. Ohrlöcher hatte keiner von ihnen. »Was haben wir denn da?«, fragte sie und hielt ihnen den Ohrschmuck unter die Nase. »Gibt es hier vielleicht eine weibliche Person an Bord, von der wir wissen sollten?«

Die Brüder sahen sich an. Der Kleine, Grischa, wurde knallrot.

Der Große hingegen stürmte plötzlich wie aus heiterem Himmel auf ihn los. »Du liebst sie noch immer? Diese Schlampe? Die hat uns fast in den Ruin getrieben!«, schrie er seinen Bruder an und begann, den armen Kerl zu würgen.

»Ho, stopp! Stopp!«, ging Chuck dazwischen. Er fiel dem Größeren, Fjodor Omelchuk, in den Arm.

Anita Stremolos Hand glitt instinktiv zur Dienstwaffe, aber Chuck war vielleicht doch zu etwas zu gebrauchen. Er drehte diesem Fjodor den Arm auf den Rücken und zwang ihn, die Kehle seines Bruders loszulassen.

»Ich habe ihm verboten, sie jemals wieder an Bord zu bringen!«, schrie Fjodor Omelchuk. »Hast du es vor der Abfahrt wieder getan? Weiber an Bord, das bringt Unglück, verdammt.« Er schaute die Frau mit der Taschenlampe an und schluckte. »Sorry, Captain«, murmelte er.

Anita Stremolo verkniff sich, ihn noch einmal anzublaffen. Dieser alte Aberglaube! Frauen an Bord bringen Unglück. Das gehörte zum Kodex der Piraten der Karibik. Die jungen Typen hatten diesen Mist wahrscheinlich mitsamt dem Kutter von ihrem Großvater geerbt. Schmuggler und Piraten. So ein Pack, dachte sie. Aber sie sagte nichts, sondern fragte: »Was hängt da über Bord?«

»Das sind die Hummerkörbe!«, krächzte der Kleine und massierte seinen Hals. Mit dem Klammergriff seines großen Bruders hatte er offenbar nicht gerechnet. »Ich kann Ihnen zeigen, wie …« Die Wellen ließen den Kutter schlingern. Anita musste sich an der Reling festhalten.

»Sie zeigen gar nichts!«, bellte sie. »Chuck, die Leine!«

Grischa hielt den Atem an. Fjodor hatte ihn ganz schön fest gepackt, als die Grenzer Lous Ohrring gefunden hatten. Prima Ablenkungsmanöver. Eifersucht, das ging immer. Aber jetzt näherte sich dieser Chuck doch tatsächlich den Tauchleinen.

Grischa war kein großer Mathematiker. Dass die Wahrscheinlichkeit bei zwei echten Hummerkörben und fünf Tauchleinen nicht sehr gut für die Taucher stand, war sogar ihm klar.

Er schielte unauffällig zu Fjodor hinüber. Sein großer Bruder hatte offenbar auch keine Tricks mehr auf Lager.

Der Grenzer zog an einer Leine. Grischa wusste, wer daran hing. Das war kein Hummerkorb. Es war die rote Leine. Die Nichtschwimmerleine. Crockies Leine. Die, die sie zuerst raufholen wollten, sobald sie durch die Kontrollen waren.

Warum eigentlich immer Crockie?, schoss es Grischa durch den Kopf. Der Kerl schien einfach einen faulen Vertrag mit dem Schicksal geschlossen zu haben.

Der Grenzer legte sich ordentlich ins Zeug, bekam die Leine nicht hoch und nahm lieber die nächste. Der Korb mit dem Köder kam zum Vorschein.

»Alle rausholen! Ich will diese Leinen alle sehen!«, bellte die Anführerin.

Grischa sah aus dem Augenwinkel, wie sich in Fjodors Körper jeder Muskel anspannte. Aber sie hatten keine Chance. Selbst wenn sie den Dicken und die Frau über Bord werfen konnten, würde die restliche Besatzung des Schnellbootes einen Notruf absetzen.

»Alle rausholen, habe ich gesagt!«

Das Knacken eines Lautsprechers schallte vom Schnellboot hinüber. »Captain, Captain! Wir haben hier einen Funkspruch.«

Die Anführerin der Patrouille griff ihr Funkgerät. »Schalt den Lautsprecher aus, Bobby! Sofort. Was ist los?«

»Sieben Mann gesucht. Flüchtige Straftäter oder so was. Hab nicht alles verstanden«, hörte Grischa durch das Funkgerät. Sein Puls raste. Er spürte, wie ihm die Knie für einen Moment weich wurden. Sieben Leute. Sie waren so gut wie aufgeflogen.

Der Erste Offizier grunzte. »Sollen wir die Fischaugen noch einmal durchsuchen?«

Die Captain-Tante stampfte wütend mit dem Fuß auf. »Hüten Sie Ihre Zunge, Chuck Nording! Zurück auf die C43! Sofort. Wir müssen sie finden. Wir werden sie finden!«

Sie setzte die Markierung, eine kleine Flagge mit blauen und weißen Zacken darauf, neben die Signaltafeln auf dem Dach des Führerstands. Mit diesem Wimpel war der Kutter vor weiteren Kontrollen des äußeren Rings relativ sicher.

Keine Minute später war das Schnellboot in der Dunkelheit verschwunden. Sie hatten es geschafft. So gut wie. Die Lichter der Küste waren schon am Horizont zu erkennen.

»Los, holen wir sie raus!« Grischa und Fjodor rannten nach hinten zu den Tauchleinen.

Grischa wollte die rote Leine zweimal kurz ziehen, warten, erneut zweimal kurz ziehen. Kurz, kurz, Pause, kurz, kurz. Das war das Zeichen. Beim ersten Ziehen spürte er aber keinen Widerstand. Da war nichts am Ende des Seils.

»Verdammt, was …« Grischa schluckte. Er holte die Leine ein und hatte schon bald das lose Ende des Taus in der Hand. Von Crockie keine Spur!

Fjodor erging es nicht besser. Sie zogen fünf leere Leinen und den zweiten Hummerkorb aus dem Wasser.

Fjodor und Grischa sahen sich an.

»Wo sind die hin?«, murmelte Grischa.

5

Jackson hatte gleich bemerkt, dass etwas nicht stimmte. Jemand zerrte an der Leine, nur leider nicht, wie es vereinbart war: kurz, kurz, Pause, kurz, kurz.

Da wollte jemand die Leine einholen.

Jackson blieb nichts anderes übrig, als Crockies Leine mit dem Tauchmesser zu kappen. Er sah sie deutlich in den Augen seines Freundes: die blanke Panik. Das Letzte, was man unter Wasser haben sollte.

Lou und Scout waren sofort bei ihm. Sie klinkten sich aus ihren Leinen aus. Auch Jimmy wurde die Nummer zu heiß, als er sah, dass einer der beiden Hummerkörbe über ihnen rausgezogen wurde. Der Kiel des Patrouillenbootes lag noch immer neben dem Kutter. Elend lang hatte er schon da oben geschaukelt. Viel zu lang.

In der Dunkelheit konnten sie kaum eine Armlänge weit sehen. Die Tiefe unter ihnen schien undurchdringlich und vor allem unendlich. Was sich dort im Ozean herumtrieb, wollte Jackson lieber nicht wissen.

Die Leinen hatten eine trügerische Sicherheit versprochen, trügerisch, weil sie alle nicht von diesen kaum fingerdicken Stricken gehalten wurden. Sie mussten sich selbst in der Schwebe halten, perfekt austariert. Das Gewicht der Bleigürtel zog sie nach unten, die Luft in den Westen hielt dagegen, hob sie hinauf. Schon ein tiefer Atemzug veränderte dieses Gleichgewicht.

Bis auf Jimmy, der ihnen das alles erklärt hatte, verfügte keiner von ihnen über die Erfahrungen, die man eigentlich brauchte, um mit ein paar Hundert Metern dunklem, kaltem Wasser unter dem Bauch zu überleben.

Die Jungs im Kutter sollten eine starke Unterwasserlampe am Bug ins Wasser absenken, um ihnen wenigstens ein bisschen Orientierung zu geben. Sie hatten vereinbart, einen Kreis zu bilden, sich an den Händen zu halten und gleichmäßig weiterzupaddeln. Gleichmäßig, das war das Problem.

Die Bewegungen von Jimmy waren ruhig. Über ihm stiegen kaum Blasen der verbrauchten Atemluft auf. Lou schien sich ebenfalls im Griff zu haben. Scout atmete schnell, aber auch sie hielt die Höhe.

Das Problem war Crockie. Aus seinem Atemregler strömten die Sauerstoffblasen, als absolviere er einen Sprint auf Weltklasseniveau.

Sie hatten die Leine erst vor ein paar Minuten gekappt, als Crockie auch schon mit den Armen wedelte. Der Ring löste sich auf, sofort driftete Scout ab, Lou sackte weg, nur Jimmy gab Crockie ein beschwichtigendes Zeichen.

Crockies Handkante fuhr entlang seiner eigenen Kehle. Das Zeichen für Luftnot. Er musste rauf.

Jacksons Atemluft reichte noch für gute fünfzehn Minuten. Crockies Panik hatte die Luft durch seine Lungen gejagt. Jackson packte eine Hand seines Freundes. Seine lädierte Nase dröhnte durch den Druck unter Wasser. Was für eine beschissene Nacht!

Scout kam zurück und hakte Crockie an der anderen Seite unter. Plötzlich zappelte Crockie wie verrückt. Er wollte rauf. Viel zu schnell.

Jackson gab Crockie wieder und wieder Zeichen, er solle sich beruhigen. Mit der Ruhe war es bei Crockie endgültig vorbei. Die Augen hinter der Taucherbrille quollen hervor. Er schüttelte nur noch den Kopf. Hin und her. Hin und her. Wie ein Wahnsinniger.

Jackson versuchte sich zu erinnern, was Jimmy gesagt hatte. Was sollten sie in einer solchen Situation tun? Es war zu viel gewesen, viel zu viel. Er wusste es nicht mehr. Ein Tauchkurs in fünf Minuten, wie sollte der funktionieren? Jackson spürte, wie auch sein Puls raste, und mit diesem Puls raste der Luftverbrauch.

Plötzlich schob Scout ihn zur Seite.

Sie zog sich den Atemregler aus dem Mund und hielt ihn Crockie hin. Crockie reagierte nicht. Scout stieß einen Schrei aus, der sich seinen Weg in einem Schwall von Sauerstoffblasen nach außen bahnte. Dann riss sie Crockie das Mundstück hinaus und presste ihr eigenes zwischen seine Lippen.

Crockie starrte sie an, für einen Augenblick hielt er still. Und saugte darauf die Luft aus Scouts Flasche. Lange konnte das allerdings nicht gut gehen, auch Scouts Luft würde bald verbraucht sein.

Plötzlich flammte ein Scheinwerfer auf.

Alle blickten nach oben.

War es das vereinbarte Lichtzeichen? Oder hielt das Boot der BCA gerade einen 1000-Watt-Strahler auf der Suche nach ihnen ins Wasser? Nein, der Rumpf des Bootes hatte sich von dem des Kutters gelöst.

Jimmy gab das Zeichen zum Auftauchen. Ihm war genauso wie

Jackson klar, dass es nur noch eine Frage von Minuten sein würde. Minuten, in denen sie entscheiden konnten, ob sie ertranken oder sich in die Hände der Border Control Agency gaben.

Einer nach dem anderen schauten sie sich an. Nach oben, ja. Aber wo war Lou geblieben? Jackson merkte, wie trocken sein Hals wurde.

Er drehte und wendete sich: nichts. Er schaute nach unten: nichts.

Beim Blick in die Schwärze sackte er gleich einen Meter. Es war wie beim Parkour-Wettbewerb, wenn es über schwindelerregende Höhen ging. Nicht nach unten schauen, nicht in die Tiefe. »Fokussieren«, hatte Meister Chang gepredigt, »darauf kommt es an. Auf den nächsten Schritt, den nächsten Tritt.« Sein ehemaliger Sportlehrer hatte für jede Situation einen weisen Spruch parat gehabt, besonders wenn er die kleine Gruppe von Schülern trainierte, die in Parkour-Wettbewerben für die Kellington Highschool antraten.

Fokussieren. Nach oben. Er legte den Kopf in den Nacken. Sie waren nicht mehr sehr tief. Der Strahler tauchte die Szene fast in etwas Verwunschenes. Glitzerndes Wasser. Ein Wogen, das das Licht brach und zu Schlieren verzog. Ein Schwarm kleiner Fische, die vorbeizogen. Darüber tauchten sie auf: die Umrisse einer Gestalt, die an der Oberfläche trieb.

Der Körper hielt sich auf dem Wasser, der Oberkörper lag auf einer Holzplanke oder etwas in dieser Art. Die Arme waren ausgebreitet. Der Unterkörper und die Beine hingen in die Tiefe hinab. Um einen Fuß hatte sich etwas, das wie eine Plastiktüte aussah, gewickelt.

Verdammter Plastikmüll, dachte Jackson. Ein alberner Gedanke, wo dort oben ein Mensch den Kampf ums Überleben verloren hatte. Vielleicht sollte dieser Gedanke aber auch einfach nur einen anderen Gedanken verdrängen. Denn Jackson wurde klar, wer die Person dort oben sein musste.

Ambrose di Gallo hatte sich hochgearbeitet, das konnte man wirklich nicht abstreiten. Die Betonung lag auf Arbeit. Mit der plötzlichen Beförderung zum Police Superintendenten durch Lydia Tremont war er allerdings eine ganze Treppe statt nur ein paar Stufen hinaufgestolpert. Sie hatte es sich etwas kosten lassen, dass er den Mund hielt über die ziemlich peinliche Nummer, die dieser Jackson und seine Truppe mit ihr veranstaltet hatten. Di Gallo wusste, dass die Chefin der Zeitagentur sich alles zurückholte, was sie anderen gewährte. Bis auf die letzte Sekunde holte sie es sich. Wenn sie jemandem den kleinen Finger gereicht hatte, holte sie sich gleich eine ganze Hand zurück. Das stand fest.

Der Anruf mitten in der Nacht war die erste Rechnung und der Auftrag, den sie ihm erteilte, die zweite. Es würde eine dritte, vierte, fünfte und vielleicht noch viel mehr geben.

»Holen Sie mir diese kleinen Mistkäfer, Ambrose«, zischte Tremont. Dass sie ihn beim Vornamen nannte, war kein gutes Zeichen. Es sollte ihm klarmachen, dass er ihr gehörte. »Die versuchen, die City zu verlassen, oder sie sind schon weg. Spielen wir Hase und Igel mit ihnen.«

Di Gallo starrte sie ausdruckslos an. Tremont verdrehte die Augen.

»Seien Sie vor denen drüben. Die Stadt ist vielleicht ein Moloch, aber gleichzeitig ist sie ein Dorf. Sie ist geschwätzig wie ein Talk-show-Moderator. Wenn eine Floating City vor der Küste am Floating Port festmacht, behält jeder jeden im Auge und jeder steckt sich für jeden ein Messer in den Stiefel.«

»Ich glaube nicht, dass sich dort viele Leute Stiefel leisten können, außer sie lassen sich das Leder dafür aus der eigenen Haut gerben«, antwortete Ambrose und erlebte einen der berüchtigten Wutausbrüche von Lydia Tremont.

Ambrose fand Menschen, die sich so wenig im Griff hatten, lächerlich. Er wartete den Wortschwall aus ihrer Kehle ab, wie einen lästigen Regenschauer. Nachdem sie sich einigermaßen beruhigt hatte, schob Tremont ihm eine Aktenmappe über den Tisch und zerrte seinen Arm unter einen Trafficpoint. Ambroses Decoder leuchtete beim Transfer des Kapitals auf sein persönliches Konto sehr lange grün.

»Brennen Sie mir nicht damit durch oder ich muss Ihnen ein paar richtig ausgehungerte Bluthunde hinterherschicken.« Lydia Tremont tippte mit dem Zeigefinger auf dic Tischplatte ihres edlen Schreibtischs. »Erwarten Sie keine Hilfe, falls etwas schiefgeht. Ich lasse Sie fallen wie eine heiße Kartoffel, wenn Sie Ärger machen.«

Wenigstens ist sie ehrlich, dachte Ambrose.

»Bringen Sie mir Jackson Crowler und Crockie Fleming. Und besonders diese Ratte aus meinem Vorzimmer: James O'Reilly.«

»Auf dem Kontinent hilft mir ein fettes Stundenkonto nicht wirklich«, sagte Ambrose. Dass er sich nicht gegen den Auftrag wehren konnte, war ihm klar.

»Dafür ist gesorgt. Und dann übergeben Sie diese Mappe an die zuständige Abteilung in unserer Niederlassung. Bestätigen Sie den Empfang.« Sie schob ihm ein Formular hin, das den Empfang von vier Einreisebestätigungen bescheinigte.

»Darf ich?«, fragte Ambrose und öffnete die Mappe, ohne eine Antwort abzuwarten.

»Misstrauen Sie mir etwa?«, fragte Lydia Tremont.

»Nur vier?«, fragte di Gallo.

»Die Einbürgerungsmöglichkeiten wurden noch weiter beschränkt. Genau genommen wurden sie ausgesetzt. Das hier sind Studenten, die wir gezielt angesprochen und dann durchs Testverfahren geschleust haben. Echte Perlen, sozusagen. Haben sogar einen eigenen Tutor bekommen, der auf sie aufpasst. Besonders dieser Lars Strømberg ist begabt. Hat mit 14 Jahren diverse Wettbewerbe gewonnen und kennt sich in Biochemie und Nanotechnologie besser aus als das ganze Institut bei uns. Wenn sich die Versuche mit Quallen, die er entwickelt hat, als tragfähig erweisen, lösen wir das Problem der Plastikverschmutzung durch Mikroteilchen in den nächsten fünf Jahren.« Sie zwinkerte ihm zu. »Und wer hat ihn dann für die City rekrutiert?«

»Lydia Tremont«, di Gallo zwinkerte zurück.

»Sie sollten keine Zeit mehr verlieren.« Tremont stand auf und begleitete ihn zur Tür. Als er hinaustrat, hielt sie ihn am Arm fest. »Wir sind ein gutes Team, Superintendent di Gallo, nicht wahr? Sollte es nicht so sein, müssen Sie wissen, dass die hübsche Überweisung eben auf Ihr Konto bei einer Prüfung auf zweierlei Weise gelesen werden könnte: als Bonus für Ihre tadellosen Dienste oder als massive Unterschlagung, die Ihre Karriere von einem Tag auf den anderen beendet. Nehmen Sie sich also in Acht.«

Die Worte hallten Ambrose noch im Ohr. Er würde gute Miene zu dem Spiel machen. Vorerst. Ja, er würde sich in Acht nehmen, dachte Ambrose, während er eine Stunde später ein paar Sachen für die Reise zusammensuchte. Viel brauchte er nicht, weil er ohnehin nicht viel besaß.

Klamotten waren ihm nicht wichtig. Er hatte genau sieben schwarze Hosen, knapp 20 weiße Hemden, ein paar T-Shirts. Dazu den beigefarbenen Regenmantel, von dem einige Kollegen behaupteten, di Gallo sei mit dem zerknitterten Ding auf die Welt gekommen.

Bevor er sich auf den Weg machte, rasierte er sich gründlich. Er strich mit der Hand über seinen Schädel. Wie Sandpapier fühlte sich seine Kopfhaut an, also schabte er sich auch die Stoppeln dort oben ab und rieb die glatte Fläche mit einem nach Sandelholz riechenden Öl ein.

Im Hinausgehen schnappte er sich noch eine Baseballkappe mit dem geschwungenen Hubackle-H und stopfte sie in die Manteltasche.

Tremont hatte ihren persönlichen Fahrer geschickt, der Ambrose zum Heli-Port brachte. Der Hubschrauber wartete startbereit.

Ambrose schluckte noch eine der Pillen gegen Reiseübelkeit. Mit seinem Magen konnte er so ziemlich alles machen – nur nicht fliegen.

»Scheiße, Scheiße, Scheiße«, zischte Fjodor immer wieder.

Grischa hatte die Gestalt im Wasser zuerst gesehen.

Nach der Kontrolle durch die Border Control Agency konnten sie zumindest sicher sein, dass sie den äußeren Ring hinter sich gelassen hatten, und die Beleuchtung einschalten, um das Signal für die anderen zu setzen. Auch mit Beleuchtung war ein Schwimmer im Wasser kaum auszumachen. Aber dort trieb einer. Der Körper lag mit ausgebreiteten Armen auf dem Rest einer Tür. Jede Welle schob ihn oder sie ein wenig weiter ins Wasser. Grischa konnte nicht erkennen, wer es war.

Crockie, war Grischas erster Gedanke. Der Nichtschwimmer. Natürlich. Den hatte es bestimmt erwischt. Vermutlich hatte er Panik gekriegt da unten und sich die Flaschen und den Tauchanzug vom Leib gerissen.

»Die Besten gehen immer zuerst«, hatte ihre Oma zu ihnen gesagt, als sie das Festland verlassen hatten, um ihr Glück in einer der Floating Citys zu suchen.

Fjodor fischte mit einem Bootshaken nach dem Körper, zog ihn längsseits. Ein röhrendes Geräusch schreckte Fjodor auf, fast rutschte der Haken ab.

Ein Helikopter zog in einiger Höhe über sie hinweg. Er war zu schnell und zu hoch, um eine Gefahr für sie darzustellen, aber jedes Geräusch zerrte jetzt an den Nerven. Viel gefährlicher als ein Hubschrauber waren die Drohnen, die besonders während der Andockphase der City an einen Festland-Port zum Einsatz kamen.

Fjodor umklammerte die Stange, an deren Ende sich der Stahlhaken in den Klamotten des Toten verfangen hatte.

Grischa und sein Bruder arbeiteten Hand in Hand. Routiniert. Ohne viele Worte. Grischa warf die Strickleiter über die Reling. Er stieg an der Außenseite des Kutters runter.

Das Wasser schlug ihm gegen die Beine. Es britzelte kalt auf der Haut, obwohl die Luft warm war. Grischa bekam den Körper zu packen. Das war nicht Crockie.

Im selben Moment ploppten die Köpfe der anderen aus dem

Wasser. Crockie! Er hatte keinen Atemregler im Mund. »Uaaah«, rief er und atmete tief ein.

»Hey!«, hörte Grischa hinter sich eine Stimme. Er zuckte zusammen, drehte sich um.

»Hilft mir mal jemand?«

Es war Lou.

»Ich bin ein bisschen abgetrieben worden …« Lou klammerte sich auf der Steuerbordseite an die Reling und versuchte sich hinauszuziehen. Bevor Grischa etwas tun konnte, hatte sie es geschafft. »Die Herren sind wohl anderweitig ausgelastet. Gibt es irgendwelche Meerjungfrauen, die gerettet werden müssen?« Als sie Grischas Gesichtsausdruck sah, verdunkelte sich ihre Miene. »Ist etwas passiert?«, fragte sie.

Jackson sah, wie Grischa den reglosen Menschen am Kragen seines löchrigen T-Shirts zu packen versuchte. Es war nicht Lou, das war klar, denn Lou stand schon auf dem Deck der CK 1 und schnappte sich einen Arm, um zu helfen.

Erst jetzt schaute Jackson sich nach Crockie um. Er musste lächeln. Aus Erleichterung, weil er einige schreckliche Minuten lang geglaubt hatte, Lou sei die leblose Gestalt im Wasser gewesen. Und weil Scout und Crockie einen ziemlich komischen Anblick boten. Scout hatte den letzten Rest ihrer Atemluft in die Taucherweste gepumpt. Sie paddelte rückwärts zum Boot mit einem Paket auf dem Bauch, das Crockie hieß. In Rettungsschwimmer-Manier bugsierte sie ihn zu der Strickleiter.

»Hoch kannste alleine, oder?«, maulte sie, aber Jackson sah ihr die Erleichterung an.

Jackson paddelte zu der leblosen Gestalt, die genau in dem Augenblick, als Jackson sie erreichte, von der zerschlagenen Holztür ins Wasser glitt. Jackson griff sofort zu. Der Körper war nicht schwer, zog ihn jedoch im ersten Moment mit unter die Wasseroberfläche. Jackson schluckte Wasser, prustete, spuckte, ließ aber nicht los. Er zerrte den Schiffbrüchigen hinüber zur Bordwand der CK 1. Mit der freien Hand klammerte er sich fest.

»Ich habe ihn«, rief Grischa. Er packte ihn unter dem Arm und zog.

Jackson drückte von unten nach, bis der Körper über die Bordwand aufs Deck flutschte. Sobald sie alle denselben Weg genommen hatten, bildeten sie einen Kreis um den Jugendlichen, der vor ihnen auf den Planken des Bootes lag.

Der Junge steckte in zerfetzten Lumpen. Seine Haut glänzte tiefschwarz, die krausen Haare klebten an seinem Kopf. Ein kleiner Krebs befreite sich daraus und suchte eine dunkle Ecke im Heck.

»Ist er ...« Jackson traute sich nicht, es auszusprechen.

Lou legte zwei Finger an die Halsschlagader des jungen Mannes. »Der Puls ist sehr schwach. Er lebt«, stellte sie fest. »Wir brauchen eine Decke, wir müssen ihn wärmen.«

Grischa verschwand in der Kajüte.

Sein Bruder versuchte, den neuen Passagier der CK 1 aufzurichten. »Er blutet«, rief Fjodor.

Erst jetzt sahen sie die Wunde im linken Oberarm. Ein kleines, rundes Loch auf der vorderen Seite.

»Schusswunde«, sagte Fjodor.

Hinten war die Kugel wieder ausgetreten und hatte den Muskel in Fetzen zerlegt.

»Wenn eine Arterie getroffen wurde, sieht es schlecht für ihn aus«, sagte Jackson.

»Dann wäre er längst tot, der treibt vermutlich schon länger herum.« Scout schien wenig beeindruckt zu sein.

Grischa kam mit allem zurück, das er tragen konnte. Er schob dem Jungen eines der muffigen Kissen unter den Kopf und legte eine Decke über ihn.

Plötzlich riss der Junge die Augen auf. Alle sprangen einen Schritt zurück. Ein Schwall Wasser schoss aus seinem Hals über das Deck. Der Junge schlug kurz die Augen zu, dann öffnete er sie wieder. Ängstlich sah er sich um. Er brachte kein Wort heraus, sondern starrte nur Jackson an.

»Wie heißt du?«, fragte Jackson.

Der Junge antwortete nicht. Seine Augenlider fielen wieder zu. Er murmelte ein paar Worte in einer Sprache, die keiner von ihnen verstand. Er klang erleichtert.

»Bringt ihn unter Deck«, befahl Jimmy. »Versorgt die Wunde.«

Scout knurrte etwas, aber sie folgte Jackson und Crockie, die den drahtigen Körper so vorsichtig wie möglich in die Kajüte bugsierten.

Lou durchsuchte die Kisten unter der Sitzbank. Sie zog ein paar Handtücher hervor, dann eine halb volle Flasche Wodka und einen Verbandskasten. »Alles, was wir brauchen«, sagte sie.

»Wodka?«, fragte Jackson. »Feiern wir eine Party?«

»Die Wunde muss desinfiziert werden«, sagte Lou. »Dreh ihn auf die Seite, Jackson.«

Crockie murmelte: »Oje, das ist nichts für mich, Leute.«

Scout verdrehte die Augen. »Männer sind Weicheier!«, stöhnte sie und marschierte mit Crockie an Deck.

Lou arbeitete ruhig und konzentriert. Sie öffnete den Verbandskasten und legte von beiden Seiten Kompressen auf die Wunde am Arm. »Wir müssen die Blutung stoppen«, sagte sie.

Jackson packte Mullbinden aus. Er reichte Lou einen Verband. Ihre Hände arbeiteten zielsicher und ruhig, als würde sie tagtäglich Leute mit Schussverletzungen verarzten.

Als Jackson den Arm des Jungen vorsichtig herumdrehte, damit Lou besser arbeiten konnte, fiel ihm der kleine Knubbel auf. Ein Implantat oberhalb des Handgelenks im Unterarm.

»Was ist das?«, fragte er leise. Für einen Chip, wie Jackson und die anderen Bewohner von Ocean City ihn seit ihrer Kindheit unter der Haut trugen, war der Knubbel zu groß. Außerdem war es der falsche Arm.

Lou betrachtete die Stelle. »Vermutlich Gold oder ein Edelstein«, sagte Lou leise. »Ist auf dem Festland nicht so selten, dass sich Leute ihre Notgroschen unter die Haut setzen lassen.«

Sie kontrollierten den Atem des Jungen. »Er braucht einen Arzt oder Glück oder beides«, sagte Lou. Sie deckten ihn mit einer der alten Wolldecken zu. Dann stiegen sie aus der Kajüte hinauf zu den anderen.

»Hast du sein Tattoo gesehen?«, fragte Lou.

Jackson nickte. Er hatte es gesehen, aber das Motiv nicht genau erkannt, nur einen Teil durch das zerrissene T-Shirt. Es sah aus wie eine tanzende Schlange, die von Flammen umgeben war.

»Wo kam der her?«, fragte Jackson.

»War so eine Art Beifang.« Fjodor ging zum Führerstand, warf den Motor an und nahm Kurs auf die Küste.

Grischa murmelte: »Na ja, den können wir ja schlecht wieder reinschmeißen, wie einen alten Fisch, oder?«

»Natürlich können wir das nicht«, platzte es gleichzeitig aus Jackson und aus Crockie heraus.

»Wer hat auf ihn geschossen?«, fragte Crockie.

»Darüber reden wir später.« Jimmy saß im Heck auf der Kiste

und starrte auf den Boden. »Grischa, wir sollten uns mit dem Rest der Ausrüstung befassen. Es wird heiß jetzt.«

Grischa reagierte nicht sofort. Er schaute Jimmy an. Dann Jackson und schließlich die anderen.

»Mach schon.«

»Was ist *der Rest der Ausrüstung*?«, fragte Crockie.

Jimmy hob den Kopf und sah ihn an. »Die Waffen.«

6

Bucks wurde immer wieder schwarz vor Augen. Das Bewusstsein kam und ging. Der Durst blieb. Er war unerträglich. Salzwasser. Er hatte zu viel davon geschluckt, er wusste, wie gefährlich das sein konnte. Vorher, im Wasser, hatte er eigentlich schon mit dem Leben abgeschlossen.

Anfangs hatte er sich an dem Schlauchboot festgehalten, außen, im Wasser treibend, aber dann hatte ihn jemand von oben mit einem Paddel weggeschlagen. Jede Person zusätzlich brachte das löchrige Boot in Gefahr. Er war einer zu viel gewesen. Als er nicht aufgeben wollte, hatten sie auf ihn geschossen. Jede Bewegung des verletzten Arms schmerzte, erschöpft und ausgetrocknet vom stundenlangen Warten am Strand war er sowieso schon gewesen.

Die Holzplanke war eine Zeit lang seine Rettung gewesen. Er hatte sich daran festgeklammert. Es war eine Klotür gewesen oder das, was davon übrig war. Sein Gesicht hatte auf dem WC-Zeichen gelegen. Solange er die Augen offen halten konnte, hatte er es angestarrt und gedacht: Toll, du stirbst auf dem Scheißhaus.

Jede Welle, die über ihn schwappte, war ein Bote aus dem Jenseits gewesen. Dann hatte er die Stimmen gehört. Mal deutliche, mal verwaschene Töne. Ein Singsang, der ihn einlullte, das Denken abnahm. »Bucks, wir holen dich. Lass los, lass los …«

Hinter seinen geschlossenen Lidern hatte er seine Mutter gesehen. Sie hatte ihm gewunken, etwas gerufen, aber als er den Arm heben wollte, klebte er im Wasser fest, und sie war über die Oberfläche des Meeres davongelaufen.

»Du hast sie enttäuscht«, sagten die Stimmen. »Bucks, du wirst sie nie wiedersehen.«

In diesem Moment hatte er aufgegeben und sich gewünscht, schnell auf den Boden des Ozeans zu sinken. Er wollte loslassen. Das Leben loslassen. Diesen nutzlosen Lebensfetzen, an dem er noch hing, wie ein Fisch am Haken.

Als damals seine Mutter gestorben war, hatte sie ihm eingeschärft, ein anständiger Junge zu bleiben. Schon kurz danach war er aus dem Dorf weggelaufen. In die Stadt müsse man gehen, hatten alle gesagt. Er war in die Stadt gegangen und er hatte dort überlebt.

Seinen alten Namen hatte er abgelegt. Die Jungs aus der Gang nannten ihn einfach nur *Bucks*. Dieser Spitzname war kein Kompliment. Wer wurde schon gerne nach einem Geldschein benannt? Zudem nach einem, der nichts mehr wert war. Eine Ein-Dollar-Banknote!

»Für ein paar Bucks kriegst du von dem dürren Kerl alles«, hatte einer der Bandenführer damals gesagt. »Gib ihm einen Dollar und er läuft auf den Händen für dich. Für zwei Bucks krault er dir den Rücken.«

Alle hatten gelacht und ihn mit den grünen Dollarscheinen beworfen. Sechs Jahre alt war er gewesen. Runde um Runde war er gelaufen, auf den Händen. Hatte einen Dollar nach dem anderen aufgeklaubt, war nicht umgekippt und hatte bei jedem einzelnen Dollar geschworen, dass er es denen heimzahlen würde.

Mehr als zehn Jahre hatte er seither gekämpft. Vom Laufburschen hatte er sich hochgearbeitet, bis Aristide, der Warlord des westlichen Sektors der Stadt, ihn irgendwann gekauft hatte. Diesen Tag vergaß Bucks sicher nicht, denn es war sein vierzehnter Geburtstag und eine klare Verbesserung gewesen.

Seit der Zerstörung des neuen Flughafens waren die alten Landebahnen im westlichen Sektor die einzige Möglichkeit, mit Flugzeugen anzureisen. Oder zu flüchten. Und das ließ sich Aristide teuer bezahlen.

Teuer bezahlen würde Bucks diese Flucht auch. Bucks gehörte immer noch Aristide. Es hätte noch Jahre gedauert, bis er sich freikaufen konnte. Jahre, die Bucks nicht hatte.

Ocean City floatete höchstens alle sechs bis sieben Jahre an die Küste, am Floating Port machte sie noch seltener fest. Er war jetzt sechzehn. Von den Jungs, mit denen er die letzten Jahre abgehangen hatte, waren viele nicht einmal zwanzig geworden. Nun war es ihm fast genauso ergangen, aber immerhin musste er sich nicht vorwerfen, es nicht versucht zu haben. Fast war es schiefgegangen. Fast. Wenn ihn diese Leute hier nicht rausgefischt hätten.

Ob er noch eine Chance hatte, wusste Bucks nicht. Er lebte. Das zählte. Und diese Stimmen in seinem Kopf schwiegen. Das war viel wert.

Wenn er die wenigen Sätze, die zu ihm durchgedrungen waren, richtig verstanden hatte, waren die Leute an Deck auf dem Weg zum Festland. Nicht Bucks' Richtung, ganz und gar nicht, denn dort wartete Aristide auf ihn, der es gar nicht mochte, wenn sich sein Eigentum aus dem Staub machte.

Was die Leute auf diesem Kutter planten, war ihm ein Rätsel.

Die beiden Frauen waren jung. Keine Frauen, sondern Mädchen waren es, viel zu jung für Rohstoffschmuggler. Die eine war hübsch. Die andere, Scout, packte hart und rücksichtslos zu.

Rohstoffschmuggler waren normalerweise Kerle, denen sogar jemand wie Bucks nicht gerne im Dunkeln begegnete, und vor allem drängten sich nicht gleich sieben von ihnen auf diesen Seelenverkäufern, mit denen sie ihre Geschäfte machten. Außerdem hätten sie ihn tot oder lebendig wieder ins Wasser geworfen, nein, nicht einmal an Bord geholt hätten sie ihn.

Trotzdem musste er vorsichtig sein.

Er stützte sich auf und schaute sich um. Die Kajüte war im Vergleich zu vielen Löchern, die er schon sein Zuhause genannt hatte, eine gemütliche Hütte. Das Bettzeug roch muffig, aber es starrte nicht vor Dreck und Ungeziefer.

Bucks untersuchte seinen Arm. Sie hatten es geschafft, die Blutung zu stoppen. Es war ein Wunder, dass die Schusswunde im Wasser keine Haie angezogen hatte. Davon hatte er oft gehört: Wer den Schüssen der Schlepperbanden entkam, die nur Leute durchließen, denen sie vorher den letzten goldenen Zahn gezogen hatten, ging entweder der Border Control Agency ins Netz oder er wurde zum Frühstückshappen der Haie.

Die Wunde am linken Arm schmerzte bei jeder Bewegung. Der Durst brannte um die Wette mit dem Salz in seinem Rachen, seinem Mund, auf der Zunge, überall. Er brauchte etwas zu trinken. Nur eine leere Flasche Wodka rollte bei jeder Bewegung des Kutters unter die Pritsche und wieder zurück. Das war also das höllisch brennende Zeug, das sie ihm in die Wunde gekippt hatten.

Bucks hielt sich mit dem unverletzten Arm am oberen der beiden Stockbetten fest und bewegte sich vorsichtig zu dem Klapptisch, der an der Wand befestigt war. Darüber hing ein Schränkchen.

Er schob schnell die Schranktür auf. Das Boot schlingerte und der Inhalt des oberen Regalfachs sauste ihm entgegen. Etwas Silbriges und Hartes traf ihn mitten auf der Stirn. »Autsch!«, entfuhr es Bucks.

Hubackle. Das war wohl ein Witz. Ausgerechnet dieses Gesöff. Das Lieblingsgetränk von Aristide, der die Bediensteten auspeitschen ließ, wenn sie es ihm nicht eiskalt servierten.

Bucks flippte eine der Dosen auf. Der Inhalt spritzte heraus. Er presste sofort die Lippen auf den kleinen Schlitz. Es schmeckte widerlich.

»Urmpf«, stöhnte er, aber er trank. Woraus auch immer dieses Zeug gebraut wurde, er würde keinen Tropfen vergeuden. Er setzte die leere Dose ab und nahm die nächste.

Bevor er sie öffnen konnte, hörte er den Schuss oben an Deck.

Es ist noch nicht vorbei, sagte er sich. Bucks konnte nicht nur auf den Händen laufen. Er war ein Meister der Bullet-Challenges: Spektakel, mit denen die Warlords die Leute bei Laune hielten und gleichzeitig Geld verdienten.

Jeder Warlord schickte dabei den besten seiner Leute in den Wettbewerb. Alle Teilnehmer trugen Masken, sodass sie nichts sehen konnte. Denn sie durften nur hören.

Die Challenge funktionierte ganz einfach: Eine Waffe wurde abgefeuert, und der Kandidat hatte genau eine Chance, Hersteller, Typ der Waffe und Kaliber zu erraten. Ein Fehler, und die nächste Kugel landete im Schädel des Verlierers. Außer, jemand kaufte ihn frei.

Die Zuschauer wetteten um astronomische Einsätze. Sieger waren am Ende immer die Eigentümer der Kandidaten.

Der Knall, den er gerade gehört hatte, war ein Schuss gewesen, abgefeuert aus einer seltenen Pistole, die nur noch in kleinen Stückzahlen nachgebaut wurde. Eigentlich eine Antiquität, die aber den Vorteil hatte, dass sie wahrscheinlich nicht registriert war.

»Buster 17C, Kaliber 9«, murmelte Bucks.

Bucks war der unangefochtene Star der Bullet-Challenges gewesen. Er hatte noch nie danebengelegen.

Jackson sah, wie Crockie zitterte. Er machte sich Sorgen um seinen Freund.

Der Schuss hatte dieses Zittern ausgelöst. Fjodor hatte jeden Schritt der Handhabung der Pistole genau beschrieben und die Mündung dann in die Ferne gerichtet.

Zuerst hatte Crockie einfach zugehört und genickt.

»Das ist eine Buster 17«, sagte Fjodor.

Nicken.

»Genauer gesagt, eine 17C wie Compressor, die verringert den Rückstoß.«

Nicken.

»Trotzdem muss man auch bei diesem Schatz aufpassen, dass sie einen nicht nach hinten haut.«

Nicken.

Schuss.

Zittern.

Fjodor hielt die Pistole in die Runde, aber niemand rührte sie an.

Jimmy hatte die anderen drei Waffen auf einer Decke, die auf dem Boden des Kutters lag, ausgebreitet. Die Morgendämmerung ließ den Himmel schon aufflammen und goss das erste Licht auf das Meer.

Jackson achtete nicht auf das Sonnenlicht, das über das Festland gekrochen kam. Er hatte nur Augen für diese Schusswaffen. Grischa nahm eine größere, mattschwarze Pistole. Er zog das Magazin mit der Munition aus dem Handgriff der Waffe, lud sie mit einer schnellen Bewegung durch und zielte auf den Knauf der Fahnenstange am Heck des Boots. Schuss. Dieser Krach war ohrenbetäubend. Die Holzkugel zerbarst in tausend Splitter.

Lou schrie auf. Scout spielte die Coole. Jimmy seufzte genervt. Crockie zitterte stärker, er kämpfte dagegen an – erfolglos.

»Anfängerglück«, frotzelte Fjodor.

Jackson war sich ganz sicher, dass es genau das nicht war. Grischa – und sicher auch Fjodor – hatte solche Waffen schon häufiger in der Hand gehalten. Und wahrscheinlich auch abgefeuert.

Trotzdem lag in Grischas Blick Traurigkeit. Die Waffe schien ihm irgendwie lästig zu sein. Wie eine alte, schlechte Erinnerung, die man loswerden wollte.

Scout nahm eine der Pistolen. »Ist ein Werkzeug, nichts weiter«, murmelte sie.

Jimmy nickte. »So ist es. Wir fahren gleich nördlich der Schwimmdocks für die Verankerung der Floating Citys vorbei. Die Lichter müssten jeden Augenblick am Horizont erscheinen. Unsere Landestelle ist ein verlassenes Ruinenfeld ganz im Norden der Halbinsel. Dort wohnt zwar kein Mensch mehr, aber auch da ist es nicht gerade harmlos. Der Passierwimpel bietet uns keinerlei Schutz mehr.« Er deutete auf die blau-weiße Fahne. »An Land kommen wir nicht so einfach zu Matt. Das wird kein Sonntagsspaziergang. Willkommen in der echten Welt, Leute.«

»Und wie finden wir Matt Fuller?«, fragte Jackson.

»Lass das meine Sorge sein«, schnitt Jimmy ihm das Wort ab. »Ich weiß, wo er steckt. Das reicht. – Fjodor, noch einmal für alle.«

Fjodor erklärte die Handhabung der Waffen. Die Sicherung. Die Entsicherung. Das Magazin. Eine der Waffen lag noch auf der Decke. Jackson wartete, ob Jimmy zugreifen würde, aber der stand mit verschränkten Armen da.

Jackson streckte die Hand nach der Pistole aus. Es war das gleiche Modell, das Grischa in den Hosenbund gesteckt hatte. Fast gleichzeitig mit ihm griff auch Lou danach. Jackson zog die Hand zurück.

»Muss das wirklich sein?«, fragte Lou.

Jimmy nickte stumm. »Wir würden keine zwölf Stunden überleben ohne.«

»Hättest du das nicht *vor* zwölf Stunden sagen können?«, fragte Crockie. Er saß auf der Kiste mit den beiden Schwimmwesten. Nur noch seine Füße wippten in einem Tempo, als stünden sie unter Starkstrom.

Scout legte ihm eine Hand zärtlich aufs Knie. »Hey, keep cool.«

»Wer eine Waffe hat, benutzt sie früher oder später auch.« Crockie sah auf seine Hände. Knetete sie. »Ich glaub nicht, dass ich das kann.«

»Du kannst«, sagt Jimmy kühl. »Jeder Mensch kann.«

Lou reichte die Pistole an Jackson weiter. Sie war schwer. Kalt lag sie in Jacksons Hand. Er legte sie zurück auf die Decke.

Jimmy warf einen Blick nach vorne, Richtung Horizont.

Scout suchte das Meer mit dem Fernglas ab. »Da drüben!« Sie deutete mit dem Kinn in südliche Richtung. »Rote Lichter. Das müssen die Schwimmdocks sein.«

Jimmy überzeugte sich mit einem Blick durch das Fernglas. »Die Mole, die sie raus aufs Meer gebaut haben, kann man von hier nicht sehen, aber das muss es sein.« Jimmy gab Scout das Fernglas zurück. »Also gut, Leute. Ihr müsst mit den Waffen umgehen können. Oder wenigstens überzeugend so tun, als könntet ihr es. Crockie, nimm diese verdammte Pistole und steh auf!«

Crockie stand von der Kiste auf. Die letzte Pistole rührte er nicht an. Es war Scout, die das Schießeisen für ihn aufhob.

Jimmy nahm die vorletzte Schwimmweste aus der Kiste, knotete eine der Fangleinen daran und warf sie über Bord. Er nickte Fjodor zu.

Fjodor leierte die Anweisungen noch einmal herunter. »Sichern. Entsichern. Laden. Zielen. Schießen. Vorsicht, die Dinger haben einen ziemlichen Rückschlag. Los jetzt!«

Scout machte den Anfang. Sie entsicherte die Pistole. Sie zielte auf die leuchtende Schwimmweste und drückte ab. Sie traf sogar, und Jackson sah ein Grinsen auf ihrem Gesicht, das ihm nicht so recht gefallen wollte.

»Jetzt du!« Jimmy zeigte auf Jackson.

Es ist nur eine Schwimmweste, sagte er sich. Er entsicherte das Schießeisen. Er lud die Waffe. Er zielte. Er drückte ab. Die Pistole hatte einen so harten Rückschlag, dass ihm das Ding fast aus der Hand geflogen wäre. Ähnlich ging es Lou, die es nach ihm probierte.

Nur Crockie brachte es nicht fertig. Er begann dermaßen zu zittern, als ihm Lou die Waffe in die Hand drückte, dass selbst Jimmy Angst um das Boot bekam. »Okay, okay. Wir haben sowieso nur vier von den Dingern.«

Crockie nickte. Dann sah er Jimmy plötzlich in die Augen. »Hat schon mal jemand auf dich geschossen? Links und rechts zischen die Kugeln und du denkst: Was ist das? Ist mein Bein noch da? Weißt du, wie das ist?«

Jimmy zuckte zurück, wich von der Kiste und von Crockie weg. Crockie rückte Jimmy nur noch mehr auf die Pelle.

»Und hat dir, Jimmy …« Es klang so abschätzig, wie Crockie Jimmys Namen sagte, fast als müsste er etwas ausspucken, das er ziemlich ekelhaft fand. »Hat dir schon mal jemand so ein Scheißteil an den Kopf gehalten?« Crockies Stimme war leise geworden.

Jimmy hingegen stand nun mit dem Rücken an der Kajütenwand. Er konnte sich weder Crockies bohrendem Blick noch seinen Fragen entziehen.

Jackson wusste plötzlich nicht, ob Crockie Jimmy drohen wollte. Er konnte seinen Freund nicht mehr einschätzen. Klar, bei Crockie konnte man nie wissen, aber es war doch immer ein Boden da gewesen, sozusagen ein Spielfeld, auf dem Crockie tanzen und Jackson ihm folgen oder ihn stoppen konnte. In diesem Augenblick wusste Jackson nicht mehr, wo das Spielfeld geblieben war. Er traute Crockie alles zu. Wollte er Jimmy eine reinhauen? Ihn über Bord werfen? Ihm selbst eine der blöden Pistolen an die Schläfe halten?

»Crockie, was …?«

Crockie drohte nicht. Er ließ Jimmy stehen, wandte sich von ihm ab und sagte trocken und zugleich bodenlos traurig: »Mir schon.«

Crockie ging zurück zur Kiste mit den Rettungswesten. Er sah raus aufs Meer, zurück in die Richtung, in der ihre Heimat Ocean City hinter dem Horizont langsam hinter ihnen hertrieb.

Crockie hatte nicht viel von seiner Verhaftung und dem, was im Gefängnis der Abteilung Z passiert war, erzählt. Jackson ahnte, dass es viel schlimmer gewesen war, als er und die anderen es sich vorstellen konnten. Plötzlich kam er sich selbst so richtig beschissen vor.

Einfach losballern, wenn irgendwer dir eine Knarre in die Hand drückt!, dachte Jackson. Crockie hatte verdammt noch mal recht. Wer sich eine Waffe besorgte, wollte irgendwann auch damit schießen. Nicht nur auf Schwimmwesten.

»Wart ihr das? Warum tut ihr das?«, pflaumte sie jemand an.

Alle fuhren herum.

Hinter Jackson stieg der Junge, den sie aus dem Meer gefischt hatten, an Deck. Im Morgenlicht sah er noch dünner und erbärmlicher aus. Er konnte sich kaum auf den Beinen halten.

Durch den Verband am Arm sickerte Blut. Die Schießübungen hatten ihn offenbar aufgeschreckt. Er starrte auf die sanften Wellen, durch die der Kahn glitt. »Habt ihr den kaltgemacht?«

Jackson sah, was der Junge meinte: Links von ihnen, ein Stück weiter nördlich, dümpelte etwas auf dem Wasser. Es war ein Körper. Eindeutig. Jackson nahm das Fernglas. Sein Mund trocknete aus.

Ein Mann trieb im Wasser. Der Körper war schon aufgebläht. Voller Einschusslöcher im Rücken. Jackson ließ das Fernglas sinken. Scout nahm es ihm aus den Händen.

Jackson schluckte. Waren das die Feinde von außen? War das die Art, wie sich die City verteidigte? War das ein gefährlicher Soldat gewesen? Oder war er gar nicht von den Patrouillen des äußeren Rings erschossen worden, sondern von jemandem vom Festland? Es schmeckte Jackson beides nicht.

»Retten?«, fragte Lou.

Scout schüttelte nur den Kopf. »Zwecklos. Absolut zwecklos.«

Nun sah auch Jimmy nach der Leiche im Wasser. »Das waren wir nicht. Wir haben nur geübt«, sagte Jimmy. Er zeigte in die Kielspur des Kutters und zog die Schwimmweste wieder rein. »Immerhin zwei haben getroffen.«

»Wohin fahrt ihr?«, fragte der Junge.

Jimmy antwortete nicht. »Wie heißt du?«

Der Junge zögerte einen Moment, als wollte er seinen Namen nicht nennen. »Bucks. Nennt mich Bucks«, sagte der Junge. »Ihr wollt aufs Festland, stimmt's? Warum wollt ihr an Land?« Sein Blick verfinsterte sich. »Wer geht freiwillig auf den Kontinent?«

Jackson kannte diesen Gesichtsausdruck, es war eine Mischung aus Angst und Enttäuschung. Offensichtlich hatte ihn die Hoffnung aufs Meer getrieben, gerade nicht wieder auf der Halbinsel zu landen.

Der Junge musterte Jimmy, Jackson, Lou, Fjodor, Grischa, Scout und den zitternden Crockie. Als er die Decoder an ihren Handgelenken bemerkte, seufzte er. »Ihr seid Floating People. Ocean City kommt in die Passage. Dann seid ihr Schmuggler, oder? Verdammt, ihr seid Schmuggler!«

Jackson schüttelte den Kopf. Er wollte Bucks die Wahrheit sagen, aber Jimmy gab ihm ein Zeichen. Jimmy hatte recht. Sie hatten Bucks aus dem Wasser gefischt, aber sie wussten nichts über ihn. Sie konnten ihm nicht trauen.

»Ihr werdet mich gegen irgendwas tauschen, he? Floating People fischen niemanden aus dem Wasser, der nicht wertvoll für sie sein könnte. Du musst nützen in eurer City. Floating People schießen und jagen uns. Außer wir sind zu etwas nütze.« Bucks ließ den Kopf hängen. »Schmuggler«, murmelte er leise vor sich hin. »Ausgerechnet Schmuggler.«

7

Clark Kellington strich sich die weißen Haare zurück und lächelte zufrieden. In aller Ruhe erhitzte der alte Mann das Wasser für eine Kanne Gyokuro. Genau 55 Grad musste es haben, wenn er das volle Aroma dieses sündhaft teuren grünen Tees hervorkitzeln wollte. Die kleine Plantage seines Lieferanten hatte er selbst begutachtet und sich auf Jahre den besten Teil der Ernte gesichert. Die zunehmende Trockenheit bedrohte jedoch auch dieses Anbaugebiet. Die Versuche, den Tee auf Ocean City anzupflanzen, waren kläglich gescheitert. Allerdings war grüner Tee das kleinste Problem in der Versorgung der City.

Der Rohstoffhandel mit dem Festland blieb eine lästige Notwendigkeit, und Kellington war klar, dass er sich wieder selbst um einige Handelsbeziehungen kümmern musste. Die Zeit, die die City im Schwimmdock am Versorgungsarm verbringen musste, kam ihm gerade recht.

Soweit die Dinge überhaupt planbar waren, liefen sie bisher ganz wunderbar. Über fünf Bildschirme hatte er sie im Blick, diese Gang um Jackson und Crockie. Die beiden Jungen lernten erfreulich schnell ihre Lektionen. Nur eins schienen die beiden noch immer nicht verstanden zu haben: Zwar konnte kein Mensch zugleich an zwei Orten sein, aber jeder Mensch konnte zu jeder Zeit an jedem Ort auftauchen. Also sollte man lieber immer und überall mit jedem rechnen. Und mit Mikrofonen und Kameras. Mit denen sollte man auch rechnen.

Dass keiner der Mannschaft das Schiff, das sie von so einer dubiosen Gestalt bekommen hatten, auf Wanzen und Kameras geprüft hatte, war ein Fehler. Besonders nachdem Jackson doch wusste, dass etwas nicht stimmte, dass Kilroy und Rufus Gainsbourgh ein und dieselbe Person waren. Kellington freute sich schon darauf, am Ende dieses Spiels in ihre Augen zu schauen, wenn sie herausfanden, wer er wirklich war.

Bemerkenswert, dass ihnen dieser Fehler unterlief. Andererseits beruhigte es ihn. Er brauchte schlaue Köpfe für seine Pläne, aber ein paarmal waren sie ihm fast zu schlau gewesen.

Er nahm einen Schluck vom grünen Tee. Er sah aus dem Fenster über die Dächer der City. Hier oben, im ältesten Modul, hatte er die gesamte City im Blick. Drohnen und Helikopter starteten und landeten auf dem Dach der Zentralbank in einer Frequenz, als wäre es ein öffentlicher Flugplatz.

Lydia Tremont schien nervös zu werden. Auch das war ein erfreulicher Nebeneffekt. So schickte sie bestimmt eine Menge Agenten und Informanten rüber ans Festland. Alles Informationsquellen, die für ihn leicht abzugreifen waren.

Das Festland würde eine harte Prüfung für Jackson und Crockie werden. Bisher hatte er sie fast immer im Blick gehabt, seine beiden Jungs. Nun entzogen sie sich, vermutlich ohne es zu wissen, der schützenden Kontrolle durch ihn. Gerade deshalb gab es keinen besseren Platz auf Erden, an dem die beiden Jungs das erfahren, empfinden und erleben konnten, was sie unbedingt erleben, erfahren und empfinden sollten: was es hieß, wenn nicht nur *ein* Kopf, *ein* Geist die Geschicke einer Gesellschaft lenkt und leitet.

Chaos und Verzweiflung, das war es, was sie mit eigenen Augen sehen und an der eigenen Haut empfinden sollten. Dazu diente die Lektion an Land.

Dort würden Jackson und Crockie lernen, wie gut es ihnen in der City ging. Sie würden begreifen, welchen Schatz derjenige in Händen hielt, der über Ocean City regieren durfte. Diesen Schatz zu behüten und weiterzuentwickeln, das war ihre Bestimmung.

Jedenfalls die für einen von ihnen.

Es war durchaus nicht sicher, dass sie diesen Ausflug beide überleben würden. Ganz sicher hingegen war er, dass sie, falls sie überlebten, zurück in die City kommen würden. Dieser Jackson würde nicht ruhen, nachdem er ihm die kleine Celine gezeigt hatte.

Er war gespannt, was sie nun mit dem kleinen Fang machen würden, den sie aus dem Wasser gezogen hatten. Ihre Lage würde durch ihn noch ein bisschen komplizierter. Aber selbst das war, wenn er es bei einer Tasse Gyokuro bedachte, gar nicht schlecht.

»Du kannst unser Schiff jederzeit verlassen«, bot Jimmy Bucks an. »Und falls es dich beruhigt: Wir sind keine Schmuggler.«

Bucks schaute ihn ungläubig an. Seine Blicke waren fahrig, huschten von einem zum anderen, als wollte er jeden von ihnen unter Kontrolle halten.

»Mann, beruhige dich«, sagte Jackson.

Er wollte die Hand auf die Schulter des Jungen legen, aber Bucks wich zurück. Er verlor das Gleichgewicht und musste sich nun doch von Jackson halten lassen. Jackson half ihm bis zu der Kiste hinten im Boot. Beim Griff um Bucks' Hüfte spürte Jackson, wie knochig der Junge war.

»Keine Schmuggler?«, fragte Bucks noch einmal. Seine Angst vor solchen Leuten schien groß zu sein.

»Wie kommst du auf Schmuggler?« Jackson sah Bucks von der Seite an. Irgendwas an dem Jungen gefiel ihm. Bucks hatte diesen Blick. Etwas Forsches, Freches blitzte in seinen Augen auf.

»Wenn ihr keine Schmuggler seid, gibt es nur zwei Möglichkeiten: Entweder ihr seid bescheuert oder ihr habt was ausgefressen. Wenn ich dich so ansehe, passt bescheuert wohl besser. Kriminelle Typen erkenne ich sofort.« Er setzte noch einmal nach: »Bescheuerte reiche Kids, die sich langweilen und mal etwas erleben wollen, so sieht es aus. So welche haben wir drüben schon öfter gesehen. Nur der da drüben, der Zitterer, der ist … ich weiß nicht …«

Bucks zeigte auf Crockie, der sich einen Platz im Bug des Bootes gesucht hatte. Er lehnte sich erstaunlich weit über die Reling und spielte mit der Hand in den vorbeigleitenden Wellen. Das Zittern war verschwunden, aber Bucks schien ein guter Beobachter zu sein.

Jackson zögerte einen Moment, dann entschied er sich. »Wenn du von der Abteilung Z in die Mangel genommen wurdest, zitterst du schon einmal.«

»Abteilung Z?«, fragte Bucks.

»Das sind jedenfalls nicht die, die sich normalerweise um bescheuerte reiche Kids kümmern«, fauchte Crockie.

Bucks hob beide Arme. »Sorry, Mann, ich wollte dich nicht blöd anmachen.«

»Wir müssen an Land, weil wir einen Kumpel suchen, der dort untergetaucht ist«, sagte Jackson.

Bucks prustete los. »Sorry, echt jetzt, das soll wohl ein Witz sein? Ihr seid lustige Typen.«

»Was gibt es zu lachen?«, fragte Grischa.

Er hatte aus dem Proviant, den sie in der winzigen Kombüse unter Deck gefunden hatten, ein paar Sandwichs gezaubert. Augenblicklich knurrte Jacksons Magen. Bevor er zugreifen konnte, hatte sich Bucks das größte geschnappt.

»Tu dir keinen Zwang an, bedien dich ruhig«, sagte Lou mit hochgezogener Augenbraue.

Bucks verschluckte sich an dem riesigen Bissen in seinem Mund und legte kleinlaut den Rest des Sandwichs zurück. »Schulligun'«, nuschelte er.

Lou rief die anderen zusammen, die sich kaum weniger begeistert über die Brote hermachten. »Also, was ist so lustig?«, fragte sie.

Bucks war kleinlauter geworden. »Na ja, ihr wollt da drüben einen Typen suchen? Das ist ein Witz, echt jetzt. Fallt beim Anblick von ein paar Knarren in Ohnmacht und wollt euch auf der Straße durchschlagen?«

»Jetzt mach mal halblang«, fuhr Scout dazwischen. »Wir haben den Geheimdienst der City ausgetrickst, da werden wir …«

Dieser Ton gefiel Bucks gar nicht. Er sprang auf. »Mach mich nicht an, klar? Ich lass mich nicht von einer Braut anmachen!«

Sofort stand auch Scout auf den Beinen, fast berührten sich ihre Nasenspitzen. »Die Braut zeigt dir gleich, dass sie keine Knarre braucht, um dich so klein zu machen.« Mit Daumen und Zeigefinger demonstrierte sie ihm, wie klein sie Bucks machen wollte.

»Hey, hört auf mit dem Mist.« Jimmy drängte sich zwischen die beiden.

Scout murrte, setzte sich aber hin.

Bucks gab keine Ruhe. »Ein Witz. Das sage ich.« Er schlug sich mit der Faust auf die Brust. Ihr habt nicht einmal gecheckt, dass sie euch keine Sekunde aus den Augen lassen.«

»Was soll das heißen?«, fragte Jackson.

Der köstliche und kostbare Gyokuro war kalt geworden, aber das Schauspiel auf dem Kutter wäre ihm eine ganze Lieferung des grünen Tees wert gewesen. Die letzte der Kameras sendete nur noch ein flackerndes und manchmal komplett ausfallendes Bild. Die Mikrofone hatten schon fast alle den Geist aufgegeben, was auch an den vielen Störsendern liegen konnte, die Freund und Feind einsetzten, um sich unsichtbar zu machen. Während der Andockphase einer Floating City herrschte in diesen Gewässern ein Gewimmel wie auf einer Ameisenstraße.

Die Hektik, die vorhin auf der CK 1 ausgebrochen war, hatte der neue Passagier verursacht, als er den anderen Crew-Mitgliedern dieser kleinen Kreuzfahrt die Kamera in der Kajüte gezeigt hatte. Mit so viel Triumph und Stolz in den Augen hatte der angeschossene Kerl in die Linse gegrinst, dass es Kellington fast schon Freude bereitet hatte.

Leider hatte danach die Suche nach der weiteren Überwachungstechnik begonnen und einer seiner Monitore nach dem anderen starrte ihn jetzt mattschwarz an. Die Panik, mit der sie hin und her wuselten, sprach für sich. Nur das Exemplar im Bug hatten sie noch nicht gefunden. Nun, er hatte erwartet, dass er sie bald aus den Augen verlieren würde. Denn sie hatten die Küste fast erreicht.

»Immerhin noch alle am Leben«, murmelte der Alte. »Noch.«

8

Fjodor stoppte das Boot vor der Brandung.

»Alles aussteigen, ab hier wird geschwommen«, sagte er.

»Schwimmen?«, entfuhr es Bucks. »Seid ihr völlig durchgeknallt? Ich bin heute genug geschwommen. Ich kraule doch nicht zurück an Land!«

Jimmy zuckte mit den Schultern. »Was du machst oder nicht machst, ist mir ziemlich egal.« Er spielte nervös an seiner Pistole herum. »Wir haben einen Plan. An den halten wir uns.«

Crockie stöhnte leise.

Jackson sah ihm an, wie sehr er das Wasser hasste. Warum zum Henker hatte Crockie nicht schwimmen gelernt?

Bucks schüttelte den Kopf. »Ihr seid total wahnsinnig! Ihr habt euch ausgerechnet das schlimmste Stück Küste ausgesucht, um an dieses verdreckte Scheißland zu kommen.«

»Ich dachte, da wären nur Ruinen?« Jackson warf Jimmy einen Blick zu.

Jimmy hörte nicht auf, mit der Pistole herumzuspielen. Das machte Jackson zusätzlich nervös.

»Richtig«, erklärte Bucks. »Das ist totes Gelände. Ihr könnt hier nicht einfach an Land gehen. Ihr müsst in einen der beiden anderen Sektoren. Zu Aristide an der Westspitze oder Li Shenmi im

Osten. Da werdet ihr zwar versklavt, aber hier werdet ihr entweder erschossen oder ihr ertrinkt.«

»Die Stelle ist perfekt«, hielt Jimmy trotzig dagegen. »Wir haben es genau so geplant. Hier werden wir anlanden. Ich weiß, was ich tue.«

»Zwei Meilen weiter westlich ist eine Bucht mit einer Sandbank davor. Wenn die beiden Experten es schaffen, die Nussschale dort aufzusetzen, können wir durchs Wasser waten«, schlug Bucks vor.

»Spinnst du?«, fauchte Jimmy. »Wir brauchen das Boot für den Rückweg.«

»Wir kriegen Besuch«, unterbrach Grischa. Er reichte Fjodor das Fernglas. Der schaute durch und wollte es an Jimmy weiterreichen, aber Bucks schnappte es sich.

»Scheiße«, zischte Bucks. »Das ist noch schlimmer als die Leute von der Chinesin.«

»Was?« Jackson nahm ihm das Fernglas ab. Ihnen näherte sich in hohem Tempo ein schwarz lackiertes Schnellboot. An beiden Seiten waren die gepanzerten Schutzschilde, aus denen die Rohre von schweren Schnellfeuerwaffen ragten, unübersehbar.

»Piraten.« Bucks packte Jackson an beiden Schultern. »Wenn die uns kriegen, sind wir dran.« Er wartete nicht lange und sprang.

Jackson zögerte, aber im selben Augenblick knallte auch schon der erste Schuss. Die Reichweite war noch zu kurz, aber das schwarze Kampfboot raste auf sie zu.

»Los, los, schnell ins Wasser mit euch!«, schrie Jimmy. Er hob seine Pistole und zielte in Richtung Schnellboot.

Fjodor riss die Kiste auf, in der sich nur noch die eine letzte Schwimmweste befand. Er warf sie Crockie zu. »Tut mir echt leid, Kleiner. Ich weiß nicht, warum du immer im Wasser sterben musst.«

Jimmy feuerte einen zweiten Schuss ab.

»Das ist Schwachsinn, Jimmy!«, rief Fjodor.

»Aber es lenkt sie ab!«, hielt Jimmy dagegen. »Los, los, alle ins Wasser!«

Crockie zögerte. Scout packte ihn einfach, steckte ihn in die Schwimmweste und schubste ihn über die Reling. »Bis gleich, Crockie!«, rief sie.

Jackson sprang sofort hinterher und packte Crockie am Kragen der Schwimmweste. Die Wellen hatten viel mehr Kraft, als er gedacht hatte.

»Jackson«, keuchte Crockie. »Jackson, Scheiße, Mann. Das hier ist das Ende.«

»Halt die Klappe, Crockie!« Jackson schluckte etwas Wasser. Er spuckte es wieder aus. In Rückenlage sah er, dass Lou hinter ihnen herkraulte. Noch schützte sie der Kutter. Das Piratenboot näherte sich genau auf der gegenüberliegenden Seite.

»Ins Wasser!«, schrie Jimmy. Er ballerte wie ein Wahnsinniger Richtung Piratenschiff. Jackson sah, wie Scout über die Reling stieg. Fjodor und Grischa rannten zu Jimmy, packten ihn an den Schultern und wollten ihn vom Schiff zerren, als es passierte. Die Piraten feuerten eine Salve ab.

Der Lärm war ohrenbetäubend. Fast gleichzeitig explodierte das alte Boot. Planken, Glas, Metallteile flogen durch die Luft. Wasser spritzte auf.

Die Druckwelle war so heftig, dass Jackson für einen Augenblick nichts hörte. Eine Welle schlug über ihn und Crockie.

Dann stieg Rauch auf. An der Stelle, an der noch vor wenigen Sekunden der alte Fischkutter von den Wellen auf und ab gehoben worden waren, schwammen nur noch Trümmer herum. Von Jimmy, Fjodor und Grischa war nichts mehr zu sehen.

Auch Scout konnte Jackson nicht entdecken. Hatte sie es vor der Explosion ins Wasser geschafft? Selbst wenn: Die Piraten steuerten ihr Boot genau in das Trümmerfeld. Jackson wollte sich nicht ausmalen, was mit Scout geschehen würde, wenn sie diesen Typen in die Hände fiel.

»In die Brandung! Wir müssen in die Brandung, da können sie uns nicht kriegen!« Bucks legte sich ins Zeug und schwamm vor ihnen auf die Brandung zu.

Jackson arbeitete sich vorwärts. Er ließ die Piraten nicht aus den Augen, aber die Wellen waren so hoch, dass er und Crockie immer wieder die Sicht verloren, wenn sie in ein Wellental abtauchten.

Es war anstrengend, in den Kleidern zu schwimmen, und Crockie schien aller Lebensmut verlassen zu haben.

Jackson sah, wie das Schiff wendete, als sie die Brandung erreichten. Eine Welle riss sie mit. Er packte Crockie, so fest er nur konnte. Die Welle verschluckte die Freunde und spuckte sie dann förmlich wieder aus.

Das Wasser toste um sie herum. Crockie schrie etwas. Lous Kopf tauchte weiter links auf. Bucks watete schon durch das seichtere Wasser Richtung Strand.

Noch nie hatte Jackson eine solche Urgewalt wie die der Wellen gespürt. Noch nie war er in eine Brandung geraten. Und doch hatte er nur einen Gedanken: Jimmy, Fjodor und Grischa sind tot. Zerfetzt von den Kugeln irgendwelcher Piraten, die nun nach Schmuggelware suchten, die es an Bord der CK 1 aber nicht gab. Was für ein Irrsinn. Er watete durch das seichtere Wasser. Eine Welle schlug ihm in die Kniekehlen und brachte ihn zu Fall.

»Du kannst mich loslassen«, rief Crockie neben ihm.

Sie schleppten sich an den Strand.

»Hier! Hier!« Bucks kauerte hinter ein paar Felsbrocken. Er sah ängstlich aufs Meer.

Das Piratenboot lag noch immer an der Stelle des Volltreffers. Die Mannschaft suchte vermutlich ihre Beute.

Lou kam zu ihnen. »Jimmy, Fjodor, Grischa ...?«

»Keine Chance«, sagte Bucks.

Crockie richtete sich auf und sah auf das Meer. »Was ist mit Scout?«, fragte er. »Wo ist sie? Sie konnte doch noch springen.«

Bucks riss ihn zurück in Deckung. »Bist du lebensmüde, Mann? Wir sind den Typen gerade entkommen und du stellst dich mit deiner Leuchtweste als Zielscheibe hin? Ein Menschenleben ist hier nichts wert, kapiert? Nichts! Du kannst nichts für sie tun.«

Crockie ging in die Knie. Er kauerte sich hinter die Felsen. Aber er ließ das Meer nicht aus den Augen.

Bucks warf einen Blick über die Schulter rüber zur Uferstraße. »Wie ist euer Plan? Ich meine: Wo ist euer Freund, den ihr sucht? Gehört er zum westlichen Sektor von Aristide? Oder lebt er im Osten? In welchen Sektor wollt ihr?«

Jackson sah von Crockie zu Lou. Ihr Plan, die nächsten Schritte, ihr gesamtes Wissen über Matt Fuller war mit Jimmy untergegangen. Und nun hingen sie hier. An diesem Strand vor dem Ruinensektor. Roter Staub um sie herum. Sand. Müll. Die Sonne ging auf und innerhalb der nächsten fünf Minuten würden sie entweder von den Typen im Boot oder irgendeinem anderen Banditen erschossen werden.

Jackson hatte noch nie in seinem Leben Festland unter seinen Füßen gehabt. Er hatte immer versucht, es sich vorzustellen. Dieses Gefühl, wie es wohl wäre, einmal einen Fuß auf echtes Land zu setzen. Groß hatte er es sich vorgestellt, abenteuerlich und unendlich frei, aber alles, was er jetzt spürte, war Angst.

Also klammerte er sich an die einzige Hoffnung, die sie hatten: Matt Fuller. Sie mussten ihn finden, befreien und mit ihm nach Ocean City zurückkehren.

Jackson schöpfte neuen Mut aus der Vorstellung, dass Bucks elektrisiert reagieren würde, wenn er diesen Namen hörte. Die Legende von Ocean City. Fuller, der Rebell! Dieser Name würde Türen öffnen. Dieser Name würde Bucks tief beeindrucken.

»Matt Fuller!«, sagte Jackson.

Lou zuckte zusammen, als Jackson den Namen verriet. War er zu unvorsichtig?

Bucks machte tatsächlich große Augen. Er guckte erstaunt. Sehr erstaunt. Jackson fühlte sich schlagartig besser, als er dieses Erstaunen in Bucks' Augen sah. Das erste Mal hatte auch Jackson das Gefühl, dass Matt Fuller wirklich die Lösung für ein ganzes Bündel von Schwierigkeiten war, genau wie Jimmy es immer gesagt hatte. So wie Bucks ihn ansah, musste Matt Fuller hier bestens bekannt sein. Jackson drückte den Rücken durch und schüttelte das Meerwasser aus seinen Haaren.

Endlich fand Bucks die Sprache wieder. Er fragte ohne einen Hauch von Begeisterung: »Matt Fuller? Wer soll das denn sein?«

Ambrose di Gallo war noch Stunden nach der Landung froh, dass er wieder festen Boden unter den Füßen hatte. Für dieses Geschaukel in der engen Kabine eines Helikopters war er nicht geboren. Er freute sich über das komfortable Gästezimmer in der Burg, wie die Niederlassung der Ocean City Inc. auf dem Festland genannt wurde.

Der Gebäudekomplex hatte tatsächlich etwas von einer Festung. Die Sicherheitsmaßnahmen wurden von Jahr zu Jahr verbessert. Früher hatte hier die Botschaft einer der Weltmächte ihren Sitz gehabt. Vor dem Zerfall der Staaten wurde der komplette Westen des Kontinents von hier aus überwacht. Für die Aufgaben der *Ocean City Trade & Immigration Association*, wie die Niederlassung offiziell hieß, hatte man das Gebäude von Grund auf renoviert und um einige Geschosse aufgestockt.

Ich bin wirklich lange nicht mehr hier gewesen, dachte Ambrose.

Damals wohnten viele Mitarbeiter außerhalb der Burg, aber das war mittlerweile ein zu hohes Sicherheitsrisiko. Wer wollte, konnte ein Jahr oder länger in einer der Handelsabteilungen arbeiten, ohne auch nur einmal die Stadt oder das Umland zu betreten. Zur Erholung stand dann die genauso gesicherte Farm ungefähr 300 Meilen von der Küste entfernt zur Verfügung.

Immer wenn die jährlichen Aufnahmeverfahren für Ocean City begannen, wurde das Gebäude im wahrsten Sinn belagert wie eine mittelalterliche Burg. Dann kamen unzählige Menschen, die hofften, eine Einreisegenehmigung für die Floating City zu bekommen. Dabei war das so gut wie unmöglich, wenn man nicht selbst von der Abteilung, der die Anwerbung neuer Bewohner oblag, aufgefordert wurde, zu einem der Bewerbungstermine zu kommen. Für die wenigen Plätze, die vergeben wurden, musste man entweder besonders herausragende Fähigkeiten mitbringen oder große Mengen von etwas, das die City dringend brauchte: nicht synthetisierbare Rohstoffe wie Gold, Platin oder seltene Erden.

Ambrose di Gallo fühlte sich merkwürdig. Es war beklemmend zu wissen, dass sich die Stadt unter seinen Füßen nicht bewegte.

Das Festland bedeutete Stillstand. Stillstand, Hitze und diesen grässlichen Gestank, den hatte er schon fast vergessen.

Die Stadt war ihm immerhin vertraut. Er wusste, wie sie funktionierte. Ausgangspunkt für seine Untersuchungen, sein Büro, sein Heimathafen, war immer die Burg. Egal, wo Ocean City andockte, es gab immer eines dieser Gebilde, die alle ähnlich aufgebaut waren.

Zu den unteren Stockwerken hatten sowohl Teilhaber der City Zugang als auch die Bewerber vom Festland, die aufgenommen werden wollten. Hier gab es die Seminarräume für das Auswahlverfahren und die Büros der Anmeldebehörde.

In den Stockwerken darüber betrieben die Devisen- und Rohstoffhändler ihre Geschäfte. Weiter oben waren die Restaurants und Cafés untergebracht. Unter dem Dach lagen schließlich die Gästezimmer für Leute wie di Gallo und die schicken Suiten für die Führungskräfte der City.

Den Mitarbeitern, die sich in diese Außenstellen versetzen ließen, winkten enorme Belohnungen. Die Gutschriften auf ihren Zeitkonten waren so hoch, dass man sich nach kurzer Zeit monatelang auf die faule Haut legen konnte. Keiner mochte die Jobs an Land, di Gallo hatte jedoch als junger Mann einiges an Erfahrungen auf dem Festland gesammelt.

Im Inneren der Burg merkte man kaum, wie gefährlich das Leben auf dem Festland war. Trotzdem wusste es jeder Neuankömmling, denn der Hubschrauberlandeplatz auf dem Dach war offenbar vor einiger Zeit Ziel eines Angriffs gewesen. Die Löcher in den Betonaufbauten waren nur notdürftig geflickt.

Nach seiner Anmeldung oben am Flugfeld hatte di Gallo nur kurz sein Gepäck im Zimmer 1825 abgestellt und sich frisch gemacht. Nun tauschte er im Devisenbüro im 13. Stock zwei Wochen von seinem Zeitkonto in die hiesigen Zahlungsmittel um. Es war fürchterlich umständlich mit diesen Zettelchen und Münzen. Man wusste nie, wer welche Währung anerkannte und was man für sein Geld bekam. Von einem Tag auf den anderen schnellten die Preise für eine Ware in die Höhe, je nachdem, wie viel davon gerade zur Verfügung stand.

Er ließ sich von einem verwitterten Sicherheitsbeamten der Abteilung Q über die allseits bekannten Gefahren aufklären.

»Aktuell haben sich zwei Warlords die Stadt aufgeteilt. Wir sind hier im Westen der Halbinsel, im Gebiet von Aristide, der auch den Floating Port kontrolliert. Der östliche Teil der Stadt mit den großen Slums wird von der Chinesin Li Shenmi regiert. Die Grenzen sind ziemlich dicht und im Augenblick ist es, mit einer Ausnahme, auch ruhig. Wenn Sie rüber zur Chinesin wollen, werden Sie kontrolliert, denn die beiden versuchen, sich gegenseitig auszuhungern. Sie erheben Zölle auf alles oder verbieten den Handel komplett. Der Nordstrand ist verlassen, da sind nur noch Ruinen, die keiner von beiden wiederaufbauen lässt. Aber Vorsicht: Wer sich da bewegt, wird erst erschossen und dann gefragt, was er will. In dieses Gebiet sollten Sie allein keinen Fuß setzen. Falls Sie zur Farm rausmüssen: nur in einem der gepanzerten Konvois der Burg. Abfahrtszeiten erfahren Sie von mir. Und meiden Sie das alte Stadion.«

Di Gallo nickte.

Tyler Smink hieß der Kollege. Das sagte sein Namensschild. Und ein Alkoholproblem hatte er. Das meldete di Gallos Nase. Wer mittags schon eine solche Fahne hatte, konnte nur ein Alkoholproblem haben. Sein Büro im 13. Stock war verflixt klein. Die Klimaanlage lief auf Hochtouren und kühlte das Räumchen runter, als wäre Smink ein Kopfsalat, der frisch bleiben sollte. Ein offensichtlich völlig aussichtsloses Unterfangen.

»Ihren Decoder müssen Sie nur hier im Gebäude tragen. Außerhalb der Burg ist es ratsam, ihn abzulegen, da Sie sonst als Fremder zu erkennen sind und leicht ausgeraubt oder entführt werden könnten. Zum Einchecken fahren Sie mit dem Fahrstuhl in die dritte Etage. Bitte nutzen Sie die Fahrstühle 5 bis 8. Die sind für Teilhaber von Ocean City reserviert. Die anderen Fahrstühle reichen ohnehin nur bis zur zweiten Etage.«

Wie oft hatte er wohl diese Sätze schon heruntergeleiert? Smink redete und redete. Di Gallo wartete geduldig auf die alles entscheidende Frage: »Kann ich sonst noch etwas für Sie tun, Superintendent?«

»Ja!«, entfuhr es di Gallo etwas zu forsch. »Zwei Dinge. Ich brauche einen Assistenten.«

»Wir haben einige Mitarbeiter hier, die …«

Bevor Tyler Smink erneut zu einer seiner langen Ausführungen ansetzen konnte, unterbrach ihn di Gallo. »Einen *unabhängigen* Assistenten, einen, der sich draußen wirklich gut auskennt und nicht hundert Meilen gegen den Wind als Mitarbeiter der Burg zu erkennen ist. Kann auch was kosten, nur muss er zuverlässig sein. Diskret und zuverlässig.«

Smink hob die Augenbrauen. Er lächelte und zwinkerte di Gallo zu. »Einen Schnüffler also? So einen schmierigen kleinen Spitzel?«

»Genau so einen!«, antwortete di Gallo.

Der Kollege öffnete eine Schublade seines Schreibtischs, kramte darin herum und zog eine Visitenkarte heraus. Er legte die Karte auf den Tisch. »Perfekt für Ihre Zwecke.«

Als di Gallo schon in der Tür stand, fragte Smink: »Hatten Sie nicht noch einen zweiten Punkt?«

Di Gallo schlug die Hand vor den Kopf. Er zog die Mappe mit den Dokumenten für die Einreise der vier Neuzugänge hervor. »Ziemlich wenige dieses Mal.«

»Weiß ich«, erwiderte Smink. »Kenne die Früchtchen schon. Ich würde zu gerne wissen, warum sie ausgerechnet die ausgewählt haben. Machen nichts als Ärger. Wenn man ihnen einen guten Rat gibt, grinsen sie frech. Wenn man ihnen etwas befiehlt, tun sie das Gegenteil. Würde mich wundern, wenn sie die Abschlussprüfung schaffen.«

Di Gallo hatte schon einen Blick auf die Dossiers geworfen, die das Bioforschungszentrum über diese »Früchtchen« angefertigt hatte. Nein, die würden kaum durchfallen. Die City hatte Interesse an diesen Köpfen. Besonders ein Junge namens Lars schien ein echtes Genie zu sein. Auch die anderen waren noch grün hinter den Ohren.

»So sind Vierzehnjährige«, sagte er. »Wir waren auch nicht besser, oder?«

Smink knurrte etwas Unverständliches.

9

Die Luft war staubtrocken und sandig. Dennoch konnte Jackson die nahe See noch riechen. Sie hatten es vom Strand runter bis in die zweite Häuserzeile geschafft, ohne erschossen zu werden. Das waren zwei Häuserzeilen mehr, als Bucks ihnen prophezeit hatte. Allerdings kamen sie nur unendlich langsam voran. Immer wieder mussten sie sich irgendwo verstecken und ausharren. Je weiter sie sich vom Nordstrand nach Süden bewegten, desto bewohnter wurden die Ruinen. Hier herrschte wirklich nur ein Recht: das Recht des Stärkeren.

Wie sollten sie Matt Fuller finden? Dass Bucks ihn nicht einmal vom Hörensagen kannte, war ein Schock.

»Hey, träum nicht. Wir müssen weiter«, flüsterte Bucks.

Es fiel Jackson schwer, die Verantwortung an Bucks abzugeben. Jemand, der hier aufgewachsen war, kannte die Tricks und Kniffe, die Gefahren, die man eingehen konnte, und die, die den sicheren Tod bedeuteten. Aber Bucks war auch daran gewöhnt, zuerst das eigene Überleben zu sichern. Vielleicht auf Kosten anderer. So hatte Jackson es an der Clark Kellington Highschool gelernt: Außerhalb von Ocean City, jenseits der geregelten, durch den Vertrag geschützten Gemeinschaft, tobte der Krieg eines jeden gegen jeden.

Crockie legte die Hand auf Jacksons Schulter. »Los. Zuerst Bucks und du, dann Lou, ich zuletzt.«

Zwischen den eingefallenen Häusern tauchten windschiefe Hütten auf. Notdürftige Unterstände, in denen schmutzige Menschen in zerfetzten Klamotten schliefen, hockten, lauerten. Ein Mädchen mit einer halben Sandale am Fuß starrte Jackson so sehr an, dass Bucks sie verscheuchte.

»Die Ruinengegend ist Niemandsland«, sagte Bucks mit einem Achselzucken, als Jackson noch einmal nachfragte, ob er Matt Fuller wirklich nicht kannte. »Ihr müsst euch entweder Aristide oder Li Shenmi anschließen, wenn ihr überleben wollt. Irgendein Schluffi als Verbündeter kann euch hier nicht helfen.«

»Matt ist kein Schluffi.« Die Worte platzten geradezu aus Lou heraus.

Jackson spürte, wie nervös sie war. Das waren sie alle, aber bei Lou schien da noch etwas anderes mitzuschwingen.

»Matt lebt in der Nähe des Stadions«, sagte Lou zwar leise, aber so bestimmt, dass für einen kurzen Moment alle schwiegen.

Jackson drehte sich zu ihr um. Woher wusste sie das? Und warum hatte sie es bisher verschwiegen? Vertraute sie ihm so wenig?

»Bei welchem?« Bucks blieb stehen. »Hier gibt es drei Stadien.«

»Die World Football Arena«, sagte Lou.

»Du wusstest die ganze Zeit, wo er ist?«, entfuhr es Jackson. Kannte sie etwa Jimmys Pläne doch besser?

»Nicht genau … also … Jimmy hat den Namen des Stadions mal fallen lassen …«

Jackson musterte Lou. Irgendwas war da faul. Sie log. Ganz offensichtlich. Aber warum?

»Ist jedenfalls so ziemlich die beschissenste Gegend, die man sich hier vorstellen kann. Zwischen dem Sektor der Chinesin und dem von Aristide im Westen der Halbinsel. Die beiden können sich nicht so recht entscheiden, wem die Region um die World Football Arena gehören soll. Mal kämpfen sie drum, dann wieder laufen alle weg. Übel da. Fast wie der Nordstrand, nur mit mehr Leuten, Waffen, Killerkommandos. Seid ihr sicher, dass euer Matt noch lebt?«

»Hundertprozentig!«, entfuhr es Lou.

Sie bemerkte Jacksons und auch Crockies misstrauischen Blick. »Äh, ich meine: ziemlich sicher. Und wir haben eh keine andere Chance, oder?« Lou setzte ein Lächeln auf, aber das überzeugte Jackson noch weniger. Was hatte sie noch alles verschwiegen?

Bucks checkte die Straße ab. »Weiter jetzt. Ihr werdet euren Matt schon finden.«

»Was heißt da ›ihr‹?«, fragte Crockie. »Du bringst uns hin, oder nicht?«

Bucks warf Crockie einen abschätzigen Blick zu. »Hey, Nichtschwimmer. Ihr habt mich aus dem Wasser gefischt, okay, aber ich würde sagen: Wir sind quitt. So was von quitt. Also falls ich euch helfen würde, diesen Fuller zu finden, was springt für mich dabei raus?«

Jackson, Lou und Crockie tauschten nur einen flüchtigen Blick. Jackson wusste, womit er Bucks ködern konnte. Er wusste, wofür hier wahrscheinlich jeder sein Leben aufs Spiel setzen würde. Bucks war nicht einfach so mit einer Schussverletzung im Wasser gelandet.

»Wer hat eigentlich auf dich geschossen?«, fragte er.

»Was tut das zur Sache?«

»Du warst ganz schön weit draußen. Fast am äußeren Ring von Ocean City.«

»Kann sein«, knurrte Bucks.

»Du wolltest illegal einreisen, gib es zu!«

»Und wennschon!«

Jackson deutete auf sein Armband. Dieser Decoder und der dazugehörige Chip unter der Haut waren die Eintrittskarte in die schöne Welt von Ocean City, und genau diese Decoder konnte Matt Fuller fälschen – wenn die Geschichten und Legenden, die Jimmy erzählt hatte, so einigermaßen stimmten.

Bucks legte den Kopf schief. Er kapierte, was Jackson ihm mit seiner Geste sagen wollte. »Verscheißert ihr mich?«

Jackson, Lou und Crockie schüttelten die Köpfe. Crockie sagte leise: »Wir können dir ein Armband mit echtem Decoder besorgen, wenn du uns den Weg zu Matt Fuller zeigst und hilfst, unsere Freundin Scout wiederzufinden.«

»Dann schießt garantiert keiner mehr auf dich, wenn du den nächsten Versuch startest. Weil du ganz legal einreist.«

»Einfach so?«

»Nein, nicht einfach so. Sondern mit Matt Fullers Hilfe.«

»Na toll, also gar nicht.« Bucks bog um die nächste Ecke und hatte endlich gefunden, was er suchte: einen Händler, der Obst und Gemüse gegen alles Mögliche tauschte. Im Vorbeigehen steckte Bucks zwei Äpfel ein. Aber der Händler, der gerade mit den Sonderwünschen einer dicken Lady beschäftigt war, bekam den Diebstahl mit. Er warf mit Steinen nach Bucks.

»Verschwindet! Gesindel!«, rief er.

Bucks zog den Kopf ein. Sie rannten die Gasse hinunter.

Ein paar Straßen weiter schob Bucks seine Begleiter hinter eine Mauer. »Rührt euch nicht«, sagte er.

Jackson hörte, wie Bucks jemanden herbeirief. Er linste um die Ecke ihres Verstecks. Ein kleiner Junge rannte über die Kreuzung. Er begrüßte Bucks mit einer komplizierten Abfolge von Stößen mit der Faust an Bucks' Faust.

»Du stinkst, Mopsi«, sagte Bucks.

»Nenn mich nicht Mopsi«, sagte der Junge.

Bucks holte die Äpfel, die er gerade geklaut hatte, hervor. Einen reichte er dem Jungen. Mopsi biss sofort hinein.

»Willst du dir ordentlich was verdienen, Mopsi?«, fragte Bucks.

Mopsi nickte eifrig. Mehr als einen Ton brachte er mit den Backen voller Apfel nicht hervor.

»Wenn du etwas hörst von einem Mädchen, will ich das wissen, okay?«

»Eimäpschen«, nuschelte Mopsi.

»Das Mädchen hat ganz kurze Haare, sie ist mit einem Fischkutter gekommen. Vielleicht ist sie irgendwo am Nordstrand gelandet. Kann auch sein, dass die Leute der Chinesin oder die von Aristide sie sich geschnappt haben.«

»O-o-o«, nuschelte Mopsi.

»Wenn du etwas hörst, sagst du es Snipes, der soll es Futsu sagen und Futsu soll zu Silver gehen. Hast du das kapiert?«

Mopsi schielte auf den zweiten Apfel. Blitzschnell schnappte er ihn und rannte los. »Klar, bin doch nicht blöd. Mädchen, Snipes, Futsu, Silver. – Und nenn mich nicht Mopsi.« Weg war er.

»Ihr könnt rauskommen«, sagte Bucks.

Jackson hatte seine Zweifel, dass sie auf diese Weise Scout finden würden. Wahrscheinlich stand es ihm ins Gesicht geschrieben, denn Bucks sagte: »Was guckst du so? Ich habe meine Leute, sogar hier im Niemandsland!«

Jackson ersparte sich einen Kommentar.

Lou trat jedoch auf Bucks zu und nahm seine Hände mit den ihren. »Danke«, sagte sie.

»Gern geschehen«, murrte Bucks.

»Warum sind die Häuser hier so zerschossen?«, fragte Crockie.

»Bürgerkrieg. Der letzte vor zwei Jahren, war schnell beendet. Aber der davor hat elf Jahre gedauert, da wurden die letzten Wasserquellen der Gegend aufgeteilt. Wer hier das Wasser hat, hat die Macht.«

Bucks blieb stehen. Er spähte in einen leeren Hauseingang. Eine Tür gab es nicht. Ein Loch gähnte stattdessen in der Wand. Bucks zog Jackson in das Gebäude. Lou und Crockie folgten ihnen. Sie prüften die Räume. Es waren drei Zimmer eines nie fertiggestellten Hauses. Es stank entsetzlich nach Urin. Eins der Zimmer lag zur Straße, hatte aber eine große Fensteröffnung, durch die Staub hereingewirbelt wurde. Bucks ließ sich in diesem Zimmer nieder. Er legte sich auf den Boden und reckte unter leichtem Stöhnen seinen verletzten Arm.

Jackson und Lou warfen sich einen Blick zu. Bucks brauchte unbedingt einen Arzt, der sich die Wunde an seinem Arm ansah. Aber die Gegend, in der sie gelandet waren, sah nicht so aus, als würde es Ärzte oder Apotheker geben.

»Okay, wenn ich euch zu Matt Fuller bringe, dann besorgt ihr mir so ein Armband und den passenden Chip dazu? Und ich kann nach Ocean City einreisen? Ehrenwort?«

Jackson nickte. Er ließ sich an der Wand heruntergleiten und merkte plötzlich, wie müde er war. »Ehrenwort. Hundertprozentig.«

Bucks streckte ihm die Hand entgegen. »Deal! Dann wollen wir uns mal zur World Football Arena durchschlagen und hoffen, dass irgendjemand euren Matt Fuller kennt.« Bucks lachte etwas künstlich.

Jackson hörte sofort, was in diesem Lachen mitschwang. Verzweiflung.

Ambrose di Gallo wartete bereits eine Stunde in der kleinen Bar neben dem Supermarkt, der schon vor ewigen Zeiten geplündert und von den ehemaligen Besitzern aufgegeben worden war. Zertrümmerte Scheiben, ein paar Regale hingen schief an den Wänden, und nur die Tiefkühltruhen, die zu schwer zum Abtransport gewesen waren, standen noch herum. In jeder von ihnen hatte sich ein Obdachloser eine Art Bett aus Lumpen, Pappkartons oder den Resten von Matratzen gebaut. Die Bewohner dieser eigenartigen Pension schliefen noch.

Ambrose musste lächeln. In einer versteckten Hirnwindung hatte er schon begonnen, die Minuszeiten zu berechnen, die man in der City für eine derartige Verspätung zu erwarten hatte.

Die Bar war eigentlich eine Bretterbude mit einem Wellblechdach, das von einem Stacheldraht umkränzt wurde. Der Stacheldraht sollte wohl Diebe abhalten, denn die Solarpaneele auf dem Dach lieferten den Strom für die Kaffeemaschine und den Grill. Es roch nach ranzigem Fett und zu scharf gebrannten Kaffeebohnen. Er hatte sich den zweiten, etwas streng schmeckenden Kaffee in den Porzellanbecher mit dem abgebrochenen Henkel gießen lassen. Der Mann hinter dem Tresen sprach kein Wort. Er paffte eine Zigarette nach der anderen.

»Vorige Woche haben sie dort drüben einen Toten in der Pizzatruhe gefunden, aber sie ist schon wieder belegt«, sagte plötzlich eine samtweiche Stimme. Sie passte voll und ganz zu der Person, die vor di Gallo stand.

Ambrose schluckte, brachte aber keinen Ton hervor. Eine Frau hatte ihm schon lange nicht mehr den Atem verschlagen, aber diese war im wahrsten Sinne atemberaubend. Atemberaubend schön.

»Jemand hatte den Deckel zugezogen, und die alte Frau, die es sich darin bequem gemacht hatte, ist erstickt.«

Ambrose schluckte ein weiteres Mal.

Die Frau war ein Fremdkörper in dieser Umgebung. Sie trug die gleichen unauffälligen, braunen, schlammgrünen und sandfarbenen Klamotten wie die meisten hier, dazu eine Baseballkappe, aus der hinten ein wuscheliger Pferdeschwanz hervorschaute, und geländegängige Schuhe, staubig und mit rotbraunen Flecken darauf, von denen Ambrose nicht wissen wollte, von was sie herrührten. Ketchup war es bestimmt nicht.

Das Gesicht jedoch war sanft, makellos, seidige kakaobraune Haut, eine kleine Stupsnase, starke Wangenknochen. Nur der leichte Silberblick, eine winzige Fehlstellung des linken Auges, störte diesen perfekten Anblick und machte das Gesicht gleichzeitig so besonders.

»Vielleicht war es nicht der schlechteste Tod. Es gibt in dieser Stadt schlechtere Arten zu sterben.«

»Samantha Bekham«, stellte sich die Frau vor. »Sie können Sammy sagen, das ist einfacher, oder? Wo wir jetzt zusammenarbeiten …«

Ambrose stand endlich auf, um sie zu begrüßen. Sie zerquetschte beinahe seine Hand, als er sie ihr gab. Eigentlich kam sie mit ihren zarten Fingern kaum um seine Pranke herum, aber der Griff hatte es in sich.

Langsam dämmerte es ihm. Das war die Person, auf die er eine Stunde gewartet hatte.

S. Bekham.

So stand es auf der Visitenkarte, die ihm der Sicherheitsmann in der Burg gegeben hatte. Das war also der schmierige kleine Schnüffler, den der versoffene Smink ihm empfahl.

»Nun, Sie haben vielleicht jemand anderen erwartet?«, sagte die Frau. Sie warf dem Barmann eine Münze zu. Der nickte nur. Dann führte Sammy Ambrose in ein Hinterstübchen der Bar. »Die Stadt ist geschwätzig. Hier haben wir unsere Ruhe.« Sie setzte sich an den einzigen, runden Tisch mit vier Stühlen, der vor einem Fenster stand, das blind vor Dreck war. »Mein Vater hat das Geschäft aufgegeben. Samuel Bekham. Ich brauche die Visitenkarten auf, wäre Quatsch, sie wegzuwerfen, oder?« Ein trauriger Zug legte sich um ihre Lippen.

Ambrose setzte sich auf einen der anderen Stühle. Er konnte nicht aufhören, diese Erscheinung anzustarren. Von ihm aus hätte sie noch ihre gesamte Familiengeschichte, die ihres Vaters und Urgroßvaters erzählen können.

»Als Erstes legen Sie Ihren Decoder ab, Ambrose. Ich darf doch Ambrose sagen? Mit dem Ding erkennt Sie jeder als Floating Man. Ocean City weckt eine Menge Begehrlichkeiten bei vielen Leuten hier, und sei es nur die, sich an Ihnen zu rächen. Denn Sie haben es geschafft und andere hängen hier fest. Wir kaufen bei einem fliegenden Händler ein paar Lederriemen oder Freundschaftsbändchen, dann sieht man die Druckstellen des Decoders und den Chip nicht.«

»Ich suche ein paar Leute«, brachte Ambrose endlich hervor.

»Ein paar Leute, die in der Andockphase abgehauen sind, ich weiß.«

»Woher wissen Sie das?«

»Hören Sie nicht zu? Ich sagte: Die Stadt ist geschwätzig. Außerdem bin ich die Tochter von Samuel Bekham. Er war der Beste. Ich bin noch besser. Mein Vater hatte seine Verbindungen. Die sind nun meine. Er war nebenher so etwas wie ein Friedensrichter, konnte bei einem Glas Pfefferminztee mit viel Zucker Warlords miteinander versöhnen, die sich vorher die Kehle durchschneiden wollten. Manchmal legte er zu Bekräftigung einen doppelläufigen Revolver auf den Tisch. Ungeladen, das war der Witz. Ich habe alles von ihm gelernt. Viele Stunden heimlich unter seinem Schreibtisch sitzend und später dann Schritt für Schritt.« Sie lehnte sich zurück und verschränkte die Hände am Hinterkopf. »Erst einmal machen wir einen kleinen Grundkurs, okay?«

Sie ließ Ambrose keine Zeit, etwas dagegen einzuwenden.

»Wir befinden uns hier im Bezirk Yoloff, im westlichen Sektor. Hier regiert Aristide, sicher einer der eigenartigsten Warlords, die hier jemals das Sagen hatten. Während die Chinesin im Osten der Stadt mit Kolonnen von gepanzerten Geländewagen durch die Gegend rast und protzt, verlässt er sein Hauptquartier fast nie. Ein Bunker. Im wahrsten Sinn. Ohne Fenster. Unter der Erde. Er hat panische Angst vor Racheakten, terrorisiert mit seinen Leuten aber die Gegend. Sein Reichtum und seine Macht basieren auf dem Rohstoffhandel mit den Floating Citys. Außerdem kontrolliert er drei der wichtigsten Wasserquellen. Ziemlich saubere sogar. Wasser, das man trinken kann, ohne sechs Wochen nach dem ersten Schluck zu sterben. Vielleicht stirbt man in sechs Jahren am Entgiftungszeug, das er reinmischt, aber wer denkt schon darüber nach, was in sechs Jahren ist?«

»Rohstoffhandel? Auch mit Ocean City?«

»Gerade mit Ocean City. Ganz offiziell über das Handelszentrum und nebenher auf den üblichen Schmuggelwegen. Ihm wird nachgesagt, dass er bei euch Kontakte nach ganz oben hat. Kontakte heißt bei Aristide normalerweise: Irgendwen hat er in der Hand.«

»Wen?«

»Wenn ich das wüsste, wäre ich reich oder tot. Im Moment ist die Stimmung ziemlich mies, weil einer von Aristides Günstlingen verschwunden ist. Der absolute Meister in der Bullet-Challenge. Aristide will unbedingt, dass der Titel in seinem Sektor bleibt, das ist Ehrensache. Er vermutet, dass die Chinesin den Burschen hat verschwinden lassen.«

Ambrose hatte von diesem Wettbewerb bereits gehört.

»So, wir können«, sagte sie unvermittelt und stand auf. »Ach, und noch etwas.« Sie sprach leise, damit sie der Barmann im Vorderzimmer nicht hören konnte. »Den Kaffee hier, den sollten Sie nicht trinken. Die haben ein tolles Verfahren, mit dem sie aus Ziegenkötteln so etwas wie Kaffeebohnen brennen.«

Ambrose starrte Sammy an, dann in die leere Tasse ohne Henkel. Ein saurer Geschmack breitete sich in seinem Mund aus.

»Na los jetzt«, sagte Sammy. Sie verließ das Lokal und schwang sich auf einen Motorroller, der schon sehr viel bessere Zeiten gesehen hatte. »Wir wollten doch ein paar hübsche Armbänder für Sie kaufen. Vielleicht etwas mit Perlen.« Sie lachte. »Anschließend lernen Sie Aristide kennen. Halten Sie auf jeden Fall den Mund, egal was passiert, und rechnen Sie damit, dass es dauert. Aristide ist ein launischer Typ.«

Ambrose nickte. Egal ob auf dem Festland oder der schwimmenden City: Mit launischen Typen hinter zu großen Schreibtischen kannte er sich aus.

»Wie lange sollen wir hier rumsitzen?«, fragte Jackson. »Ich dachte, du bringst uns zu Matt, zum Stadion!«

Crockie nickte zustimmend, sagte aber nichts.

Vernünftig, dachte Jackson. Einmal die Lippen öffnen und der heiße Wind trieb einem Sand in den Mund. Wie lange harrten sie in diesem Haus jetzt schon aus? Jackson wusste es nicht. Er schaute auf seinen Decoder, der bereits lange den Dienst aufgegeben hatte. Gewohnheit. Diese verdammten Dinger! Erst jetzt merkte er, wie sehr sie einen beherrschten. Das Salzwasser hatte dem Gerät zugesetzt. Wütend schlug Jackson mit der flachen Hand darauf.

»Für solche Ausflüge sind diese Wunderwerke der Technik nicht geeignet.« Lou quälte sich ein Grinsen ab.

»Dafür müssen Köpfe rollen«, äffte Crockie die schrille Stimme von Lydia Tremont nach.

»Vergeudet eure Kraft nicht«, sagte Bucks. »In der Mittagshitze tun wir erst einmal gar nichts. Bei 45 Grad im Schatten überlegst du dir jeden Schritt dreimal.«

Wieder zog Stille ein. Jackson konnte dieses Schweigen kaum ertragen.

Die Explosion, die Jimmy, Fjodor und Grischa das Leben gekostet hatte. Die Bilder jagten immer wieder durch Jacksons Kopf. Lebte Scout noch? Die Erinnerung an das verängstigte Kind an der Hand dieses verdammten Kerls am Kai der City bei ihrer Abfahrt drängte sich dazwischen. Celine, seine Schwester, was mochte jetzt mit ihr sein?

Und doch war er heilfroh, dass sie nicht umgekehrt waren, dass sie seine Schwester nicht von dieser Hand gerissen, sie vielleicht sogar mitgenommen hatten. Spätestens die Wellen der Brandung wären ihr sicherer Tod gewesen, gar nicht daran zu denken, was ihr an diesem glutheißen und schmutzigen Ort drohte.

Jackson schreckte zusammen. Bucks hatte ihn angestupst. Hatte er etwas gesagt?

»Nicht denken«, sagte Bucks. Sein Blick ruhte lange auf Jackson.

Ein sonderbarer Typ, dieser Bucks, dachte Jackson und musste lächeln, weil er schon wieder – dachte.

»Kann man nicht so leicht abstellen«, sagte Jackson.

»Ich weiß«, sagte Bucks.

»Sie halten meine Familie fest, drüben, in der City«, sagte Jackson. »Meine kleine Schwester.«

»Hätte auch gerne eine kleine Schwester gehabt«, sagte Bucks. »Trotzdem. Denken hilft nichts. Ruh dich aus. Wenn es etwas abkühlt, gehen wir in den Sektor der Chinesin.« Er drehte sich zur Seite.

Sonderbarer Typ, dachte Jackson wieder. Bucks hatte recht, die Erinnerungen machten es nur schlimmer. Aber hier einzuschlafen, kam ihm vor wie eine Aufforderung, ihnen die Kehle durchzuschneiden. Alle, die er auf dem Weg vom Ruinenfeld am Strand hierher gesehen hatte, wirkten so, als wären sie sofort bereit dazu.

Die Blicke waren im besten Fall verzweifelt, einige hatten ihnen mit offenem Hass Wörter hinterhergeworfen, die Jackson nicht verstanden hatte. Nettigkeiten waren es nicht gewesen. Die Erschöpfung, der Schlafmangel und der Hunger forderten ihren Preis. Seine Augenlider sanken tief und tiefer, bis er sie nicht mehr hochreißen konnte.

Eine Hand an seiner Schulter holte Jackson zurück in das abbruchreife Haus. Jackson warf die Arme nach vorne, um den Angreifer abzuwehren. Seine immer noch geschwollene Nase pochte, in seinem Kopf tobten Kobolde. Sein Schrei war nur ein Krächzen aus einer völlig ausgetrockneten Kehle.

»Hey, keine Panik!«

Crockie.

Jackson sank zurück, schmatzte den fahlen Geschmack im Mund weg und quälte sich ein Lächeln ab. »Wer hätte gedacht, dass ich mich einmal freue, nach dem Aufwachen in deine schiefe Fresse zu gucken.«

»Sei leise«, flüsterte Crockie und deutete auf Lou.

Sie lag zusammengerollt neben ihm. Erst jetzt bemerkte Jackson, dass ihre eine Hand auf seinen Bauch lag.

»Sie schläft noch. Soweit man das schlafen nennen kann.«

Jackson verstand, was Crockie meinte. Obwohl Lou wie ein Baby neben ihm lag, brabbelte sie in einem fort vor sich hin. Einzelne Worte stieß sie laut hervor, dann wieder wimmerte sie, unter ihren geschlossenen Lidern rollten die Augäpfel wild kreuz und quer.

»Keine guten Träume«, sagte Crockie.

Jackson rührte sich nicht. Er befürchtete, Lou zu wecken, wenn er ihre Hand von seinem Bauch schob. Er versuchte sich umzuschauen und merkte, dass kaum noch Licht in den Raum fiel.

»Du hast geschnarcht wie ein alter Bär«, flüsterte Crockie.

»Das hat vielleicht damit zu tun, dass mir jemand die Nase zertrümmert hat«, gab Jackson mit einem schiefen Lächeln zurück.

»Bucks ist weg«, sagte Crockie.

»Na toll«, seufzte Jackson. Eigentlich hatte er bei Bucks ein gutes Gefühl gehabt, trotz aller Zweifel.

»Vielleicht ist es auch besser so. Wir sollten uns nicht von einem kleinen Verbrecher abhängig machen«, sagte Crockie.

»Nur weil er auf dem Festland lebt, ist er kein Verbrecher«, sagte Jackson.

Crockie schnaubte verächtlich. »Was glaubst du wohl, wie man lernt, das Fabrikat einer Knarre am Sound des Schusses zu erkennen? Hatten wir dieses Fach an der Kellington High?«

»Es kommt immer darauf an, von wo aus du die Sache betrachtest«, gab Jackson zurück. »In den Augen von Lydia Tremont sind ganz klar wir die ›kleinen Verbrecher‹. Sorry, ich muss mich verbessern: die großen Verbrecher.«

»Wer ist hier ein großer Verbrecher?«, fragte jemand.

Jackson zuckte zusammen. Lous Hand rutschte von seinem Bauch. Sie wachte auf, stand blitzschnell auf den Beinen und schrie: »Was?« Dann taumelte sie, rieb sich die Augen und stützte sich an der Wand ab.

Bucks stand in dem offenen Durchgang.

»Musst du uns so erschrecken?«, maulte Crockie.

»Erschrecken kann man nur Leute, die nicht auf alles gefasst sind«, sagte Bucks.

»Wir hatten schon gedacht –«

»Dass der kleine Bastard sich bei der ersten Gelegenheit aus dem Staub macht?«, unterbrach Bucks Jackson. »Ihr müsst nicht von euch auf andere schließen, klar?«

Bucks warf einen prall gefüllten blauen Plastikbeutel auf den schmutzigen Boden, zog an einer Spitze und schüttete den Inhalt aus: ein paar Kleidungsstücke, zwei Brote, drei Bananen und fünf Kunststoffflaschen mit Wasser. Es war die Art von Flaschen, die die Plastikfischer der City in Unmengen aus dem Wasser sammelten, um sie zu recyceln. Ihre Nutzung war in der City schon seit der Gründung verboten. Als Rohstoff waren sie aber heiß begehrt.

Jetzt machte dieser Anblick Jackson glücklich. Seine trockene Zunge war geschwollen, so sehr fehlte ihm die Flüssigkeit. Auch Lous und Crockies Augen leuchteten.

»Greift nur zu«, sagte Bucks. »Nichts zu danken, gehört zum Zimmerservice«, spottete er.

»Danke, Bucks«, sagte Lou in einem Ton, mit dem sie jeden um den Finger wickeln konnte.

»Das Wasser war am schwierigsten zu besorgen. Trinkt nur welches aus solchen Flaschen oder wenn ihr es selbst abgekocht habt. Hier gibt es Cholera, Typhus und seit einem Jahr so ein beschissenes Bakterium, das erst euren Darm nach außen stülpt und euch im späten Stadium erblinden lässt. Leider hilft keine Pille dagegen, jedenfalls keine, die wir uns hier leisten können.«

Jackson setzte die Flasche ab. Er hätte die anderthalb Liter in einem Schwung trinken können. Teil es dir ein, dachte er. Er spürte, wie sein Körper die Feuchtigkeit aufsaugte. Das Dröhnen in seinem Kopf ließ ein wenig nach.

Bucks baute sich vor ihnen auf und begann, die Klamotten zu verteilen. Er warf jedem ein Kapuzenshirt hin. Das für Jackson in braunem und sandfarbenem Flecktarn-Muster. Der Stoff war schon ziemlich dünn und roch streng.

»Ist nicht gerade von der letzten Modenschau.« Bucks grinste.

Für Lou hatte er ein unauffälliges grünes Halstuch besorgt. »Um den Kopf wickeln.«

Jackson und Crockie hielt er ein schwarzes und ein blaues hin. »Am besten vors Gesicht, damit ich mich nicht vor euren Fressen erschrecken muss.« Er lachte.

Er selbst stand in seinen abgerissenen Klamotten vor ihnen.

Nur an seinen Füßen strahlten neue Flipflops mit einem springenden Raubtier darauf. Durch den Verband am Oberarm sickerte immer noch ein bisschen Blut.

»Müssen wir noch einmal nach der Wunde sehen?«, fragte Jackson.

»Oh, so viel Aufmerksamkeit ist für den Bastard –«

Nun fuhr Crockie ihm dazwischen. »Hör auf mit diesem Mist. Bei uns in der City ist es scheißegal, ob du blond, gelb, grün, rosa oder braun bist. Du kannst mit einem Mädchen knutschen oder mit einem Jungen, danach kräht kein Hahn. Solange du niemand anderen damit belästigst, kannst du auch irgendeinen Gott anbeten.«

Lou und Jackson starrten Crockie an. Einen solchen Ausbruch hatten sie selten erlebt. Jackson fiel noch etwas auf: Crockie zitterte nicht mehr, seitdem sie sich in dieses Haus gerettet hatten.

Bucks ging einen Schritt auf Crockie zu. Sie standen Nase an Nase. »Echt jetzt? Es gibt Leute bei euch, die …« Er wedelte mit einer Hand, winkelte sie ab und näselte weiter: »… die grüüüüün sind?« Dann lachte er. »Halt mir keine Vorträge, klar? – Esst ein bisschen, trinkt und dann geht es los.«

»Was ist mit Scout?«, fragte Lou. »Wir müssen sie finden!«

»Wenn sie überlebt hat, muss sie für sich selbst sorgen«, sagte Bucks. »Ihr müsst euch überlegen, ob ihr diesen Max Fulham aufspüren wollt. Vielleicht ist der längst verrottet. Oder ihr sucht den Nordstrand nach eurer Scout ab. Da werdet ihr vielleicht einfach so zum Spaß erschossen. Oder ihr geht direkt zur Chinesin und lasst euch von ihr an irgendeinen netten Sklavenhändler verkaufen. Oder ihr tut, was ich sage.«

»Matt Fuller«, sagte Lou. »Er heißt Matt Fuller. Und er lebt.« Der nette Ton war aus ihrer Stimme verschwunden. Sie bebte geradezu.

»Schon gut«, sagte Jackson. »Wir sollten erst einmal auf ihn hören, oder?«

»Nicht ›erst einmal‹ und auch nicht ›oder‹. Kommt mit oder bleibt hier.« Bucks ging hinaus.

Jackson schaute zu Lou, dann zu Crockie.

»Und zieht diese beschissenen Kapuzen über den Kopf, Jungs. Muss ja nicht jeder sofort sehen, dass ihr aus der City kommt.«

10

Hinter den Häuserzeilen, in denen die wenigen Menschen der Ruinenstadt lebten, erstreckte sich ein verwüstetes Gelände. Es sah aus wie eine Mondlandschaft, auf der ein gigantisches Raumschiff zu Bruch gegangen war. Demolierte Fahrzeuge standen herum, Bagger, gewaltige Lastwagen mit hochgestellten Ladeflächen oder tonnenartigen Aufsätzen. Alles war mit einer feinen rötlichen Schicht aus Rost und Staub bedeckt.

An der Zufahrt, die nur durch ein paar teils umgekippte, teils noch aufrecht stehende Laternenmasten auszumachen war, stand eine mindestens zwanzig Meter hohe Säule. Sie wurde aus grünen, übereinandergestapelten Buchstaben gebildet. Von oben nach unten gelesen, ergaben sie das Wort CEMENTEX. Gekrönt wurde es von einem Zeichen, in dem Jackson erst auf den zweiten Blick den Kopf eines Löwen erkannte.

Rötlicher Staub wirbelte bei jedem Schritt auf, mischte sich in die Windböen, die von der Küste aus über das Land strichen. Der feine Sand setzte sich nach kürzester Zeit in alle Poren.

Jackson war froh über die Halstücher, die Bucks ihnen gegeben hatte. Er legte seines zu einem Dreieck und verknotete es hinter dem Kopf. So konnte er es vor den Mund ziehen, um die staubige Luft ein wenig zu filtern. Durstig war er schon wenige Minuten nach ihrem Aufbruch gewesen, jetzt knirschte es auch noch zwischen den Zähnen. Jacksons Kopf dröhnte wieder. Feuchtigkeit, Wasser, trinken waren die Worte, die seine Gedanken beherrschten.

»Was ist das?«, fragte Lou.

»Eine Zementfabrik«, sagte Bucks. »War es mal vor langer Zeit. Hat alles verpestet. Deshalb interessieren sich weder Aristide noch die Chinesin für die Gegend. Alle kippen hier ihren Müll rein. Atmet lieber flach. Wir gehen außen herum, das ist zwar ein Umweg, aber sicherer. Es gibt hier ein paar Banden, die selbst Aristide fürchtet.« Bucks schlug einen weiten Bogen um die Zementfabrik. Schweigend folgten Jackson, Lou und Crockie ihm. Sie stießen nach einiger Zeit auf eine achtspurige Autobahn oder das, was von der Fahrbahn übrig war. Sie wurde nur von wenigen Autos befahren. Dafür wimmelte es von Fahrrädern, Mofas und allen möglichen anderen zwei- und dreirädrigen Vehikeln, die teilweise hoch beladene Anhänger zogen.

Jackson wunderte sich, dass es aus den Auspuffrohren der Knatterkisten rauchte. In der Schule hatten sie gelernt, dass es auch auf den Kontinenten schon seit geraumer Zeit keinen Treibstoff mehr aus fossilen Brennstoffen gab, weil kein Erdöl mehr gefördert wurde.

»Ist das Benzin?«, fragte er ungläubig.

»Es gibt alles Mögliche, mit dem du einen Motor irgendwie in Gang halten kannst. Die Leute, die das panschen, sind ziemlich einfallsreich«, sagte Bucks.

In die Abgase der knatternden Gefährte mischten sich abwechselnd ein süßlicher, unbestimmbarer Duft und der Gestank der Fladen, die die von Ochsen und Eseln gezogenen Gespanne hinterließen.

»Vor ein paar Wochen war hier alles überschwemmt, es hat geschüttet wie aus Eimern«, sagte Bucks. »Und jetzt ist wieder alles knochentrocken. Weiter im Landesinneren gibt es ein paar Täler, in denen man Gemüse und Obst anbauen kann, aber viel davon verkommt, weil wir hier kaum Möglichkeiten haben, um es zu kühlen.«

Endlich erreichten sie eine Straßensperre. »Da sind wir: Willkommen am Ende der Welt. Hinter den Wachen beginnt das Gebiet der Chinesin«, sagte Bucks. Er musterte die verschiedenen Warteschlangen, die sich vor den Wachposten gebildet hatten. Ganz rechts stritten ein schwer bewaffneter Wachmann und ein Bauer, den der Wachmann nicht durchlassen wollte. Während der Bauer schrie und den Kopf schüttelte, blieb der Mann mit der Maschinenpistole in der Hand ruhig. Er stand da auf einem und einem halben Bein, denn sein rechter Unterschenkel wurde durch ein Gebilde aus Stahlschienen mit einem Gummipfropf als Fuß ersetzt.

Den Karren, der mindestens drei Meter hoch beladen und mit einer riesigen Plane abgedeckt war, hatte der knorrige alte Mann selbst bis zu dem Kontrollpunkt gezogen. Was sich unter der Plane versteckte, konnte Jackson nicht erkennen.

»Das sieht nicht gut aus«, sagte Bucks. Er hielt die anderen zurück.

Auf drei weiteren Spuren floss der Verkehr langsam, aber stetig weiter. Fast alle schienen routiniert darin zu sein, wie man den Männern an der Grenze begegnen musste. Die Bestechungen wechselten so schnell von der Hand des einen in die Tasche des anderen, dass man es kaum mitbekam.

Einem Mädchen passierte ein Missgeschick. Ein Jutesack, den der Kontrolleur schnell nehmen und in eine Kiste neben sich verstauen wollte, öffnete sich und ein Huhn entwischte laut gackernd. Das Mädchen wurde abgewiesen. Sie bettelte und weinte, aber das erweichte den Mann nicht. Er schickte sie weg, zurück ins Chaos des herrschaftslosen Bezirks am Nordstrand.

Je wilder der Bauer am Durchgang des Einbeinigen gestikulierte, desto mehr versteinerte sich die Miene des Wachmanns. Sein Kollege rief ihm etwas zu, woraufhin der Mann ohne Vorwarnung die Maschinenpistole in seiner Hand hochriss.

Lou stieß einen Schrei aus. Bucks drückte sie hinter den Betonpfeiler eines eingestürzten Fußgängerübergangs. Jackson warf sich die Hände vors Gesicht.

Nein.

Er wollte es nicht sehen.

Schüsse ratterten. Der Bauer jaulte auf. Sein Geschrei hörte nicht auf, und Jackson merkte, dass es nicht die Schreie eines Verletzten waren. Er nahm die Hände runter und sah, wie die Kugeln die Plane des Karrens zerfetzten.

»Hoffentlich wollte er keinen reinschmuggeln«, sagte Bucks. »Das versuchen viele: unter irgendwelchen Waren Leute verstecken.«

Jackson horchte auf. Er hörte in Bucks' Stimme so etwas wie Bedauern, vielleicht sogar Mitleid, Sorge.

Aus den Löchern der Plane spritzte etwas Rotes, aber es war kein Blut. Fette, grüne Wassermelonen kamen zum Vorschein, oder das, was die nicht enden wollende Salve davon übrig ließ. Der Bauer warf sich auf den Boden, trommelte mit den Fäusten auf den vom Fruchtfleisch glitschigen Asphalt.

»Schade«, murmelte Bucks. Die Sorge war aus seiner Stimme verschwunden. »Melonen gibt es wirklich nicht oft.«

Der Wachmann beendete sein Werk, bis auch die letzte Frucht zerstört war, und versetzte dem Bauern einen Tritt. »Verschwinde«, brüllte er den Bauern an.

»Das ist unser Mann«, sagte Bucks.

»Bist du verrückt?«, fragte Jackson. »Der ist der Schlimmste von allen.«

»Ist er nicht, glaube es mir. Ich kenne Silver schon lange. Ab und zu muss er so eine Show abziehen, sonst schwärzt ihn einer an, dass er nicht genug Druck macht.« Bucks wich einem Mofa aus, schlängelte sich an ein paar wartenden Leuten vorbei und überquerte den Mittelstreifen.

Silver zog sich einen Barhocker heran, der ihm gute Dienste tat, wenn sein Stumpf schmerzte. Er konnte sich mit dem halben Hintern darauf abstützen und das Bein entlasten, an dem ihm der Unterschenkel zermalmt und dann die Reste abgetrennt worden waren.

Die selbst gebaute Stelze aus den unbrauchbaren Resten eines kaputten Maschinengewehrs mit dem Pfropfen aus Hartgummi daran rieb den Stumpf wund, wenn er nicht aufpasste.

Die Floating City, die gerade an der Westspitze der Halbinsel andockte, war eine Chance, dass es endlich wieder Medikamente gab. Der Handel war zwar illegal, aber ein paar einfallsreiche Leute auf diesen schwimmenden Kolossen schafften es immer, etwas abzuzweigen und auf dem Schwarzmarkt zu verticken.

Ein bisschen tat es ihm leid um die Melonen. Ab und zu musste er so etwas tun. Oder einem Mädchen eins von den pinken und schreiend gelben JayJay-Jellyfish-Püppchen abnehmen, die es eigentlich auch nur auf den Floating Citys gab.

Beim Gedanken daran schmunzelte Silver. Seine Jüngste würde sich darüber freuen, auch wenn sie das Püppchen auf keinen Fall außerhalb der Hütte zeigen durfte. Dann wäre es mit Sicherheit in nicht einmal zwei Tagen verschwunden oder seine Juliette würde von anderen Kindern auch noch verprügelt. Er und seine Kumpel hatten ein bisschen Ordnung in ihre Nachbarschaft gebracht, aber ganz ließ sich so etwas nicht vermeiden.

Eine halbe Stunde, bis die Ablösung kommt, dachte Silver mit einem Blick auf die Uhr, als plötzlich ein dürrer Kerl vor ihm stand, der ihm irgendwie bekannt vorkam. Erst auf den zweiten Blick erkannte er, dass es dieser Bucks war. Silver hatte ihn vor Jahren kennengelernt, als er selbst noch für Aristide gearbeitet hatte.

Im Schlepptau hatte der Typ drei andere Kids, die sich zwar Mühe gaben, nicht erkannt zu werden, aber Silver sah sofort, dass sie noch nicht lange auf dem Festland herumliefen. Floating People, man roch es förmlich.

Silver war gespannt, welche Story Bucks ihm auftischen würde. Noch stand er schweigend da. Silver entdeckte den Verband an seinem Oberarm.

»Einen abgekriegt?«, fragte Silver und deutete auf die Verletzung.

»Eine gefährliche Gegend«, sagte Bucks. »Muss man manchmal den Kopf einziehen.«

»Oder die Arme und Beine.« Silver tockte mit dem Lauf seiner Maschinenpistole auf die Stelze an seinem Bein. »Ist man schneller los, als man denkt.«

Bucks ging nicht darauf ein.

»Du willst in den falschen Sektor einreisen. Stimmen die Gerüchte, dass du Aristide einen Stinkefinger gezeigt hast und abgehauen bist?«, fragte Silver. Der dürre Kerl hatte zigmal die Bullet-Challenge für Aristide gewonnen. Dieser Bucks hatte das absolute Gehör für jede Art von Waffe. Um zu überleben, war es besser, gut zu schießen, aber um reich zu werden, war Bucks' Talent weitaus geeigneter.

»Völliger Quatsch«, antwortete Bucks. »Bin doch nicht lebensmüde.«

»Dreh dich um«, sagte Silver.

Bucks gehorchte ihm. Der Junge schaute nun in die Richtung seiner Begleiter, deren Blicke ängstlich flackerten. Erst jetzt bemerkte Silver, dass eine der Gestalten ein Mädchen war. Ein hübsches. Ein verflucht hübsches.

Silver zog die kleine handliche Pistole aus dem Halfter. Er feuerte einen Schuss in die Luft. Bucks' Begleiter zuckten. Er selbst rührte sich nicht. Auch der Kollege an der Spur direkt neben ihm filzte in aller Seelenruhe weiter einen Pritschenwagen.

»Eine SK34 mit 18 Schuss, Kaliber 32, aber du benutzt keine Originalmunition …« Bucks drehte sich um und grinste. »Ich habe ein ziemlich gutes Geschäft für dich«, sagte er.

»Ein Geschäft? Was für ein Geschäft sollte mich interessieren?«

Bucks zog Silver zur Seite und senkte die Stimme. »Die beiden Jungs und das Mädel …«

Silvers Augen weiteten sich. »Biste jetzt im Sklavenhandel aktiv?«

Ambrose di Gallo schreckte aus einem wirren Traum auf, der sich mit dem Aufwachen verflüchtigte. Etwas hatte ihn geweckt. Er rieb sich die Augen und kam langsam in die Wirklichkeit zurück.

Am Abend zuvor hatte er lange mit Sammy Bekham in einer Spelunke gesessen und ein paar Gläser gekippt, hochprozentiges

Zeug, mit dem man wahrscheinlich besser Maschinen reinigte. Das rächte sich nun. Seine Augen schmerzten, seine Kehle brannte. Er sprang auf, schaute sich um. Nichts. Er griff trotzdem nach der Waffe.

Vor dem feuchtfröhlichen Abend hatten sie stundenlang im Vorzimmer dieses Warlords gewartet, der den Westteil der Stadt beherrschte und sich wie ein König in einer langen Ahnenfolge *Aristide der Zweite* nannte. Das war lächerlich, denn einen *Aristide den Ersten* hatte es nie gegeben. Aristide hatte sich hochgearbeitet oder besser: hochbetrogen, hochgeklaut und hochgemordet.

Ambrose hasste Waffen eigentlich und legte die Pistole wieder weg. Außerdem war das Quatsch. Die Burg war der wahrscheinlich sicherste Ort der Welt. Sogar die Bauten im Sicherheitsbereich von Ocean City waren nicht so abgeschirmt wie dieser rund vier Quadratkilometer große Komplex.

Gerade als er sich wieder hinlegen wollte, hörte Ambrose erneut das Geräusch, das er jetzt klar identifizieren konnte: ein Klopfen an der Tür.

Ambrose schaute auf seinen Decoder und stellte fest, dass er verschwunden war. Ein kurzer Schock, dann erinnerten ihn die Lederbändchen und Armbänder, die er mit Sammy gekauft hatte, dass er das Gerät in der Tasche bei sich trug. Er fummelte es heraus: kurz nach fünf Uhr am Morgen.

Ein drittes Klopfen. Jemand flüsterte: »Lars, bitte wach auf. Lars!«

Flüsternde Stimmen waren schwer zu unterscheiden, aber Ambrose glaubte, dass es sich um eine Frau handelte. Er kontrollierte noch einmal, ob die Pistole sicher verstaut war, und ging zur Tür. Als er die Hand auf den Griff legte, wurde zum vierten Mal geklopft, energischer und lauter. Beim Öffnen der Tür schnellte ihm eine Faust entgegen, sodass Ambrose rasch zugreifen musste, damit sie nicht in seinem Gesicht landete.

»Hoppla«, sagte er und gab den Arm des Mädchens, das vor ihm stand, wieder frei.

»Lars ... äh ... Wo ist Lars?«, fragte ein Mädchen, das di Gallo an jemanden erinnerte. Sie trat einen Schritt zurück, kramte eine etwas zu groß geratene Brille hervor und untersuchte die Zimmernummer. »1825«, murmelte sie und richtete in patzigem Ton die Frage an Ambrose: »Was machen Sie in Lars Strømbergs Zimmer?«

Diesen Tonfall kannte Ambrose nur zu gut. Er war ihm schon oft untergekommen, wenn er bei einer Ermittlung verwöhnte Zöglinge aus den Kreisen der alten Teilhaber und der Gründerfamilien der City befragen musste.

»Erstens kenne ich Lars Strømberg nicht und zweitens hat man mir gestern dieses Zimmer zugewiesen. Vermutlich wird dein Lars also zurück in die City gezogen sein.«

Das Mädchen starrte ihn an. »Lars? Weg? City?«

»Das wäre die Kurzform von dem, was ich gesagt habe.«

»Das kann nicht sein, das ist ganz und gar unmöglich«, brabbelte das Mädchen plötzlich los. Sie hatte alle Arroganz abgelegt und der herrische Ton machte einem jammernden Platz: »Er muss die Prüfung machen, sie können ihn nicht ohne die Prüfung aufnehmen. Wir sind doch alle gleich, das haben sie im Immigration Center gesagt, gleiche Regeln für alle, und Lars hat doch gar kein Konto, Zeitkonto, meine ich ...«

Sie war nicht zu stoppen, holte kaum Atem zwischen den Sätzen. Langsam begriff Ambrose, um was es ging. Vor ihm stand eine der wenigen Kandidatinnen für die Neuaufnahme in die City.

»Ich schaffe es nicht ... wir wollten uns gegenseitig Daten abfragen ... er weiß alles, aber er ist auch ... ich bin doch ...«

Das Verhältnis von Worten, die sie ausspuckte, und Atem, den sie einsog, geriet in eine bedenkliche Schieflage. Das Mädchen schnappte plötzlich nach Luft wie ein Fisch auf dem Trockenen. Dann kippte es ohnmächtig vornüber in Ambroses Arme.

»Oh nein«, seufzte Ambrose. Er trug das Mädchen zu dem Sessel neben dem kleinen Tischchen, holte ein Glas und eine der Flaschen mit Wasser aus dem Kühlschrank und gab dem Mädchen einen Klaps auf die Wange. Mit einem Japser riss es Augen und Mund auf.

»Was tun Sie?«, rief das Mädchen.

»Trink einen Schluck.« Ambrose zeigte auf das Glas.

»Ist das sauber?«

»Glaubst du, ich will dich umbringen?«

Das Mädchen lächelte und trank. »Ich bin Marie. Marie von Borkel. Meinen Vorfahren gehörte einmal der halbe ...« Marie brach in Tränen aus. »Ach, ist auch egal. Ich kann alle Kaiser und Könige seit Karl dem Großen auswendig, weil wir das in unserer Familie von klein auf lernen.« Sie trank noch einen Schluck und wischte sich die Tränen weg. »Aber die Geschichte von Ocean City? Ich kriege sie nicht in den Kopf. Ich bin nicht gut im Auswendiglernen.«

»Worin bist du denn gut?«

»Geige«, schluchzte sie. »Alle sagen, ich sei ein Wunderkind«, fügte sie trotzig hinzu.

»Und mit Lars wolltest du lernen?«

»Die Prüfung ist doch schon so bald.«

»Wenn einer die Geschichte der City kennt, dann Ambrose di Gallo«, sagte der Kommissar, so väterlich er nur konnte. »Hör jetzt auf zu heulen, und dann beginnen wir mit den Lebensdaten von Clark Kellington dem Ersten und der Entstehung des Gesellschaftervertrags.« Bis Sammy sich meldete und sie einen neuen Versuch für eine Audienz bei Aristide dem Zweiten in Angriff nahmen, konnte er sowieso nicht viel unternehmen. Warum sollte er dem Mädchen nicht helfen?

An Schlaf war ohnehin nicht mehr zu denken.

11

Jackson behagte es gar nicht, dass der Einbeinige und Bucks zu flüstern begannen und gemeinsam in dem Wachhaus verschwanden. Er war hin- und hergerissen, was Bucks betraf. Einerseits hatte er das Gefühl, dass er sich auf ihn verlassen konnte. Andererseits warnte ihn der Verstand, dass Bucks mit allen Wassern gewaschen war. Jackson wollte nicht so genau wissen, zu was dieser schmale Kerl in der Lage war. Bucks war höchstens zwei, vielleicht drei Jahre älter als Crockie und er, hatte aber mehr erlebt als sie beide zusammen. Wenn man Bucks in die Augen schaute, schimmerte dort etwas, das in Jackson keinesfalls die Alarmglocken läuten ließ. Vielleicht war das jedoch Bucks' Masche, sein Trick: dieser unschuldige Blick. Auf jeden Fall wäre es Jackson lieber gewesen zu hören, was die beiden aushandelten.

Die Wachhäuser an jeder Spur des Highways bestanden eher aus Boxen, in denen gerade zwei Personen Platz fanden. An den Seiten waren die Öffnungen der Fenster mit Holzbrettern vernagelt, einige davon waren angekohlt, andere mit Schusslöchern durchsiebt. Ein fast völlig verblichenes Schild aus vergangener Zeit wies darauf hin, dass man die Gebühr für die Nutzung des Highways abgezählt griffbereit halten oder seine Abonnementkarte in das Lesegerät stecken sollte, um unnötige Wartezeiten zu vermeiden. Bis zur Erfindung eines vernünftigen Bezahlsystems wie über die Decoder waren sie hier wohl nicht mehr gekommen, dachte Jackson.

»Worüber verhandeln die so lange?«, fragte Crockie.

»Bin ich Hellseher?«, antwortete Jackson.

»Ich glaube, wir können ihm vertrauen«, sagte Lou.

Jackson war froh, dass Lou es ähnlich sah wie er selbst. Crockie hingegen zweifelte an Bucks.

»Ja, solange er darauf hofft, dass wir ihn irgendwie in die City bringen ...«, murmelte Crockie. »Der würde seine Großmutter dafür verkaufen.«

»Meinst du, er will wirklich in unsere City?«, fragte Lou.

»Schau dich mal um. Würdest du das nicht wollen? Jeder hier will das.«

Jackson schüttelte den Kopf. »Dann wären mehr dorthin unterwegs. Allemal jetzt, wo die City dem Land so nah kommt. Ich habe einen Bericht über das Andockmanöver gesehen. Endlos lange Ausleger verbinden während dieser Zeit die äußeren Module mit dem Hafen. Wenn sich eine Völkerwanderung in Bewegung setzt, kommt sie auch hinüber. Wie sollten die davon abgehalten werden?«

»Wer Dinger wie eine Floating City bauen kann, kann auch ein paar schlecht bewaffnete ...«

»Was quatscht ihr hier herum?« Bucks stand in der Tür.

»Und? Wie geht's weiter?«, bestürmte Jackson ihn und ärgerte sich sofort, dass er seine Unsicherheit so deutlich gezeigt hatte.

»Silver lässt uns rüber und hilft uns«, sagte Bucks. »Bleibt dicht bei mir. Am wichtigsten ist: keine Alleingänge, kein Gemaule, einfach hinter ihm und mir her.«

Jackson wollte ihm widersprechen, aber Lou zupfte unauffällig an seinem Ärmel. Er schaute sie an. Zu seinem Erstaunen lag in ihrem Blick keinerlei Angst. Voller Zuversicht, ja, mit einer gewissen Freude spazierte sie am Wachhäuschen vorbei in den Sektor der Chinesin, immer hinter dem humpelnden Einbeinigen her. Crockie und Jackson folgten ihr, Bucks machte die Nachhut.

Tolle Truppe, dachte Jackson. Vorne ein Humpelnder ohne Unterschenkel, hinten ein Verletzter mit einem Loch im Oberarm und in der Mitte drei Verurteilte, die nicht einmal genau wissen, wohin sie geleitet werden. So fühlte er sich nämlich: als würden sie von den beiden abgeführt. Er sagte nichts und folgte diesem Silver. Zu seinem Erstaunen kam nur wenige hundert Meter hinter dem Grenzposten eine pulsierende Stadt zum Vorschein.

Zwischen all den mehr oder weniger baufälligen Häusern und verlassenen Geschäften wuselten die Menschen hin und her. Es war zwar nicht so wie in Ocean City, doch schien dieser Sektor eine funktionierende Stadt zu sein. Die Menschen verkauften aus kleinen Handkarren Fladenbrote, an einer Ecke schenkte eine junge Frau Tee aus und kassierte dafür, was andere zum Tausch anboten.

Silver wurde von vielen Leuten freundlich gegrüßt. Vor nicht einmal einer Stunde hatten sie ihn als gnadenlosen Wächter an der Grenze erlebt, jetzt grüßte er zurück.

»Was macht deine Kleine, Doydoy?«, rief er einem Mann zu, der ein buntes Tuch um die Hüften geschlungen hatte und sonst nur einen Strohhut und Sandalen trug. Der Mann hob die Schultern, nicht gut und nicht schlecht, schien die Antwort zu sein. Dann stapelte er weiter Strohmatten aufeinander. »Seine Tochter ist von einem Freak mit dem Mofa angefahren worden. Sie geht mit meiner Juliette zur Schule«, sagte Silver.

Jackson schaute ihn überrascht an. Mit allem hatte er gerechnet, aber nicht damit, dass es hier Schulen gab.

Silver bemerkte sein Erstaunen.

»Die Leute sind arm, aber keine Idioten, klar?«

Jackson nickte. Kein Gemaule, hatte Bucks gesagt. Daran wollte er sich halten.

Ein paar Straßen weiter kündigte sich ein Tumult an.

»Was ist da los?«, fragte Lou.

Sie erreichten das Ende einer Menschenschlange, die sich über mindestens drei oder vier Häuserblocks hinzog. Es fiel Jackson sofort auf, dass jeder von ihnen einen Behälter in der Hand trug. Einige hatten sich Tragegestelle gebastelt, in denen Kanister befestigt waren, andere trugen einfache Kannen unter dem Arm. Ein Junge hatte sich einen knorrigen Ast über den Nacken gelegt, der weit über seine beiden Schultern hinausragte. Auf jeder Seite baumelte eine Reihe von leeren Plastikflaschen.

»Nein, nicht schon wieder«, rief weiter vorne jemand.

»Das kann doch nicht sein ...«, ein anderer.

Silver beschleunigte seine Schritte.

Als sie den Anfang der Schlange erreichten, war dort eine Keilerei im Gange. Heftige Diskussionen waren ausgebrochen, jemand begann damit, seine Kanister gegeneinanderzuschlagen.

Das dumpfe, leere Geräusch setzte sich fort. Flaschen, Kannen und Eimer dröhnten in einem langsamen, bedrohlichen Takt, der den anschwellenden Rufen der Menschen folgte: »Wasser, Wasser ...«, riefen immer mehr in einem drängenden Rhythmus.

Jetzt sah Jackson, was sich hinter einem durch Stacheldraht geschützten Verschlag verbarg: ein schlichter Wasserhahn, aus dem es nur spärlich tropfte. Zwei bewaffnete Männer hielten sich die Leute vom Leib.

Crockie und Lou rückten näher zu Jackson. Bucks drängte sich nach vorne, während Silver ein paar Schritte auf die Schlange zu machte. Seine Hand fuhr zum Halfter unter seiner Jacke, aber er zog die Waffe nicht heraus.

»Johnboy?«, rief Silver laut.

Ein Junge trat aus der Reihe der Menschen, die offensichtlich auf ihre Wasserzuteilung warteten. Seine Augen leuchteten, als er Silver sah. Den Platz in der Schlange gab er jedoch nicht auf. In jeder Hand hielt er einen leeren Kanister. Gefüllt konnte der schmächtige Junge sie sicher kaum tragen. Er war höchstens neun oder zehn Jahre alt.

»Ich bin ganz früh aufgestanden«, rief er, »wirklich, Dad, ganz früh. Ich kann nichts dafür!«

Silver gab ihm ein Zeichen. Johnboy zögerte, dann rannte er zu der Gruppe um seinen Vater. Die Menschen in der Schlange rückten sofort auf. Diesen Platz geben wir nicht mehr auf, unter keinen Umständen!, stand in ihren Augen geschrieben.

»Weiter«, befahl Silver. »Das wird gleich ungemütlich hier.«

Sein Sohn hatte alle Mühe, ihm zu folgen. Die leeren Kanister gerieten ihm zwischen die Beine, er stolperte. Jackson fing ihn auf und nahm einen der Behälter, den anderen gab er Crockie. »Komm, halt dich fest!« Er streckte dem Jungen die Hand entgegen. Johnboy warf Silver einen fragenden Blick zu. Als dieser nickte, ergriff er Jacksons Hand und sie liefen los. Hinter ihnen knallten die ersten Schüsse, aber sie drehten sich nicht mehr um.

Völlig außer Atem erreichten sie eine kleine Anhöhe, die übersät war mit Wellblechhütten. Auf den ersten Blick wirkte es wie ein Meer von grauen und braunen Wogen. Je näher sie kamen, desto besser erkannten sie, dass das Gewirr von Gassen und Wegen durchschnitten wurde.

Auf einer etwas erhöht liegenden Fläche hatte jemand aus grob behauenen Ästen ein Gatter gebaut, in dem träge weiße Ziegen herumstanden. Der Hirte schlief auf ein paar prall gefüllten Müllsäcken.

Als sie endlich das Haus von Silver und Johnboy erreichten, hatte sich der Staub der Straßen mit dem Schweiß auf seiner Haut zu einem klebrigen Film vermengt. Jackson fühlte sich elend, hungrig und schon wieder so müde, dass er sich am liebsten einfach in eine Ecke gelegt hätte.

Silvers Haus hatte einen fest gemauerten Sockel und unterschied sich deutlich von vielen der lose zusammengehämmerten, windschiefen Hütten, die zum Teil nicht mal Türen hatten.

»Wir könnten auch woanders wohnen, in einem der Steinhäuser in der Nähe von Li Shenmis Residenz, fast alle Wachleute wohnen dort. Li Shenmi weiß, wie wichtig wir für sie sind.«

»Und warum wohnen Sie hier?«, richtete Lou zum ersten Mal eine Frage an Silver.

»Weil das meine Heimat ist. Hier bin ich geboren. Mein Großvater und meine Cousins wohnen hier, alle. Auch die Familie meiner Frau. – Benita! Wir haben Gäste«, rief er, bekam aber keine Antwort. Silver schlug sich vor den Kopf. »Ach, ganz vergessen! Sie wollte sich heute um ihre alte Tante kümmern.« Er zog die kleine JayJay-Jellyfish-Puppe hervor.

Beim Anblick des Spielzeugs versetzte es Jackson ein Stich ins Herz. Celine hatte dieses schrecklich kitschige Wesen geliebt. Sie liebt es immer noch!, verbesserte er seinen Gedanken. Sie liebt es, und sie würde von ihrem großen Bruder alles, was es von JayJay-Jellyfish gab, geschenkt bekommen, wenn sie wieder eine Familie waren.

Er, seine Mutter, sein Vater und Celine.

»Bring das Juliette«, befahl Silver seinem Sohn.

»Iiih«, rief Johnboy, »das fasse ich nicht an. Das ist Mädchenkram.«

Jackson verscheuchte seine Gedanken. »Komm, wir machen es gemeinsam und du stellst mir deine Schwester vor.«

Johnboy schaute zu seinem Vater auf. Erst auf dessen Zeichen zog er Jackson mit sich in den hinteren Bereich des Hauses.

Die Behausung war größer, als Jackson erwartet hatte, weil sie sich über mehrere Räume in die Tiefe erstreckte. Der Gang, den sie durchquerten, war kaum mannshoch, aber jeder Zentimeter an den Wänden entlang wurde als Warenlager genutzt. Hier also hortete Silver alles, was er den Leuten an der Grenze abnahm, um dann sein eigenes Geschäft damit zu machen. Er hatte alles fein säuberlich sortiert. Es gab eine Kosmetikabteilung samt Perücken und Kontaktlinsen in allen Farben des Regenbogens. Daneben Baubedarf von Zement bis zu Türgriffen, gefolgt von einer Technikabteilung, in der sich Jackson zu gern gemeinsam mit Crockie umgesehen hätte.

»Hinten gibt es auch einen Ausgang, aber den kennt niemand«, flüsterte Johnboy. »Falls wir mal schnell wegmüssen.«

»Dann solltest du es besser nicht jedem erzählen«, sagte Jackson und grinste.

Johnboy schaute erschreckt.

»Es bleibt unser Geheimnis.« Jackson zwinkerte ihm verschwörerisch zu.

Ganz hinten trennten ein paar Tücher und Bastmatten einen kleinen Bereich ab. Durch eine Luke in der Decke fiel ein wenig Licht in das Kinderzimmer des Mädchens, Johnboys kleiner Schwester. Diese winzige Ecke hatte nichts von der Düsternis, die sonst überall herrschte. Das Mädchen saß auf einem richtigen

Bett, das fast den ganzen Platz einnahm. Die hellrosa getünchten Wände waren mit Einhörnern und der grinsenden Qualle JayJay-Jellyfish bemalt. Die Spielzeuge und Puppen waren nicht neu und zum größten Teil beschädigt.

»Johnboy!«, rief das Mädchen. »Hast du Wasser geholt?«

»Nein.« Johnboy schüttelte den Kopf.

Erst jetzt nahm sie Jackson wahr. Sie schaute ihn aus blutunterlaufenen, entzündeten Augen an, schloss sie aber schnell und fragte: »Wer ist das?«

»Weiß nicht.« Johnboy zuckte die Achseln.

»Ich bin Jackson.«

»Hallo Jackson, ich bin Juliette«, stellte sich das Mädchen vor. Sie versuchte zu blinzeln.

»Johnboy hat dir etwas mitgebracht.«

Jackson reichte ihr die JayJay-Jellyfish-Puppe. Juliette griff daneben. Sie konnte fast nichts sehen. Als sie das Spielzeug jedoch in der Hand hielt und es betastete, erkannte sie, was das war. Sie strahlte.

»JayJay«, seufzte sie.

»Sie ist vollständig in Ordnung, kein Kratzer dran«, sagte Johnboy. Er zog Jackson mit sich zurück zu den anderen. »Damit ist sie stundenlang beschäftigt.«

Vorne traf Jackson die anderen schweigend an. Sie saßen auf einem großen Teppich im vorderen Teil des Hauses und starrten vor sich auf den Boden. Silver hing auf einem Barhocker und zuckte entschuldigend die Schultern. »Warum hast du das nicht gleich gefragt, Bucks?«

»Am Kontrollpunkt? Vor zehn Zeugen?«, fragte Bucks.

»Kann mich mal einer aufklären? Was ist los?« Jackson setzte sich neben Lou, die extra für ihn ein Stückchen zur Seite rutschte.

»Niemand kennt Matt Fuller«, sagte Crockie. »Silver auch nicht, und der kennt eigentlich jeden.«

»Nicht jeden! Aber jeden, den Li Shenmi, die Chinesin, auf ihrer Liste hat. Ich habe nie von einem Matt Fuller gehört.«

»Was heißt das?«, fragte Jackson.

Bucks sah herüber zu ihm. »Entweder euer Matt Fuller lebt nicht mehr …«

»Ausgeschlossen!«, entfuhr es Lou.

Jackson spürte, wie sie jede Faser ihres Körpers anspannte.

»Oder er ist nicht auf der Liste der Chinesin, weil er einen anderen Namen benutzt«, sagte Bucks. »Oder er ist bei Aristide auf der Liste.«

»Oder er lebt im Niemandsland«, sagte Crockie.

Bucks und Silver sahen sich an. Dann prusteten sie los. »Nein, ausgeschlossen. Ein Floaty allein im Ruinensektor? Niemals! Wenn er noch lebt, steht er ziemlich sicher unter dem Schutz der Warlords«, sagte Bucks.

»Okay, also hat er entweder einen anderen Namen angenommen. Oder Aristide schützt ihn«, sagte Jackson.

Silver nickte. »Du sagst es, Jackson. Ihr müsst so oder so zu Aristide. Er kennt die Floatys. Er handelt mit denen. Wenn euch überhaupt jemand weiterhelfen kann, dann er.«

»Ich weiß nicht, ob ich Aristide gnädig stimmen kann«, sagte Bucks nachdenklich. »Er ist nicht besonders auskunftsfreudig, wenn es um seine Günstlinge geht.«

»Warum musst du ihn gnädig stimmen?«, fragte Jackson.

»Meinst du, er hat mich freiwillig gehen lassen?«, fragte Bucks. »Ich bin abgehauen. Aristide versteht keinen Spaß, wenn sein Eigentum sich auf die Socken macht. Seine Leute hat er überall, nicht nur in seinem Sektor. Silver wusste bereits, dass ich nicht mehr bei Aristide bin. Dadurch bin ich schutzlos. Wenn ich nicht bei der Chinesin anheuern will, muss ich zurück zu Aristide. Am besten mit einer verdammt guten Story.«

»Daddy! Meine Augen jucken«, rief Juliette aus dem hinteren Teil des Hauses.

Silver rutschte vom Barhocker. »Wenn du mich fragst: Geh ihm aus dem Weg, Bucks.« Er humpelte in Richtung des Kinderzimmers.

Bucks starrte vor sich auf den Teppich. »Er wird mich umlegen lassen, sobald er mich sieht. Wer zu Aristide geht, muss ihm auch was bieten.«

Jackson sah fragend zu Lou und Crockie. Sie schüttelten beide den Kopf.

»Was?«, fragte Jackson. »Was willst du ihm bieten?«

Lou guckte finster drein. »Einen von uns.«

Bucks sah erschrocken zu ihnen auf. »Quatsch! Ich will euch nicht an Aristide verkaufen. Der macht üble Geschäfte mit der Chefetage von Ocean City, das weiß jeder. Da ist er scharf auf alles und jeden. Er trinkt sogar dieses widerliche Zeug, das es nur bei euch gibt.«

»Hubackle?« Lou musste lachen. »Ausgerechnet Hubackle?«

»Bucks, einer von uns muss mit dir gehen«, sagte Jackson.

»Auf keinen Fall«, sagte Bucks.

»Ganz genau«, sagte Crockie. »Keiner von uns geht.«

»Ich komme mit. Was soll schon passieren?«, sagte Jackson.

Crockie schüttelte den Kopf. »Jackson! Hast du es immer noch nicht kapiert? Das hier ist kein Kindergarten! Diesen Leuten ist völlig egal, was du tust. Es geht nur darum, ob du was wert bist für sie oder nicht.« Er deutete auf Bucks. »Meinst du, Bucks hat Silver einfach so überredet, uns hier Quartier zu geben?«

Diese Frage hatte Jackson allerdings auch schon im Hinterkopf beschäftigt. Da war im Wachhäuschen irgendein Deal gelaufen. Aber welcher? Was hatte er Silver angeboten?

Alle drei starrten Bucks an.

»Nun sag schon«, murmelte Lou.

»Was hast du ihm gegeben?«, fragte Crockie. »Was bekommt Silver dafür, dass er uns hier versteckt?« Crockie verschränkte die Arme vor der Brust und schien Bucks mit seinen Blicken an die Wand tackern zu wollen.

Bucks' Miene verfinsterte sich. Unübersehbar stieg die Wut in ihm auf.

Crockie gab nicht nach. »Oder sieht die Sache vielleicht ganz anders aus?«

»Was soll das heißen?« Bucks verschränkte ebenfalls die Arme vor der Brust.

»Vielleicht müssen wir versteckt werden, weil *wir* die Ware sind, mit der hier gehandelt wird.«

»Spinnst du?« Jackson kapierte nicht, was in seinem Freund vorging. Bucks hatte mehrmals betont, dass hier mit allem gehandelt wurde und ein Menschenleben oft nur das wert war, wofür man es verkaufen konnte. Aber das traute er Bucks nicht zu.

Bucks' Unterlippe bebte.

Lou trat zu ihm. »Bucks, sorry, das hat er nicht so gemeint.«

»Das hat er genau so gemeint«, presste Bucks hervor. Er zerrte den Arm seines Shirts nach oben. Ein schmuddeliger Verband an seinem Handgelenk kam hervor. Hektisch wickelte er ihn ab und zeigte die kleine Wunde, die sich darunter verbarg, vor. An dieser Stelle hatte sich vorher der kleine Knubbel befunden.

»Ich hatte hier …«

»Einen Notgroschen, Gold oder Edelstein«, sagte Jackson.

»Das haben wir gesehen, als wir dich verbunden haben«, erklärte Lou.

»Wo … wo ist es?«, fragte Jackson zögerlich.

»In Silvers kleinem Schatzkästchen, damit er euch hilft und davon irgendwann ein verdammtes Antibiotikum oder eine Operation an Juliettes Augen bezahlen kann.«

»Tut mir leid«, flüsterte Crockie.

»Sollte es auch.« Bucks rannte hinaus.

12

Scout stellte sich am Ende der Schlange an, als die Aufseher das Zeichen gaben. Ihre Schüssel hielt sie in der rechten Hand, den Becher in der linken, beides aus Blech. Das Geschirr war übersät mit Namen, die die vorigen Besitzer hineingekratzt hatten. Den Boden des Bechers zierte eine aufgehende Sonne am Horizont des Meeres, davor sprang ein Delfin in die Luft. Es musste ein echter Künstler gewesen sein, der diese winzige Zeichnung in das Metall geritzt hatte.

In den letzten Tagen hatte sie schnell gelernt, dass es ratsam war, die Abläufe nicht zu stören und zu tun, was man ihr sagte. Das fiel ihr schwer, schon immer, aber sie wusste: Im Moment war es der bessere Weg, bis sie eine realistische Chance sah, wieder in die Freiheit zu gelangen.

Zwei Tage waren vergangen, seit die Piraten sie zwischen den Wrackteilen aus dem Wasser gefischt und an diese Leute verkauft hatten.

»Mach schon!« Jemand stieß Scout in den Rücken.

Sie unterdrückte den Impuls, sich blitzschnell herumzudrehen und der Frau hinter ihr in der Schlange eine zu scheuern.

Sie war eine Sklavin. Immerhin schützte das ihr Leben. Nur lebend war Scout etwas wert. Lebend und halbwegs unversehrt, das hatte ihr eine der anderen Gefangenen zugeraunt. Aus diesem Grund bekamen sie genug zu trinken und zu essen. Zwei Mahlzeiten von dieser graubraunen klebrigen Pampe und dreimal am Tag Wasser.

Ein hoher Maschendrahtzaun umfasste das Lager aus immer wieder geflickten Zelten. Irgendwann mussten sie einer Hilfsorganisation gehört haben. Ein rotes Kreuz auf weißem Grund war das Zeichen dafür. Mindestens zehn Wachen mit aggressiven, massigen Hunden umrundeten das Lager ständig. Auf vier Wachtürmen hielten weitere Bewaffnete das Gelände im Blick. Zweimal hatte Scout schon Schüsse gehört.

Die Frau an der Essensausgabe fixierte Scout. Alle anderen schauten sofort zu Boden, wenn eine Wache sie ansah. Scout hielt stand.

»Das wird dir noch vergehen«, sagte die Frau. »Warte nur, bis deine Haare schön lang und seidig sind. Du bist eine Blondine. Stimmt's, Kleine? Blondinen mit langen Haaren, dafür gibt's einen ordentlichen Preis.«

Warte nur ab!, dachte Scout. Sie bedankte sich für das Essen und ging zur Wasserausgabe.

Bucks hatte Crockie und die beiden anderen stehen lassen und war abgehauen. Er verkroch sich und überlegte, was er tun sollte. Dieser Jackson schien ganz in Ordnung zu sein. Das Mädchen konnte er nicht einschätzen. Crockie misstraute ihm. Das beruhte auf Gegenseitigkeit.

Schon früher hatte Bucks gelegentlich Typen von den Floating Citys kennengelernt. Meistens verbarrikadierten sich die Leute, die in der Außenstelle von Ocean City arbeiteten, in der Burg. Spätestens nach ein paar Wochen fiel ihnen dort die Decke auf den Kopf und sie wagten sich hinaus in die Stadt, zumindest in die halbwegs sicheren Bereiche. Wenn etwas schiefging, half ihnen der Sicherheitsdienst aus der Patsche.

Von einer Floating City auf den Kontinent zu fliehen, nur um einen Typen, diesen Matt Fuller, zu suchen, war verrückt. Bucks kannte genug Leute, die einfach alles dafür geben würden, wenn sie eine Chance bekämen, Bürger von Ocean City zu werden. Oder sich wenigstens illegal dort einzuschleichen. Er hatte es am eigenen Leib erlebt. Die Schlepper hatten ihm und den anderen das Blaue vom Himmel versprochen. Kein großes Problem sei es für sie, denen, die zahlen konnten, einen Zugang zu verschaffen.

Wahrscheinlich hatte keiner der anderen vom Schlauchboot, mit dem Bucks Ocean City zu erreichen versucht hatte, den Trip übers Meer geschafft.

Er musste einen anderen Weg finden. Dieser Weg bestand aus Jackson, Crockie und Lou. Die waren zwar völlig durchgeknallt, aber einen Versuch war es wert. Er musste nur diesen Matt Fuller finden.

Darum musste er Aristide wieder für sich gewinnen. Das verschaffte ihnen allen Luft. Aristide war die einzige Chance, Matt Fuller zu finden. Also machte er sich auf den Weg raus aus dem Sektor der Chinesin.

Vor dem Krieg zwischen Li Shenmi und Aristide hatte Bucks sich oft hier herumgetrieben. Es kam ihm vor, als sei das vor Ewigkeiten gewesen. Den Menschen in diesem Teil der Stadt ging es weitaus schlechter als den Bewohnern drüben im westlichen Teil. Dort hatte die Herrschaft von Aristide dafür gesorgt, dass man einigermaßen zufrieden sein Leben verbringen konnte. Vorausgesetzt, man hielt sich an die Regeln, und die Regeln machte einer alleine: Aristide der Zweite.

Bucks' misslungener Versuch abzuhauen war ein ziemlich dummer Fehler gewesen. Aristide zu betrügen, ihn zu bestehlen, ihm nur den Dreck unter dem Fingernagel streitig zu machen, konnte dieser noch weniger leiden als lauwarmen Hubackle. Ihm sogar wegzulaufen – wer das wagte, ließ sich lieber nie wieder innerhalb von Aristides Einflussbereich blicken.

Silver hatte Bucks einen Tipp gegeben, wo er die Grenze sicher und unerkannt passieren konnte.

Bucks schlug sich zügig bis zum Hauptquartier von Aristide durch. Von außen hatte dieser Bau nichts Herrschaftliches an sich, weil er schlichtweg eine Bunkeranlage aus hässlich grauem Beton war. Der Bunker lag unter einem alten Parkhaus und reichte tief unter die Erde. Das Gelände drum herum war mehrfach gesichert. Viele behaupteten, dass man eher in die Niederlassung von Ocean City gelangte als in Aristides Palast unter der Erde.

Bucks ging erst einmal hinter einem Pfeiler in Deckung. Er musste warten, bis Trooper oder Lorraine ihren Dienst in der Torwache antraten.

Drüben am Parkhaus gingen Bittsteller ein und aus. Aristide hielt Hof wie ein König. Er nannte das Demokratie. Jeder Einzelne aus seinem Volk durfte zu ihm kommen, um seine Bitten loszuwerden. Aristide gewährte sie – oder auch nicht.

Ein Mann in einem zerknitterten beigen Mantel machte den Anfang. Bucks wunderte sich. Der Mantel war viel zu warm für diese Temperaturen. Beim Anblick der schönen jungen Frau, die ihn begleitete, pfiff Bucks durch die Zähne. Das Paar verschwand im Parkhaus.

»Bingo!«, flüsterte Bucks.

Es war Trooper, der den beiden den Zugang geöffnet hatte.

Das war gut. Trooper und er waren so etwas wie Freunde gewesen.

»Trooper«, rief Bucks.

»Verdammt«, antwortete Trooper. »Wo kommst du denn her? Hab gedacht, du bist tot oder die Chinesin hätte dich entführt.«

»Das würde sie nie wagen«, sagte Bucks. »Aristide den besten Mann für die Bullet-Challenge abzunehmen? Das gäbe Krieg.«

»Nimm dich mal nicht so wichtig, Kleiner«, erwiderte Trooper. Er sah sich ängstlich um. »Willst du etwa rein hier? Hau lieber ab. Der Boss hat getobt, als er gemerkt hat, dass du weg bist. Hat gedacht, du hast ihn sitzen lassen.«

»Deshalb bin ich hier. Ich will die Sache wieder in Ordnung bringen«, sagte Bucks.

»Spinnst du? Wenn ich dich bei ihm anmelde, gibt er mir gleich den Auftrag, dich umzulegen. Du weißt, dass mir dann nichts anderes übrig bleibt.« Er zuckte die Achseln.

»Lass mich rein, ohne es nach unten weiterzumelden«, forderte Bucks. »Ich muss mit ihm reden. Persönlich. Auge in Auge. Dann kann ich ihn überzeugen.« Bucks lächelte sein unschuldigstes Lächeln. »Mir kann keiner widerstehen, weißte doch.«

Trooper grummelte ein bisschen, dann winkte er Bucks durch. »Mach keinen Fehler«, raunte er Bucks zu, als dieser in den Tiefen des Bunkers verschwand.

Crockie las Juliette nach dem Essen etwas vor. Jackson hatte Benita beim Abwasch geholfen. Nun wollte er Lou holen, die sich in die Hütte nebenan zurückgezogen hatte.

Ihre Bleibe war schlicht eingerichtet. Ein Raum mit den Betten, ein zweiter war Küche und Speisezimmer. Lou stand an dem Fensterchen.

Auf dem Tisch lag ein Papierfetzen. Lou kritzelte etwas darauf.

»Hey«, sagte er leise.

Lou zuckte erschrocken zusammen und fuhr herum. »Jackson! Hast du mich erschreckt!« Der Zettel segelte auf den Boden. Es war ein Stadtplan, wie Jackson sofort erkannte. Eine Art Stadtplan aus der Zeit, als alle Bezirke noch eine Einheit gewesen waren.

Er hob ihn auf. »Bucks wird ihn finden.«

»Wen?«

»Matt. Matt Fuller«, sagte Jackson. Er wollte auf Lous Notizen am Rand sehen und zugleich nicht zu neugierig sein. Was hatte sie notiert? Er konnte es nicht lesen, ohne daraufzustarren.

Lou faltete den Plan zusammen und steckte ihn ein.

»Was ist?«, fragte Jackson. »Hast du eine Ahnung, wo er sein könnte?«

Lou schüttelte den Kopf. »Am Stadion. Mehr weiß ich nicht. Mehr hab ich nicht … erfahren. Ich meine, von Jimmy aufgeschnappt.«

Jackson spürte wieder diese Distanz, die neu war zwischen Lou und ihm. Was war los? Was war passiert?

»Ist alles in Ordnung, Lou? Ich meine, es ist nichts in Ordnung, klar. Aber, muss ich was wissen?« Er konnte und wollte sich nicht vorstellen, dass Lou ihn und Crockie hinterging.

Lou lächelte müde. »Ich bin erschöpft«, antwortete sie bloß. »Sonst ist nichts.«

Aristide rekelte sich in dem für seine Körpergröße viel zu wuchtigen Armsessel, der mit dem Fell eines Geparden bezogen war. Seit dem Aussterben der Raubkatzen war der Wert der Felle ins Unermessliche gestiegen.

Er war ein unerbittlicher, aber gerechter Herrscher. Er lieh seinem Volk einmal im Monat sein Ohr. Er wusste, was seine Untergebenen brauchten. Er besorgte es ihnen. Wenn es nützlich für ihn war.

Seine eigenen Ansprüche hatte er schon früh auf ein Mindestmaß heruntergeschraubt, bis auf kleine Extrawünsche wie dieses Fell. Vermögen interessierte Aristide nur, sofern er es in Macht ummünzen konnte. Was Macht anging, war es oft besser, etwas zu *wissen*, als etwas zu *haben*. Deshalb bespitzelte jeder alles und jeden. Was die Aktivitäten im östlichen Sektor der Stadt anging, arbeitete Aristide hart daran, mindestens so gut informiert zu sein wie seine Widersacherin Li Shenmi.

Die Gerüchte über eine holprige Landung von ein paar jugendlichen Ausreißern am Nordstrand und den Überfall einer irren Piratenbande auf das Fischerboot waren schnell bis in den Bunker gedrungen. Ein paar von diesen Burschen hatte es das Leben gekostet, berichteten Aristides Kundschafter. Mindestens drei waren entkommen und abgetaucht. Hier witterte er Beute. Lange konnten sich solche verwöhnten Kinder nicht in der Stadt halten. Entweder schlitzte ihnen irgendwer den Bauch auf oder sie gerieten in die Fänge von einer der zahllosen kleinen Gangs im Niemandsland.

Sollten sie sich in Aristides Machtbereich herumtreiben, würden seine Spitzel sie bald bei ihm abliefern.

Ocean City machte gerade am Versorgungsausleger für Floating Citys fest. Dieser Ausleger war in seiner Hand.

Wenn sich eine Floating City näherte, sicherte dies Aristides Leben – auf Jahre. Er schloss die Versorgungsverträge. Er wusste, was die Citys brauchten, was sie loswerden wollten, wo ihre Probleme lagen. Er kannte ihre Schwachstellen. Das war entscheidend für geschickte Verhandlungen. Vor allem, wenn sein Gegenüber Lydia Tremont hieß.

Dass sich während des Andockmanövers gleich ein halbes Dutzend dieser Floating People absetzte und einen Tag später ein Ermittler der mächtigsten Frau von Ocean City auf dem Festland erschien, weckte sein Interesse. Natürlich hatte er diesen Ambrose di Gallo schmoren lassen.

»Aristide wartet nicht gerne«, sagte er nun und legte den unförmigen Hörer neben das alte Telefon mit einer Wählscheibe.

Er hatte den ganzen Bezirk mit ziemlich alten, aber voll funktionstüchtigen Leitungen aus Kupfer verkabeln lassen. Die Technologie stammte aus dem 20. Jahrhundert, aber sie war stabiler als die maroden Funknetze, die für Mobiltelefone benutzt worden waren. Als vor ein paar Jahren auch der Amskowi-Satellit vom Weltraumschrott zerschossen und aus der Umlaufbahn gekippt war, hatte Aristide diese Maßnahme veranlasst.

Er hob den Hörer noch einmal ans Ohr. »Haben wir mittlerweile etwas über diese Floatys?«

Aristide musste seine Befehle niemals bellen. Es gehörte zu den Aufgaben seiner Gefolgsleute, zu verstehen, was er sagte. Und er wiederholte sich ungern. Er sprach leise. Fast flüsterte er. Oft formulierte er nur Fragen, dann hieß es für seine Leute, vorsichtig zu sein. *Mittlerweile* gehörte zu diesen kleinen unscheinbaren Worten, die schnell zu einem großen Problem werden konnten. *Mittlerweile* bedeutete: Ich warte schon eine ganz große Weile zu lange.

Die beiden Personen vor seiner Tür mussten ausharren, bis er sie hereinrief. Sammy Bekham. Der schönste, der edelste, der wildeste Stern der Stadt. Er kannte sie seit ihrer Kindheit. Nun hatte dieser kleine Wildfang tatsächlich die Nachfolge des alten Bekham angetreten. Nach einer halben Stunde gab er das Zeichen, dass sie hereingeführt werden sollten.

»Was führt dich in Aristides Reich, Sammy?« Aristide erhob sich. Diese Ehre wurde so gut wie niemandem zuteil. Er nahm ihre Hand und tätschelte sie. Sammy schaute ihm in die Augen. Sie ist aus demselben Holz geschnitzt wie ihr Vater, dachte Aristide.

Sammy hatte den übergewichtigen Kommissar mitgebracht, über den Aristide mehr wusste, als einem frischgebackenen Police Superintendenten lieb sein konnte.

»Floating Man, wie ist dein Name?« Aristide ließ sich nicht in die Karten schauen.

»Ambrose di Gallo«, antwortete der Kommissar.

»Polizist?«, fragte er scheinheilig.

Der Mann wiegte den Kopf hin und her. »Sagen wir lieber Ermittler in besonderer Mission.«

»Steckt Ocean City in so ernsten Schwierigkeiten?« Er brach in schallendes Gelächter aus.

Dieser di Gallo ließ sich nichts anmerken. Er kramte in seinen Klamotten herum und zog schließlich ein Taschentuch hervor, mit dem er sich die schweißnasse Glatze abwischte.

»Also, was suchen Sie?«

Aristide wusste natürlich, was di Gallo suchte. Es konnte nur um die Herrschaften gehen, die sich eine kleine Auszeit von der City gönnten. Es kam immer mal wieder vor, dass Bewohner der Floating Citys von der Sorglosigkeit des Lebens auf diesen künstlichen Inseln die Nase voll hatten und ein paar richtig schmutzige Abenteuer erleben wollten. Meistens waren es schnöselige Kids der oberen Etagen. Hatte sich vielleicht Lydia Tremonts Lieblingsneffe aus dem Staub gemacht?

»Wir sind auf der Suche nach Personen, die vor ein paar Tagen hier eingereist sind.«

Eingereist. Aristide konnte sich ein Grinsen nicht verkneifen. Eingereist, das hörte sich an, als gäbe es einen geregelten Grenzverkehr in diesem Teil der heruntergekommenen Welt.

»Vermutlich suchen sie einen gewissen Matt Fuller«, sagte der Kommissar. »Fuller soll bereits seit einigen Jahren hier leben. Könnte auch einen anderen Namen angenommen haben.«

Aristide pfiff durch die Zähne. »Soso?«

»Wissen Sie, wo er ist?«, beharrte di Gallo.

Der Tonfall dieses Polizisten gefiel Aristide nicht. Der sollte gefälligst unterwürfiger fragen. Und zwar sofort.

Sammy schien Aristides Einstellung zu solchen Leuten zu kennen. Sie gab di Gallo ein Zeichen, dass er seinen Ton mäßigen sollte.

»Wer sagt Ihnen, dass Aristide Ihren Fuller überhaupt kennt?«, fragte Aristide.

»Also wissen Sie, wo der Kerl steckt?«, bollerte di Gallo weiter.

»Sie verlieren zu schnell die Geduld. Sollte ich wissen, wer dieser Fuller ist und wo dieser Fuller sich aufhält, würde ich erst einmal genau abwägen, was es mir bringt, diese Informationen an den Herrn Kommissar weiterzugeben. Auf die *Goldwaage* würde ich es sozusagen legen.« Dann rief er nach den nächsten Besuchern.

»Ich wünsche einen angenehmen Abend in meiner Stadt«, murmelte er, als der Kommissar und seine schöne Assistentin den Raum verließen.

Natürlich wusste Aristide, wer Matt Fuller war. Schließlich hatte er selbst dafür gesorgt, dass dieser Fuller keinen Fuß mehr in seinen Bezirk setzte. Floating People ging er nicht so schnell ans Leder, das war das Glück dieses Halunken gewesen. Wo er sich aufhielt, würde Aristide sicher schnell herausfinden.

Doch dann betrat der nächste Besucher den Raum. Aristide verschlug es selten die Sprache. Doch beim Anblick dieses Kerls schnappte er nach Luft. Dann sagte er so leise und drohend, dass seine Wachen automatisch in Habachtstellung übergingen: »Na, du hast Nerven, Junge!«

Kaum hatte Ambrose mit Sammy den Bunker verlassen, zog sie ihn von der Hauptstraße weg in eine Seitengasse. Sie war unübersehbar sauer.

»Haben Sie eigentlich schon mal auf dem Festland ermittelt?«, fauchte sie. »Haben Sie überhaupt eine Ahnung, wie viele Gefallen und Gefälligkeiten mich Ihr blödes Verhalten kosten wird? Aristide kennt Ihren Matt Fuller offensichtlich. Er weiß ganz genau, wo er zu finden ist. Wir waren zwei Millimeter von dieser Information entfernt! Zwei Millimeter! Aristide wollte gerade seinen Preis nennen, und da trampeln Sie los, als wäre er ein Schuljunge, den Sie beim Klauen erwischt haben!«

Ambrose deutete auf ein Café an der nächsten Ecke. Im Gegensatz zu der Bude, in der er Sammy kennengelernt hatte, wirkte es von außen wie ein Fünf-Sterne-Lokal.

»Dürfte ich das bei einer Tasse Kaffee erklären?«, versuchte Ambrose, seine Begleiterin zu beschwichtigen.

Sammy betrachtete das Café. Sie legte den Kopf schief. Dann musterte sie Ambrose kopfschüttelnd. »Sie haben es noch nicht kapiert, oder?« Sie deutete mit dem Kinn auf den Hinterhof neben dem Café. »Sehen Sie die Brandflecke?«

Ambrose warf einen flüchtigen Blick auf den ziemlich versifften Hof. Von hinten betrachtet, verlor der Laden ungefähr fünf von fünf Sternen. Besonderen Sinn für Hygiene hatte der Betreiber dieses Cafés tatsächlich nicht. Uralte Fässer aus Metall standen herum. Aus ein paar lief irgendeine undefinierbare Flüssigkeit. Eines der Fässer musste wohl mal explodiert sein. Eine breite, schwarze Rußwunde zierte die Rückwand des Hinterhofs. Und wennschon? Den Kaffee würden sie doch kaum daraus brauen. Möglicherweise waren das Schnapsbrenner, denen mal was in die Luft geflogen war. So etwas konnte einen di Gallo kaum schocken.

»Schnapsbrenner?«, fragte er und nickte möglichst lässig hinüber zum Hof.

Mit dieser Bemerkung zauberte er Sammy immerhin ein Lächeln auf die Lippen. »Di Gallo? Was bedeutet Ihr Name? Gutmütiger Trottel, dem keiner was übel nehmen kann? Oder: Nichts hören, nichts sehen, rein gar nichts kapieren?« Sie lief weiter. »Das ist kein Café, wie Sie das in Ihrer schicken City kennen! Das ist eine Tankstelle für die alten Kisten, die hier rumfahren. Jetzt sagen Sie bloß, Sie hätten in Ihrer City noch nicht mitbekommen, dass wir hier mit den Autos aus dem vorletzten Jahrhundert rumfahren. Die panschen Treibstoff aus allem, was sie finden können. Und dabei geht manchmal was schief und dann fliegt alles in die Luft. Natürlich kontrolliert eigentlich Aristide den Treibstoffmarkt. Aber da drüben kriegen Sie bestimmt ein paar Liter für eine Runde auf dem Mofa.«

Di Gallo seufzte. »Wie wäre es mit einem Drink von der Insel? Ich lade Sie ein. In die Burg. Die *Paris Bar* kennen Sie sicherlich, oder?«

Diese Einladung hellte die Miene von Sammy deutlich auf. »Na also, Sie lernen ja doch relativ schnell.« Sie bog von der Nebenstraße zurück auf die breite Hauptstraße, die direkt zum Bunkerbezirk am Flughafen führte. Dort pfiff sie durch die Zähnen. Wie aus dem Nichts tauchte ein Rikschafahrer auf, der sich unter lautem Geklingel den Weg zu ihnen bahnte.

»Wenn Sie Aristide nicht respektvoll genug begegnen, bezahlen Sie mit Ihrem Leben.« Etwas leiser fügte Sammy hinzu: »Oder mit meinem. Da habe ich etwas gegen. Das nächste Mal kostet es Sie mehr als einen Drink.«

Ambrose hob die Hände vor die Brust und legte die Handflächen ineinander. Er verbeugte sich und bat um Gnade.

Sammy war nicht so schnell zu beschwichtigen. »Machen Sie sich nicht lustig. Vielleicht glauben Sie in Ocean City, es sei egal, wie wir hier leben oder ob wir überhaupt leben. Da vertun Sie sich gewaltig.«

Sie ließen sich von der Rikscha zum Gelände der Burg fahren. Der Fahrer trat hart in die Pedale, nahm keinerlei Rücksicht und beschimpfte alle, die stärker waren als er.

»Willkommen in meiner Welt«, sagte di Gallo so galant wie möglich, als sie die Sicherheitsschleuse der Burg erreichten.

Den nötigen Tagespass bekam Sammy an der Pforte erst ausgehändigt, nachdem di Gallo zwei Formulare ausgefüllt hatte. Eines davon bescheinigte, dass er persönlich für sie bürgte. Jeder direkte oder indirekte Schaden, den Sammy verursachte, wurde von di Gallos Konto abgezogen. Damit wurde allen City-Bewohnern gedroht: Jeder Versuch, Unberechtigte in die Burg und auf diesem Weg in die City zu schleusen, bedeutete den vollständigen und endgültigen Ruin.

Sie gab ihre Daten in das System ein, ließ sich Fingerabdrücke abnehmen. Dann wollte ihr der Pförtner das türkise Decoderband für Besucher ans Handgelenk legen.

»Erlauben Sie?« Di Gallo nahm es ihm ab. Er streifte höchstpersönlich der staunenden Sammy das Armband über.

»So einfach kann das gehen?«, fragte sie. »Sie sind doch nicht der dumme Trottel, oder?«

Di Gallo lächelte und wies ihr den Weg in den inneren Bezirk der Burg. »Ich bin der beste ermittelnde Trottel, den Ocean City zu bieten hat.«

Auf dem Weg zur Bar des unteren Besucherbereichs kam ihnen ein Trupp plappernder Jugendlicher entgegen. Es war dieses verzweifelte Mädchen, dem er beim Lernen geholfen hatte. Wie hatte sie noch geheißen? Sie hing am Arm eines aufgeblasenen Schnösels und bewegte sich mit hoheitsvollen Schritten auf di Gallo zu. Ihre Stimme überschlug sich: »Da sind Sie ja! Das ist der Mann, von dem ich dir erzählt habe, Lars! Er weiß alles über die City! Alles! Kommt her!« Sie winkte ein paar andere Jugendliche heran. »Und das sind Linda und Marvin und …«

»Und wir sind bald Nachbarn, will sie sagen«, unterbrach der Schnösel das Mädchen.

Marie, dachte Ambrose, Marie von und zu irgendwas. Er ärgerte sich, dass er den Namen vergessen hatte. So etwas passierte ihm nie, aber wahrscheinlich lag es an dem Duft des Parfüms von Sammy, das ihn durcheinanderbrachte.

Dieser Lars lächelte kühl. Er streckte seine Hand vor, an der er sein grünes Armband trug. Bewerber, die den Eignungstest bestanden hatten, bekamen diese Art von Decodern, ohne den Chip, der unter die Haut gesetzt wurde. Den Chip bekamen sie erst, wenn sie endgültig in die City eingereist waren und den Schwur geleistet hatten. Es war eher so eine Art Übungs-Decoder. Das

Konto musste mit Devisen und nicht mit Arbeitszeit aufgeladen werden. Sündhaft teuer, das Ganze. Für Lars (oder seine Eltern, die ihm ein Leben in Ocean City ermöglichen wollten) schien das kein Problem zu sein.

»Was ist mit Ihnen? Kommen Sie mit zu unserer Festland-wir-sehen-dich-nie-wieder-Party?«, fragte Lars. Der Junge war unerträglich hochnäsig, fand di Gallo.

»Au ja! Au ja! Kommen Sie!«, rief diese nervtötende Marie dazwischen.

Schnösel-Lars lächelte gönnerhaft. »Wir laden Sie auch auf einen Drink ein.« Der Junge strich sich über seinen Decoder. »Was man mit ein paar Quallen nicht alles erreichen kann.«

Maries Stimme überschlug sich fast vor Aufregung. »Ja, Lars hat nämlich etwas Superspannendes erfunden: Hätten Sie gedacht, dass man einfach Quallenschleim benutzen kann, um …«

Der unangenehme Typ würgte sie erneut ab und zischte: »Von ›einfach‹ kann keine Rede sein. Es ist ein kompliziertes Verfahren, in dem die Eiweißketten des Quallenschleims so manipuliert werden, dass sie Plastikpartikel in Nanogröße dazu bringen, zu verklumpen.« Der Tonfall des kaum 14 oder 15 Jahre alten Jungen nahm etwas von dem eines ziemlich eingebildeten Professors an.

Ambrose gähnte demonstrativ. Auf keinen Fall sollte der Schnösel denken, er könnte irgendwen beeindrucken. Ambrose hatte von diesem Verfahren gehört. Daran hatten sich die Wissenschaftler in der City seit Jahren die Zähne ausgebissen. Wenn diesem Kerlchen das wirklich gelungen war, löste er damit eines der schwierigsten Probleme.

Plastikstühle, unverrottbare Einkaufstüten und Wasserflaschen fischte die Plastikflotte der City mit den Saugern der neuen Generation locker aus dem Wasser. Diese nur unter dem Mikroskop zu erkennenden winzigen Nanopartikel hatten das Meerwasser jedoch viel schlimmer verseucht.

»Glauben Sie mir«, sagte Ambrose betont gleichgültig. »Was Quallenschleim angeht, überrascht uns in Ocean City nichts und niemand mehr. Wir machen nicht nur Duschgel daraus, wir würzen auch Softdrinks damit.«

Die Gesichter der beiden Bewerber wechselten von hocherfreut über leicht verunsichert bis zu ziemlich angewidert. Di Gallo ließ sie stehen, ging voraus und öffnete der grinsenden Sammy die Tür zur Bar.

13

»Er hat uns gelinkt«, sagte Crockie. »Sieh es ein. Dieser Bucks ist ein kleines Arschloch.«

Seit drei Tagen war Bucks schon verschwunden. Kein Lebenszeichen von ihm.

»Vielleicht ist ihm etwas zugestoßen«, gab Jackson zu bedenken.

»Vielleicht, vielleicht, vielleicht.« Crockies Blick klebte auf dem Boden. Es war unerträglich heiß wie jeden Nachmittag. Sie hockten in der Hütte. Jackson wusste, dass es Crockie nicht nur um Bucks ging. Auch über den Verbleib von Scout gab es keinerlei Nachrichten.

Lou war auf einem ihrer Streifzüge unterwegs, obwohl Silver ihnen das verboten hatte. Sie ließ sich nicht in einer Hütte festhalten, dafür hätte Silver sie fesseln und einsperren müssen. Und selbst dann wäre Lou vermutlich abgehauen. Sie suchte Scout. Und Jackson vermutete, dass sie auch Spuren suchte, die sie zu Matt Fuller führten. Auch wenn Lou darüber kein Wort verlor. Abends kam sie zurück in die Hütte. Niedergeschlagen. Mit jedem Fehlversuch ein wenig mehr. Sie wurde immer schweigsamer.

Silvers Frau betrat die Hütte. »Los, Jungs, kommt mit! Ich habe vielleicht etwas für euch.«

Jackson und Crockie sprangen auf. »Neues von Bucks?«, fragte Jackson. Sie traten aus der Hütte in die brütende Hitze.

»Nein, von eurem fehlenden Mädchen.« Ein drahtiger Junge in ihrem Alter stand vor der Hütte und musterte sie. Er trug eine knallrote Kappe, ein weißes Sakko und dazu Shorts. An den Füßen hatte er die ältesten Turnschuhe der Welt.

»Das ist ein Freund von Bucks«, sagte Benita. »Sein Name ist ...«

»Nennt mich Futsu«, sagte er. »Ich habe was für euch. Kommt mit.«

Jackson und Crockie sahen sich an. Jackson musterte Futsu. Er zögerte.

»Was ist? Verstehen die mich nicht, Benita?«, fragte Futsu.

Benita lächelte. »Futsu ist in Ordnung, Jackson. Er ist ein Freund von Bucks und Silver. Ihr könnt euch auf ihn verlassen.«

Futsu verdrehte die Augen. »Mopsi hat eine entdeckt, die eure Freundin sein könnte. Gerade eben. Hat mich sofort losgeschickt. Sie ist auf jeden Fall 'ne Floaty, sagt Mopsi. Ist gerade unterwegs zum Sklavenmarkt. Nehmt lieber Geld mit, vielleicht könnt ihr sie ersteigern.«

Diese Botschaft verdoppelte und verdreifachte die Kräfte in Jackson. Auch Crockie streckte den Rücken durch. »Worauf warten wir noch?«

Sie trabten los und folgten dem schnell rennenden Futsu.

»Bleibt dicht bei mir!«, sagte er vor jedem Kontrollpunkt. Es war ein Hindernislauf der besonderen Art. Futsu kannte nicht nur alle Kontrollposten. Er kannte auch alle geheimen Wege durch Wohnungen, Keller und Hinterhöfe, um an ihnen vorbeizukommen. Jackson und Crockie hatten Mühe, ihm zu folgen.

Schließlich blieb er an einer Ecke zu einem Platz stehen.

»Wir sind da«, sagte er. Er lugte auf den Platz.

Jackson und Crockie folgten seinem Blick.

Jackson hätte nie gedacht, dass es das gab. Hier wurden tatsächlich Menschen verkauft! Männer, fast nackt, mit Ketten um den Hals. Frauen, sogar Kinder wurden ausgestellt wie Vieh und an den Meistbietenden versteigert. Nur Scout konnte Jackson nicht entdecken.

Eine Gruppe von drei Jugendlichen schlenderte über den Platz. Jackson sah sie nur von hinten. Die zwei Jungs hatten ungefähr seine eigene Figur und die von Crockie. Das Mädchen neben ihnen sah aus wie …

»Scout!«, entfuhr es Crockie. Er rannte los. »Scout!«, rief er.

Jackson folgte ihm.

Crockie erreichte sie. Berührte sie an der Schulter. »Scout!«

Das Mädchen fuhr herum. »He, was soll das? Pfoten weg!«

Jackson blieb wie angewurzelt stehen. Auch Crockie verharrte in seiner Bewegung. »Oh, sorry. Hab dich verwechselt.«

Es war unglaublich. Vor ihnen stand ein Mädchen, das Scout wirklich verdammt ähnlich sah. Dieselbe Stoppelfrisur, dasselbe schiefe Grinsen. Ihre Augen standen zu weit auseinander, wie die von Scout. Selbst ihre Stimme klang ein wenig wie Scout, als sie fragte: »Kennst du die Typen, Lars?«

Crockies Schultern sanken herab. Es war nicht Scout. Die beiden Jungs, mit denen dieses Mädchen sich auf dem Sklavenmarkt herumtrieb, drehten sich zu ihnen um.

»Hey«, sagte der Junge namens Lars, »seid ihr auch unterwegs auf Abenteuer-Abschiedstour? Hab euch noch gar nicht in der Burg gesehen!«

»Äh, nein, sind wir nicht«, nuschelte Jackson. Er wollte Crockie schon weiterziehen.

Lars hielt ihn am Handgelenk fest. Er zog das Armband, das

Jackson über dem Chip am linken Arm trug, hoch. »Sieh an, ihr seid aus der Burg!« Der Junge grinste überlegen. »Sogar echte Insulaner, wow!«

Nun wandte sich der Dritte von ihnen an Jackson. »Willst du dir ein Mädchen kaufen? Wir suchen nach einem Jungen für Marie!« Der Junge deutete rüber zu den vergitterten Boxen, an denen Menschen als Ware angeboten wurden, und grinste: »Kleiner Scherz.«

Jackson lief ein Schauer über den Rücken. Ein ekelhafter Typ war das. Wie konnte dieser Schnösel nur Witze machen – auf einem Sklavenmarkt? Das grüne Armband, das unter seinem Ärmel hervorlugte, verriet Jackson, was das für Leute waren. Das waren keine Teenager aus Ocean City. Das waren angeworbene, die dem Vertrag noch nicht zugestimmt hatten. Die drei waren noch nicht mal gechippt und führten sich schon so auf, als wären sie die Thronfolger von Lydia Tremont auf Landgang.

»Ach, hört doch auf, ihr Esel!«, beschwerte sich das Mädchen.

»Wir suchen ein Mädchen, das dir sehr ähnlich sieht«, sagte Jackson. »Habt ihr zufällig eine Doppelgängerin von dir gesehen?«

Lars und sein Kumpel sahen sich an und grinsten. »Oh, là, là! Marie! Es gibt hier Verehrer, die dich suchen!«

Jackson sah aus dem Augenwinkel, wie in Crockie die Wut brodelte. »Seht zu, dass ihr den Schwur nicht verkackt«, knurrte er. »Sonst lassen sie euch am Ende doch nicht rein.«

Lars grinste versöhnlicher, fast freundlich, aber noch immer von oben herab. »So toll ist Ocean City auch nicht. Wir werden überall gebraucht. Eure City wäre geil, aber wenn sie uns nicht wollen, gehen wir eben nach Cheruba und genießen Cocktails bis zur Rente!« Er schlug Crockie auf die Schulter. »He, komm schon. War nur ein Witz. Ich find's super, ein paar Leute aus meiner neuen Heimat zu treffen. Kommt zu unserer Abschiedsparty! Unser letzter Festlandabend. Beim Volksfest. Wir treffen uns im Zelt der *Ocean City Bar*. Hab einen Tisch für zwanzig Leute reserviert.«

Jackson ließ seinen Blick über den Platz schweifen. Wie wurden sie diese Labertasche nur wieder los? »Ja klar, danke, machen wir«, sagte er.

»Lars!«, rief jemand vom anderen Ende des Platzes. Es war ein strenger Ruf, der die Überlegenheit im Gesicht dieses Schnösels schmelzen ließ.

»Lars, verdammt, was macht ihr schon wieder hier draußen?« Ein junger Mann kam auf die Gruppe zugetrabt.

»Das ist Simon, unser Aufpasser und Tutor. Haut lieber ab. Sonst verhaftet er euch noch! Wir sehen uns im Zelt bei der Challenge!« Lars zwinkerte Jackson zu. Dann drehte er sich um und lief gemeinsam mit Marie dem jungen Mann entgegen.

Jackson drehte sich um. Futsu stand hinter ihm. »Nicht eure Freundin?«

Jackson schüttelte den Kopf. »Leider nein. Trotzdem danke.«

Er wandte sich an Crockie. »Komm, wir hauen lieber ab.«

Crockie stand wie angewurzelt da. Er starrte auf einen der Verkaufsstände. Völlig reglos. Er zwinkerte nicht mal. Jackson folgte seinem Blick. Er brauchte einen Moment, um zu sehen, warum Crockie erstarrte.

Crockie öffnete den Mund und presste leise, fast unhörbar, nur ein Wort heraus: »Scout!«

»Ich will diese Kids aus der City haben. Alle. Ich muss sie haben!« Aristide schlug auf den Tisch.

Fünf seiner Leute standen vor dem Schreibtisch stramm. Danny hob vorsichtig die Hand.

»Was denn?«

»Wir haben diesen Fuller gefunden. Wir könnten ihn dir bringen. Dann posaunen wir das raus und die anderen werden von selbst kommen. Die suchen den doch«, schlug Danny vor.

»Nein«, sagte Aristide, nun plötzlich so leise, dass alle fünf die Köpfe einzogen. »Wir warten. Wir warten wie die Katze vor dem Mauseloch. Ihr passt mir schön auf, was bei Fuller vor sich geht, ob diese Kids bei ihm auftauchen. Erst wenn wir sie alle haben, machen wir den Sack zu. Verstanden?«

Seine Leute hatten nichts verstanden. Das sah Aristide ihnen an. Aber sie nickten brav, traten ab und taten hoffentlich nichts Dämliches.

Silver seufzte. »Ich kann es versuchen. Zweitausend kann ich bieten. Höchstens. Mehr ist nicht drin.«

Lou, Jackson und Crockie saßen am Abend mit Silver und seiner Frau Benita zusammen. Der Sternenhimmel leuchtete über dem Innenhof von Silvers Haus. Wie jeden Abend hatte Jackson der kleinen Juliette eine Geschichte erzählt. Es schmerzte ihn so sehr. Sie erinnerte ihn an Celine, aber irgendwie war es gerade darum gut, sie zu haben.

»Kennst du diese Kerle, Silver?« Jackson schüttelte sich bei dem Gedanken an den Sklavenmarkt. Scout. Angekettet. Dass diese Verbrecher ihr kein Preisschild umgehängt oder sie direkt zur besseren Begutachtung nackt ausgezogen hatten, war noch ein Glück gewesen.

Silver nickte finster. »Allerdings. Denkt nicht mal daran, dort einzubrechen und eure Freundin zu befreien.« Er blickte finster in das kleine Lagerfeuer, das er in der Feuertonne im Hof entzündet hatte, um die Mücken zu vertreiben. Er klopfte sich auf die Beinprothese. »Menschenhändler reagieren ziemlich gereizt, wenn man ihnen die Ware klaut.«

Jackson suchte den Blick von Crockie und Lou. Beide schluckten.

»Zum Glück ist sie nicht so hübsch. Wenn ihre Haare erst nachwachsen, wird der Preis steigen. Sie ist blond, oder?«, fragte Silver.

Was Scouts echte Haarfarbe anging, war Jackson überfragt. Scout rasierte sich immer irgendwelche Muster in die Stoppeln, färbte die Reste in allen Farben des Regenbogens. Wirklich schwer zu sagen, welche Haarfarbe zum Vorschein käme, wenn sie ihren Schädel einfach in Ruhe lassen würde.

»Lou?«, fragte Jackson zweimal. »Die Haarfarbe?«

»Wie? Was?«, schreckte Lou auf.

Jackson legte den Kopf schief. Was war denn mit ihr los? Sie überlegten fieberhaft, wie sie Scout aus den Fängen der Menschenhändler befreien konnten, und Lou träumte vor sich hin. Wo war sie mit ihren Gedanken?

»Kennst du Scouts Haarfarbe?«, fragte Jackson.

»Blond. Ja. Sie ist eigentlich blond.« Lou lächelte in die Runde. »Aber das kann sie ganz gut vertuschen.«

Lou konnte Jackson nichts vormachen. Etwas stimmte nicht mit ihr. Sie war so merkwürdig ruhig. Fast abwesend. Schon seit Tagen. Seit sie allein durch die Stadt streifte. Es war ihr nicht egal, was mit Scout passierte, das wusste Jackson. Und doch schien sie nicht so recht bei der Sache zu sein.

»Mama! Die Augen jucken so!«, rief Juliette aus ihrer Kammer.

Benita stand auf und ging ins Haus.

»Wir werden dir ewig dankbar sein, Silver«, sagte Jackson. »Und wir werden dafür sorgen, dass Juliette die Medikamente bekommt.«

Silver lächelte müde. »Das glaube ich dir, Jackson. Aber erst müsst ihr euren Matt Fuller finden. Bis jetzt habe ich über diesen Typ nichts herausgefunden. Wenn er noch lebt, hat er viel dafür getan, seine wahre Identität zu verschleiern.«

Lou seufzte. Irgendetwas wusste sie. Jackson hatte keinen blassen Schimmer, was es war, warum sie schwieg.

14

Ambrose di Gallo sah am Morgen aus dem Fenster. Er lächelte zufrieden. Das würde ein Tag ganz nach seinem Geschmack werden. Sammy hatte endlich etwas herausgefunden und erwartete ihn in der Lobby. Der Teleport-Kontakt zur City war abgerissen, und die Techniker beteuerten, dass es bis zum Mittag dauern könne, ehe die Leitungen wiederhergestellt wären. Mit dem bloßen Auge war die Skyline von Ocean City zu erkennen, am Ende des unendlich langen und gut bewachten Versorgungsarms. Die Containerschiffe reihten sich von südlicher Richtung her vor dem äußeren Ring wie die Perlen einer Kette auf, bereit, den Schrott der Insel, den gesamten Bezirk 404, aufzunehmen und an Land zu schaffen. Das alles war beeindruckend. Solange Lydia Tremont ihn nicht erreichen konnte, war es ein geradezu grandioser Morgen.

Gut gelaunt lief er zu Smink, besorgte sich die Technik, die er für den Einsatz mit Sammy brauchen würde, fuhr dann in den siebten Stock und kaufte Klamotten ein. Schuhgröße 38. Das würde passen. Turnschuhe. Die gingen im Grunde immer. Hosen und T-Shirts waren problematischer. Er musste die Größen schätzen und darin war er nicht sehr gut. Er ließ alles verpacken, präparierte nur noch die Schuhe und nahm den Fahrstuhl hinunter ins Erdgeschoss. Er packte einen Stapel Scheine der Währungen ein, mit denen man hier handeln konnte. Das war ein Risiko, weil es keine geregelten Wechselkurse gab. Wenn er Pech hatte, nahm ihm keiner diese Fetzen Papier ab. Aber an harte Zahlungsmittel, besonders an Gold oder Edelsteine, war so schnell nicht zu kommen.

Er stopfte all die Scheine in seine Taschen, schließlich sogar in die Tüte zu den Klamotten und Schuhen.

Er schritt durch die Lobby. Kurz überlegte er, ob er Sammy etwas mitbringen sollte. Eine Lotion? Einen Schal? Irgendetwas, das sie auf den schäbigen Märkten ihres Viertels nicht bekam. Er entschied sich dagegen, schließlich konnte das aufdringlich wirken. Er trat hinaus ins gleißende Licht des staubigen Morgens.

Sammy wartete auf ihrem Motorroller vor dem Hauptportal der Burg. Sie hatte den Helm abgesetzt und die Haare ausgeschüttelt. Ihr Lockenkopf vor dem wolkenlosen Blau des Morgenhimmels. Ambrose di Gallo hatte das Gefühl, komplett dahinzuschmelzen und im Staub der Straße zu versickern.

Sie grinste und warf ihm einen zweiten Helm zu. »Wie gehen wir vor?«

Ambrose zwängte seinen Dickschädel in den Helm und setzte sich so elegant wie möglich auf den hinteren Teil der Sitzbank des Rollers. Die Federung ging tief in die Knie und stöhnte geradezu.

»Einkaufen«, sagte di Gallo. »Wir gehen einfach einkaufen.«

Sammy drehte sich zu ihm um. »Sie wissen, was das kosten kann?«

Di Gallo schüttelte den Kopf und grinste. »Ist mir völlig egal. Ich habe noch nie jemanden bestochen. Noch nie mit Geld gehandelt. Aber jetzt ist es mir egal. Ich habe jede Menge Scheine dabei. Wird schon reichen.«

Sammy seufzte. »Geben Sie die Kohle lieber mir. Lassen Sie mich das erledigen.«

Di Gallo legte den Kopf schief. »Warum?«

»Man sieht es Ihnen einfach zu sehr an.« Sammy startete den Motor. »Das könnte sehr teuer oder sehr gefährlich werden.«

»Was sieht man mir an? Dass ich ein Floating Man bin?«, fragte di Gallo.

»Das auch«, sagte Sammy. Sie hupte ein paar Kinder aus dem Weg. »Aber vor allem, dass Sie Bulle sind.«

Sie passierten die Sektorgrenze und fuhren ins östliche Stadtgebiet. Die Gegend, in die Sammy ihn brachte, ließ in di Gallo übelste Erinnerungen aufsteigen. Er verspürte den innigen Wunsch nach einer kugelsicheren Weste. Vielleicht war es besser, nicht zu wissen, wer ihn und Sammy aus den zerschossenen Häusern und runtergekommenen Spelunken heraus beobachtete.

»Ich setze Sie da vorne am Café ab. Rühren Sie sich nicht von der Stelle!«, befahl Sammy.

Di Gallo nickte. »Wie viel brauchen Sie?«

Sammy nannte eine Summe, die viel niedriger war, als di Gallo gedacht hatte. Er reichte ihr die Geldbündel. Dazu die Tasche mit den Kleidern. »Die Klamotten. Die Schuhe werden hoffentlich passen!«

Sammy legte den Kopf schief. »Was sind Sie, di Gallo? Trottel, Gentleman und nun auch noch treusorgender Vater?«

»Wer weiß, wer weiß?«, murmelte di Gallo, setzte sich an die Bar, bestellte einen Kaffee de luxe, ohne Ziegenscheiße, und grinste in sich hinein. Doch, doch, dieser Morgen war ganz und gar nach seinem Geschmack.

Clark Kellington wusste, dass er ein bisschen wie aus der Zeit gefallen wirkte, als er am frühen Morgen von einem Hubschrauber auf dem Dach der Burg abgesetzt wurde. Sein weißer Anzug, seine leuchtenden, stahlblauen Augen. Der breitkrempige Sonnenhut, den er festhalten musste, als der Helikopter wieder startete. Er lächelte. Sah über die Stadt rüber zum Meer. Der kilometerlange Versorgungsausleger ragte hier so weit ins Meer, wie es nötig war, damit Floating Citys mit ihrem Tiefgang überhaupt festmachen konnten. Gas, Flüssigkeiten und stark zerkleinerte Festteilchen wurden durch die Versorgungsleitungen des langen Arms hin- und hergepumpt. Am Ende des Arms ragte sie nun auf. Seine Stadt. Sein Reich: Ocean City. Die perfekte Stadt. Fast jedenfalls. Lydia Tremont arbeitete gerade daran, den Schandfleck namens Bezirk 404 auszuradieren, besser gesagt: Sie ließ arbeiten.

Der Wachposten am Kontrollpunkt tat seinen Dienst ordentlich und schickte ihn gleich zur zentralen Anmeldung. Der Alte versprach, diese sofort aufzusuchen, und dachte gar nicht daran.

Er klopfte stattdessen an eine andere Tür.

»Oh! Ich hatte Sie nicht erwartet, Sir!«, brachte der sehr erstaunte Bewohner dieser Räume hervor.

»Wir haben zu tun, mein Lieber.« Clark Kellington lächelte, obwohl ihm angesichts dieses Schweinestalls von einem Zimmer nicht zum Lächeln zumute war. »Jede Menge zu tun!«

»Bleibt dicht bei mir«, befahl Silver, nachdem er den klapprigen Jeep abgestellt hatte. Den Wagen hatte er bei den Wachmannschaften an seinem Kontrollposten besorgt.

Jackson spürte es: Silver fühlte sich nicht wohl in seiner Haut.

Plötzlich schob sich ein dürrer Kerl zwischen die Gruppe. Sein Kopf glich eher einem Totenschädel mit ein paar zauseligen Strähnen. Die Flusen umwehten die schorfige Glatze des Mannes und fielen bis auf seine Schultern. Er hakte sich bei Lou unter und krächzte: »Hey, Süße, das ist 'ne Überraschung. Du wirst sehnlichst am Stadion erwartet. Der Freak in der Wagenburg ...«

»Was soll das?« Lou stieß den Kerl von sich, aber er klammerte sich an ihrem Arm fest.

Jackson zögerte nicht. Er packte den Mann an den Schultern und drängte ihn zur Seite, sodass er in den Staub stürzte.

»Alter!«, kreischte der Gestürzte und murmelte ein paar Verwünschungen.

»Kommt schon«, drängte Silver.

Ein paar Ecken weiter erreichten sie ohne besondere Vorkommnisse den Platz, an dem Futsu sie erwartete. Er hob bedauernd die Schultern.

Jackson schluckte. Sie hatten sich extra frühzeitig auf den Weg gemacht, um ganz bestimmt die Ersten zu sein, aber er ahnte, was passiert war.

»Verkauft?«, fragte er.

Futsu hob wieder die Schultern. Und nickte.

Das konnte doch nicht wahr sein. Wieso war Scout jetzt schon verkauft? »Der Markt hat noch nicht geöffnet, die Versteigerung hat noch nicht begonnen, was ist das für eine Scheiße?«, fuhr er Silver an und entschuldigte sich sofort bei ihm. Silver konnte wirklich nichts dafür.

Auch Crockie und Lou schnappten nach Luft. Sie alle standen auf der Straße vor dem völlig verrosteten Tor, hinter dem die Menschenhändler ihre Gefangenen hielten.

Silver sah ihm ernst in die Augen. »Beruhige dich, Jackson! Sofort!« Er deutete auf die umstehenden Gebäude. »Keine gute Gegend, um einen Aufstand zu machen! Hinter jedem Fenster könnte ein Scharfschütze postiert sein. Die fackeln nicht lang.« Er hinkte die Straße runter und warf immer wieder Blicke zu den Fenstern.

»Bist du sicher, dass es Scout war?« Silver blieb stehen. Er sah Futsu an.

»Mädchen, Teenager von der Insel, schielend, ohne gescheite Frisur, gute Zähne, nennt sich Scout. Allein reisend. Was willst du noch wissen? Gewicht? Brustumfang?«

»Schon gut, sie ist es gewesen.«

»Eine Frau hat sie gekauft. Für einen ganzen Batzen Geld. Das ist sehr merkwürdig«, murmelte Futsu.

»Eine Frau? Jung, strenger Zopf, von der Insel?«, fragte Lou.

Futsu zuckte nur mit den Schultern. »Mehr habe ich nicht herausfinden können. Diese Leute sind nicht gerade gesprächig, was ihre Kundschaft angeht.«

Hinter ihnen fielen Schüsse. Jemand rief etwas.

»Los, haut ab!«, sagte Futsu und verschwand selbst blitzschnell hinter der nächsten Ecke.

Sie rannten zurück zum Jeep. Silver warf sich auf den Fahrersitz, während Jackson, Lou und Crockie hinten hineinkletterten.

»Abteilung Z«, murmelte Crockie. Ein Zittern fuhr durch seinen Körper. »Bitte nicht Abteilung Z!«

Silver steuerte den Wagen aus dieser runtergekommenen Gegend. Der Staub wirbelte hinter ihnen auf. Zum ersten Mal konnte Jackson dem Dreck etwas abgewinnen. Er kam ihm wie ein Schutzschleier vor, durch den sie für die Scharfschützen der Menschenhändler nicht so leicht als Ziel auszumachen waren.

»Was jetzt?«, fragte Jackson. »Lou, hat Jimmy dir zufällig seinen Plan B verraten? Was ist zu tun, wenn die ganze Gruppe vor der

Landung auseinanderfliegt und wir Matt Fuller nicht finden können?«

Lou schüttelte den Kopf. »Hat er nicht. Aber wir werden ihn finden.«

Jackson verstand nicht, wie Lou sich so sicher sein konnte. Wie sollten sie einen Mann finden, von dem sie nicht einmal ein Bild gesehen hatten? Sie hatten nichts. Nur diesen Namen.

Auch Crockie war nicht mehr so recht überzeugt von ihren Erfolgsaussichten. »Ich bin mir nicht mal sicher, ob es diesen Matt Fuller jemals gegeben hat. Der Kerl ist ein Phantom. Nur ein Phantom hinterlässt keine Spuren.«

»Er lebt!«, fuhr ihn Lou an. »Er ist kein Phantom!«

»Warum bist du dir da so sicher?«

»Weil ich …« Lou schien etwas anderes sagen zu wollen, als sie tatsächlich hervorbrachte. »Weil ich sonst keine Hoffnung mehr hätte.« Etwas leiser fügte sie hinzu: »Ohne Hoffnung sind wir aufgeschmissen.«

Jackson nahm einen Schluck aus der Wasserflasche. »Okay, wir suchen nach Spuren, die Matt hinterlassen haben kann«, entschied er. »Eine andere Wahl haben wir nicht. Und wenn Scout von der Abteilung Z geschnappt wurde, müssen wir sie eben auch noch befreien. Genau wie unsere Familien. Dafür müssen wir Fuller finden.«

»Wo sollen wir anfangen?«, fragte Crockie.

Jackson sah ihn verzweifelt an. »Ich habe keinen blassen Schimmer.«

Scout traute ihren Augen nicht. So eine schöne Frau hatte sie gekauft. Hatte ihr frische Klamotten verpasst. Die Hosen und das T-Shirt waren sogar fast nach Scouts Geschmack und passten von der Größe ebenso perfekt wie die nagelneuen Turnschuhe.

»Los! Los! Schlampe!«, hatte die Frau sie angeschrien und vom Hof dieser Schufte getrieben, aber aus dem Augenwinkel hatte Scout gesehen, wie die Lady ihr zuzwinkerte.

Was wurde hier gespielt? Die Frau kam jedenfalls nicht aus Ocean City oder aus der Burg. Ihre Handgelenke waren nackt und zeigten keinerlei Spuren eines Decoders oder Subkutan-ID-Chips.

»Die Schuhe! Passen dir die Schuhe?«, fragte sie vor dem Tor.

»Ja«, sagte Scout.

»Gut. Sehr gut. Los, lauf vor mir her«, sagte sie leiser. »Mach keinen Scheiß. Hier ist alles voller Wachen. Bis an die Zähne bewaffnet. Wir müssen da unten zum Café. Schaffst du das, ohne Blödsinn anzustellen?«

»Denke schon.« Scout hatte gesehen, dass in den leeren Fensterhöhlen Scharfschützen lauerten, jederzeit bereit, sie auszuknipsen. Ein Wink von einem der Aufpasser hinter dem Tor reichte. Außerdem hatte Scout gesehen, dass die Frau ebenfalls eine Waffe unter ihrer Jacke trug.

Die Schöne bugsierte Scout in das Café, blieb in der Tür stehen und sah zurück auf die Straße, die vom Sklavenmarkt wegführte. »Die Luft ist rein, scheint's. Nenn mich Sammy. Ich habe dir noch jemanden mitgebracht. Sozusagen deinen Retter.«

Scout sah sich im Café um. Es war erstaunlich gut erhalten. Große Bänke mit hohen, roten Kunstlederlehnen bildeten kleine Nischen um jeden der zehn Tische.

»Er hat das Geld für dich bereitgestellt.«

Scout hielt den Atem an. Sie spannte jeden Muskel an, bereit, wegzulaufen. Mit den neuen Turnschuhen war sie schneller als mit den kaputten Stiefeln, die sie ihr im Lager abgenommen hatten. So viel war sicher. Sie brauchte sich nicht umzusehen. Die Fluchtwege hatte sie sofort gecheckt. Weg 1: Sammy wegstoßen, ab durch den Haupteingang. Weg 2: Mit Sammys Waffe die Scheibe kaputt schießen und durchs Schaufenster raus. Weg 3: Durch den Notausgang, vor dem ihr angeblicher Retter saß und von dem Scout im Augenblick nur einen Zipfel seines beigen Regenmantels sah.

Regenmantel, schoss es Scout durch den Kopf, wieso Regenmantel? Es gibt nur einen Menschen, der bei solchen Temperaturen so einen Mantel trägt.

»Hallo Scout! Schön, dich zu sehen!«

Verdammt. Di Gallo.

»Hallo«, nuschelte Scout. »Wie geht's?« Was Blöderes fiel ihr gerade nicht ein.

Di Gallo grinste. Er bot ihr einen Platz an. »Hast du Hunger? Hast du Durst? Setz dich und erzähl!«

Scout zögerte. Das war alles Wahnsinn. Eine Festnahme lief nie so freundlich ab. Man wurde geschnappt, Arme auf den Rücken, Schulter auskugeln, in einen schwarzen Lieferwagen geworfen und dann ab die Post in den Knast. So kannte Scout das. So machte man das in Ocean City, und es gab keinen Grund, auf dem Festland, ausgerechnet hier, vornehmer zu tun. Fehlte nur, dass er sie laufen ließ. Nein, nein, hier stimmte etwas ganz und gar nicht.

»Setzen, habe ich gesagt!«, fauchte di Gallo.

Sammy schubste Scout in die Bank, gegenüber von di Gallo. Sie setzte sich neben sie und war nicht mehr ganz so höflich. Gab es in dieser Stadt überhaupt eine Polizei? Falls es eine gab, war Sammy garantiert Polizistin. Sie versprühte jedenfalls richtigen Bullencharme, fand Scout in diesem Augenblick.

Di Gallo strich sich über die Glatze und legte eine Hand hinters Ohr. »Was habt ihr vor? Wo stecken die anderen?«

Scout schwieg.

Niemals würde er ein Wort aus ihr herauskriegen.

»Ein Menschenleben ist hier nicht viel wert, das hast du sicherlich gemerkt, oder?« Di Gallo lächelte. »Vielleicht kann ich helfen? Ihr wollt Matt Fuller finden. Das will ich auch! Jimmy ist echt in Schwierigkeiten ohne mich.«

»Jimmy ist tot«, entfuhr es Scout.

Das hatte di Gallo nicht gewusst. Er schien betroffen zu sein. »Das tut mir leid, Scout. Und es könnte mehr Tote geben, wenn ihr nicht Vernunft annehmt!«

Scout sah vor sich auf die Tischplatte und nickte. »Gibt es auch. Fjodor und Grischa.«

Di Gallo schaute ihr in die Augen. »Ich sage dir, wie wir es machen: Ich gehe jetzt auf diese völlig verdreckte Toilette da. Und wenn ich wiederkomme, habe ich eine verdammt schlechte Laune, und die wirst du aufbessern, indem du redest! Wo sind Jackson Crowler, Lou Clermont und Crockie Fleming? Das sind meine Fragen und du wirst sie mir beantworten. In fünf Minuten!«

Scout schwieg eisern.

Kaum war di Gallo verschwunden, riss sie Sammy die Waffe aus dem Halfter, schoss die Scheibe kaputt, sprang auf die Straße und rannte um ihr Leben.

»Scheiße! Bleib stehen! Scout! Verdammt!«, hörte sie Sammy hinter sich rufen.

Vergiss es, dachte Scout. So schnell wollte sie sich nicht noch einmal einfangen lassen.

Di Gallo wartete hinter der Tür, bis Scout verschwunden war. Dann trat er raus.

»Sorry, Mann«, sagte Sammy. »So ein Biest. Die ist so schnell. Meine Waffe hat sie auch geklaut!«

Di Gallo lächelte der sehr verdutzten Sammy entgegen. »Es läuft ganz wunderbar.« Er sah auf die Uhr. »Ich hatte doch gesagt: In genau fünf Minuten wird sie uns zu Matt Fuller und den anderen führen. Genau das tut sie jetzt.«

Sammy sah ihn ungläubig an. »Sie haben damit gerechnet, dass sie abhaut?«

Di Gallo lächelte. »Nein. Ich bin ganz sicher davon ausgegangen. Okay, das mit der Knarre war nicht so geplant.« Er holte das kleine Gerät mit dem Monitor hervor, das er sich bei Smink besorgt hatte. »Darum musste sie unbedingt diese neuen Turnschuhe anziehen, in die ich den Peilsender eingebaut habe. Ich renne nicht besonders gern bei dieser Hitze.« Er grinste. »Das bekommt mir nicht.« Er schaltete das Gerät ein und ein grüner Punkt leuchte auf dem Display.

Sammy schenkte ihm ein anerkennendes Lächeln. »Di Gallo, di Gallo. Sie tun nur so trottelig!«

»Tarnen, täuschen und sauber ermitteln.« Er bot ihr den Arm. »Kommen Sie, Sammy. Wir besorgen Ihnen eine neue Waffe. Die geht selbstverständlich auf mich.«

Noch im Rausgehen dachte er: Wenn die Tremont wüsste, dass er mit den wertvollen Stunden, die sie ihm auf den Decoder geladen hatte, erst eine verdächtige Person gekauft und diese dann laufen gelassen hatte, würde sie im Sechseck springen. Aber Tremont war ganz und gar mit Bezirk-404-Problemen beschäftigt und obendrein waren die Teleportverbindungen abgerissen. Es war fast wie ein kleiner Urlaub.

»Was ist so lustig?«, fragte Sammy, während di Gallo dem wütenden Besitzer des Cafés so viele Scheine für die Scheibe auf den Tresen legte, dass sich sein Gesicht in ungläubiges Staunen verwandelte.

»Ist 'ne längere Geschichte«, sagte di Gallo. »Erzähl ich Ihnen aber sehr gerne. Denn wir haben zwar gerade einen Batzen Geld ausgegeben, aber dafür eine Menge Zeit gewonnen, oder?«

15

Jacksons Stimmung näherte sich dem Nullpunkt. Scout gefunden und sie sofort wieder verloren zu haben, war schlimm genug, aber er kam sich auch schäbig vor. Wo sollte das hinführen, wenn sie das gegenseitige Vertrauen ineinander verloren?

Mit Lou stimmte etwas nicht. Sie hatte ein Geheimnis, etwas, das sie ihm und Crockie vorenthielt. Du hättest sie einfach zur Rede stellen sollen, sagte er sich, aber es war zu spät. Lou hatte bisher auf keines seiner vorsichtigen Angebote, ihn in ihr Geheimnis einzuweihen, reagiert. Mehrmals hatte er ihr eine Brücke gebaut, ihr sozusagen die Hand gereicht. Lou hatte immer so getan, als hätte sie es nicht verstanden, war einsilbig gewesen und hatte abwesend gewirkt. Seitdem der dürre Typ sie am Sklavenmarkt angequatscht hatte, zog sie sich noch mehr zurück. »Ein Verrückter«, hatte sie gesagt. »Ich kenne den Typen gar nicht.«

Jackson hatte sich entschieden, Lou im Auge zu behalten. Er musste wissen, was sie nachts trieb.

Also schlich er sich hinaus auf die Straße, vermummt und mit einem ständigen Blick über die Schulter, ob ihm auch niemand folgte oder gerade sein Messer zückte, um ihm von hinten die Kehle durchzuschneiden oder ihn mit einer Kanone zu zerfetzen. So wie Jimmy, Fjodor und Grischa.

Er verfolgte Lou bis in ein Viertel, das nur ein paar Straßen von Silvers Nachbarschaft im Ostsektor der Chinesin entfernt war. Trotzdem schien dies eine ganz andere Stadt zu sein. Das ganze Leben hatte sich in die Nacht verlagert. Es hätte Jackson nicht gewundert, wenn die Kinder sogar nachts zur Schule gegangen wären. Ein lächerlicher Gedanke, denn die Kinder der Menschen in dieser Nachbarschaft gingen garantiert nicht zur Schule.

Lou bewegte sich zielstrebig durch die Gassen der Altstadt Richtung Süden. Mit einiger Mühe konnte Jackson ihr folgen. Sein jahrelanges Training im Parkour-Laufen bei Meister Chang half ihm in dieser Stadt jeden Tag. Hier bestanden die Hindernisse nicht aus Treppen, Mauern oder Absperrungen, die zu überwinden waren. Es ging darum, den unsichtbaren Hindernissen auszuweichen, den Gefahren, die in einem Blick liegen konnten, dem man zu lange standgehalten hatte und den das Gegenüber als Herausforderung betrachten konnte. Oder als Kampfansage. Gleichzeitig war es wichtig, genug eigenen Raum zu beanspruchen, nicht im Slalom um alles und jeden herumzukurven und damit zu zeigen, dass man ein leichtes Opfer war.

Lou war ein Genie der Anpassung: Sie hatte binnen der wenigen Tage, die sie nun auf dem Festland waren, die Fähigkeit entwickelt, sich fast unsichtbar zu machen. Es brauchte Jacksons volle Konzentration, um sie nicht zu verlieren. Sie glitt geschmeidig durch die anschwellende Flut der Menschen, die Kapuze ihres Hoodies über den Kopf gezogen, sodass man nicht einmal mehr sagen konnte, ob sie ein Mann oder eine Frau, ein Junge oder ein Mädchen war. Außerdem war Lou schnell.

Mindestens eine halbe Stunde waren sie unterwegs, als Jackson sie hinter dem Bahnhof der Stadt, der vor langer Zeit stillgelegt worden war, aus den Augen verlor. In dieser Gegend gab es kaum eine funktionierende Straßenlaterne. Oft fiel das Licht total aus. Auf der Rückseite des Bahnhofsgebäudes war ein Markt. Das Gedränge war fürchterlich, und die fliegenden Händler mit ihren heißen Pfannen, die sie an einem Tragegestell um die Hüften trugen, wühlten sich ohne Rücksicht durch die Menge. Fackeln und Feuer, die in alten Ölfässern brannten, spendeten flackerndes Licht.

Jackson konnte keinen Schritt gehen, ohne dass ihm jemand durch die Zähne zischend eine Ware anbot: »Uhren?« – »Taschen?« – »Schuhe?« Ein Wort flüsterte ihm jeder zweite Händler ins Ohr: »Métsin?«

Jackson hatte eine Weile gebraucht, bis er verstanden hatte, was ihm mit diesem Wort angeboten wurde: Medizin jeder Art oder das, was sie hier darunter verstanden. Besonders Antibiotika, die einem das Leben bei Infektionen retten konnten, standen hoch im Kurs. Wer sie allerdings hier auf der Straße kaufte, konnte sicher sein, dass die Tabletten im besten Fall gar nicht wirkten und im schlimmsten Fall das Ableben eher beschleunigten.

Eine alte Frau mit schrumpeligem Gesicht bot Pasten in Tuben und Tropfen in Fläschchen an. »Gute Ware, sehr gute Ware. Hilft. Gut für Bauchweh. Gut für Füße …«, wisperte sie an dem einen Zahn vorbei, der ihr wie ein Zacken aus dem Unterkiefer wuchs.

Jackson streckte die Hand nach einer der Flaschen aus, die Augentropfen enthalten sollten. Sein Ärmel rutschte rauf und gab für einen Augenblick den hellen Streifen Haut frei, an dem er seinen Decoder Tag und Nacht getragen hatte. Jackson sah die alte Frau rasch an. Die starrte auf die nackte Stelle an seinem Handgelenk. Plötzlich schnappte sie sich seine Hand, drehte sie herum und fühlte den Chip.

Jackson riss seinen Arm zurück.

Die alte Frau schrie auch schon los: »Floating Man! Floating Man!«

Jackson versuchte, sich von ihr zu entfernen, aber es war zu spät. Wie aus dem Nichts bildete sich eine Menschentraube um ihn. Jugendliche und Kinder fummelten an ihm herum. Sie bemühten sich erst gar nicht, ihren Diebstahl zu kaschieren. Sie griffen einfach in seine Taschen und suchten nach Wertsachen.

»Floaty!«, brüllte einer von ihnen voller Hass.

Jackson sah ein Messer aufblitzen. Der Ring aus Jugendlichen zog sich enger um ihn. Er versuchte, aus dem Tumult herauszukommen, aber ein kleiner Junge klammerte sich an seinen Oberschenkel. Jackson wollte ihn abschütteln, knickte aber um und ging in die Knie.

Du musst auf den Beinen bleiben, schoss es Jackson durch den Kopf. Er spürte die ersten Tritte. Ein nackter Fuß traf ihn am linken Ohr, augenblicklich schrillte ein hohes Pfeifen durch seinen Gehörgang. Ein weiterer Treffer, direkt in den Magen. Jackson krümmte sich zusammen. Seine Rippen knackten unter den Tritten.

Plötzlich schaffte ein Knall für einen Wimperschlag lang Ruhe. Um Jackson herum schienen alle zu erstarren, eine Momentaufnahme, als hätte jemand einen Film angehalten.

Der Knall kam von einer Pistole.

Jackson nutzte den Moment und robbte blitzschnell zwischen den Beinen seiner Angreifer hindurch. Nach zwei, drei Metern richtete er sich auf, bahnte sich einen Weg durch die Gruppe, die beim zweiten Schuss, der fiel, wieder in Bewegung kam. Jackson sah, wer den Schuss abgefeuert hatte.

»Zeig, was du kannst«, schrie Crockie und fuchtelte mit der Waffe herum.

Einen kurzen Moment lang starrte Jackson seinen Freund erstaunt an. Er stand auf dem Sockel eines Denkmals und zeigte nach Westen. Dann sprang er hinunter, die Gang zuckte vor seiner Pistole zurück, und mit ein paar Sätzen war er bei Jackson. Ohne ein Wort zu verlieren, rannten sie in einen der breiten Boulevards, die sternförmig auf den Marktplatz führten.

Ein paar der Schläger folgten ihnen, aber nach wenigen Häuserblocks gaben sie auf. Jackson und Crockie versprachen ein bisschen Spaß in den Augen der Straßengangs, aber nach einer fetten Beute sahen sie garantiert nicht aus.

Crockie keuchte. »Das kommt davon«, rief er im Laufen.

»Von was?«, keuchte Jackson zurück.

»Von Alleingängen. Mitten in der Nacht.«

»Und was machst du hier?«, blaffte Jackson zurück.

»Meinem besten Freund das Leben retten. Meinem Freund, der glaubt, sich davonstehlen zu können, und der wohl dachte, ich würde das nicht mitkriegen. Viel interessanter ist, was du hier machst.«

»Woher hast du die Knarre?«

»Silvers kleines Lager ist wie ein Gemischtwarenladen für den täglichen Bedarf. Von künstlichen Fingernägeln bis zur Panzerfaust findest du da alles.«

Jackson wollte in eine der kleineren Seitenstraßen ausweichen, aber Crockie zerrte ihn weiter.

»Machst du schlapp? In der übernächsten Straße holt Lou sich einen Motorroller, vielleicht erwischen wir sie noch.«

Jackson stoppte abrupt. »Woher weißt du das?«

»Meinst du, ich bin blöd?«, fragte Crockie. »Mit Lou stimmt etwas nicht und ich bin ihr schon zweimal gefolgt. Durch deine Aktion gerade ist sie vielleicht wieder entwischt.«

»Sie haben ihn doch nicht einfach so loslaufen lassen?« Kellington strich die Haare zurück.

Sein Spion lächelte. Das sollte wohl verschmitzt wirken. Er musste den Kerl dringend austauschen. Solchen Männern war nach einigen Jahren einfach nicht mehr zu trauen. Eine Art Abnutzungserscheinung. Vielleicht sind wir eben nicht alle für doppelte und dreifache Spielchen gemacht, dachte Kellington.

»Wir sind dran«, sagte sein Gefolgsmann. »Ganz wie Sie es wünschen. Vom Lehnstuhl aus. Wenn die Teleportverbindungen nicht so brüchig wären, hätten Sie sogar drüben in Ihrem Appartement bleiben können, Sir.«

Er reichte Kellington ein Empfangsgerät.

Kellington schaltete es ein. Ein grüner Punkt leuchtete auf dem kleinen Display auf. Er blinkte durch eine Landkarte.

»Wen oder was sehe ich hier?«

Sein Gegenüber lehnte sich bequem in seinem Schreibtischstuhl zurück. »Das ist ein Peilsender. Eingebaut in Scouts Schuh.«

Kellington lächelte. Doch nicht austauschen, den Mann. »Gut gemacht, mein Lieber.« Er warf dem Mann das Gerät zu. »Wecken Sie mich, wenn sie stehen bleibt.«

Lou tauchte so plötzlich wieder auf, dass ihr Crockie fast in die Arme lief. Jackson konnte ihn gerade noch zurückdrängen und sich mit ihm hinter eine der Feuertonnen ducken.

Danach folgten sie ihr in sicherem Abstand. Je weniger Menschen sich in den Gassen bewegten, desto schwieriger wurde das. Jackson fühlte sich beobachtet. Sooft er sich aber umsah, in der Dunkelheit war kein Verfolger auszumachen.

Sie folgten Lou bis zu einer ehemaligen Tankstelle, vor der ein dürrer Mann in einem schmierigen Overall eine Reihe Mofas, Motorroller und geländegängiger Cross-Maschinen bewachte.

»Das ist der Typ, der sie auf dem Sklavenmarkt angesprochen hat«, flüsterte Jackson.

Crockie nickte. »Sie kennt ihn.«

Lou redete auf das Klappergestell ein.

»Was will sie von ihm?«, flüsterte Jackson, der sich mit Crockie an einer Ecke nahe der Tankstelle postiert hatte.

Der Mann zog ein kariertes Tuch vom Kopf und wischte sich damit durchs Gesicht. Der Kerl schien nicht gut auf Lou zu sprechen zu sein. Er blaffte sie an. Lou blaffte zurück, aber Jackson konnte nicht verstehen, um was es ging.

»Schätze, sie will ein Mofa, aber sie kann es nicht bezahlen«, sagte Crockie. »Du kennst Lou. Sie wickelt am Ende jeden um den Finger.«

Jackson grinste, und als wollte Lou es beweisen, legte sie die Hände zusammen und flehte den Mann an. »Yusuf, bitte ...«, wehte der einsetzende Wind ein paar Silben heran. Yusuf verdrehte die Augen, ging in das Ladenlokal der Tankstelle und kam kurz darauf wieder. Zwischen seinen Lippen klemmte eine qualmende Zigarette, in seiner Hand hielt er einen Schlüssel. Er warf ihn Lou zu, sie fing ihn. Yusuf griff sich einen Behälter und ging mit Lou zu einem der Motorroller, um den Treibstoff in den Tank zu schütten.

»Schnell«, befahl Crockie.

Ohne lange nachzudenken, folgte Jackson ihm. Sie sprinteten in einem kleinen Bogen von der anderen Seite an die Tankstelle heran. Crockie drückte die Hintertür auf. Es gab eine Theke mit einer offenen Registrierkasse, in der ein toter Skorpion, aber keine einzige Münze lag. Daneben stapelten sich Zigarettenpackungen,

Wegwerf-Feuerzeuge und ölverschmierte Lappen. An der Wand hing ein Schlüsselbrett mit den Zündschlüsseln der Maschinen. Crockie schnappte sich ein paar davon und flitzte wieder hinaus.

»Was tust du da?«, fragte Jackson.

»Ich besorge uns einen fahrbaren Untersatz. Du musst den Kerl ablenken.« Crockie fummelte die Pistole aus seinem Hosenbund. »Zur Not schieß ein paarmal in die Luft.«

Jackson nahm die Waffe nur ungern.

»Schnell, sonst ist sie weg.« Crockie spähte um die Ecke.

Hinter der Hütte türmte sich Gerümpel aller Art auf. Nur die Kanister mit dem Treibstoff standen ordentlich aufgereiht da. Jackson roch daran. Benzin, Alkohol, irgendwas Brennbares, das sie hier zusammenpanschten, würde es wohl sein. Er nahm eines der Feuerzeuge, kippte den Inhalt eines Kanisters über ein paar kaputte Stühle und Kissen. Die Flamme des Feuerzeugs fand sofort Nahrung. Von vorne hörte er leise Flüche, weil der Motorroller erst beim sechsten oder siebten Versuch ansprang. Der knochentrockene Müll brannte wie Zunder.

»Was tust du da?«, blaffte Crockie.

»Ich lenke ihn ab.« Jackson grinste. »Los jetzt.«

Sie hörten das Rattern eines Motors. Lous Roller jaulte auf und tuckerte davon.

»Probiere einen nach dem anderen aus.« Crockie drückte ihm ein paar der Schlüssel in die Hand. Er selbst versuchte es zuerst bei den Cross-Maschinen.

Jetzt bemerkte dieser Yusuf das Feuer. Er schrie, ein paar Leute tauchten auf, aber keiner rührte einen Finger. Sie schauten gespannt, wie Yusuf hilflos herumtobte.

»Schneller!«, zischte Crockie, aber ein Schlüssel nach dem anderen versagte den Dienst.

Jackson stieß einen Fluch aus. Noch achtete in dem Tumult der Menschen, die weiter herbeiliefen, niemand auf ihn und Crockie. Lange würde das nicht gut gehen.

Der nächste Schlüssel hatte einen Anhänger, auf dem ein Adler mit ausgebreiteten Schwingen abgebildet war. Diese Zeichnung hatte er schon irgendwo gesehen. Gleich zweimal. Auf einem Schild, das gerade mit dem restlichen Müll hinter dem Haus verbrannte, und auf einem der Motorräder.

»Das gelbe!«, rief er.

Auf dem zerkratzten Tankdeckel segelte der Vogel über einem Schriftzug, der schon ein paar Buchstaben verloren hatte.

»Komm schon, Crockie!«

Jackson sprang auf den Sattel. Mit einem weiten Satz landete Crockie hinter ihm. Von diesen Maschinen gab es viele in der Stadt. Vorne am Griff musste er Gas geben, mit dem Fuß einen Hebel herunterkicken. Der Motor spuckte und puffte, dann schoss die Maschine los. Sie bäumte sich auf, das Vorderrad verlor den Kontakt zum Boden.

»Aaaargh«, gellte Crockies Schrei, als er rückwärts in den Staub der Straße stürzte. »Aua!«

»Keine Zeit für Gejammer«, rief Jackson. Er zeigte nach hinten.

Yusuf hatte mitbekommen, was abging. Er rannte hinter ihnen her.

»Los, Crockie! Rauf mit dir!«, schrie Jackson. Kaum hatte Crockie das Bein über den Sitz geschwungen und sich an Jackson festgeklammert, gab dieser wieder Gas. Jetzt hatte er die Maschine besser unter Kontrolle.

In einiger Entfernung konnte er die Staubwolke, die Lous Motorroller hinter sich herzog, gerade noch erkennen.

»Jihaaaah«, schrie Crockie.

Sie folgten Lou eine Weile mit größtmöglichem Abstand, ohne sie zu verlieren. Einmal hielt sie an. Jackson reagierte sofort und bog in einen Weg nach links ab.

»Ob sie uns entdeckt hat?«, fragte Crockie.

»Werden wir sehen.« Jackson machte es zunehmend Spaß, diese Maschine zu reiten. Er bekam sie immer besser in den Griff. Er wagte es, die befestigte Piste zu verlassen. Eine Cross-Maschine war genau für so etwas gemacht. »Halt dich fest!«

»Jihaaah!«, schrie jetzt Jackson. Er lenkte das Motorrad geschickt durch eine Kuhle, wich einer Öltonne aus, sauste quer über ein paar flache Betonstufen und schleuderte 100 Meter weiter wieder auf die Piste. »Verdammt, sie ist weg«, fluchte er, als vor ihnen eine leere, jetzt wieder asphaltierte Straße lag. Eine Kreuzung. Hier hatte es einmal Ampeln gegeben, es funktionierte allerdings keine einzige. Eine große Tafel wies nach links zu einem Fußballstadion: World Football Arena.

»Das Stadion!« Jackson schlug sich mit der flachen Hand vor die Stirn. »Erinnerst du dich, Crockie?«

Crockie zögerte einen Augenblick, dann kapierte auch er. »Die letzte Adresse von Matt Fuller. – Mach schon! Fahr los.«

16

Am Ende der Straße stieg Lou ab und schob den Motorroller hinter einen verrosteten Container. Hier würde ihn hoffentlich niemand finden. In der Gegend herrschte eine gespenstische Ruhe. Sie wollte niemanden auf sich aufmerksam machen. Hinter einer Reihe von Wellblechhütten begann ein unüberschaubares Feld, das bis zum Horizont zu reichen schien.

Der Autofriedhof hatte fast den Charakter eines kleinen Stadtviertels, denn er war in eine Vielzahl schmaler Gassen und Wege unterteilt. Die Autowracks türmten sich an einigen Stellen mehrere Meter hoch. Hier und da waren diese Stapel eingestürzt und niemand hatte den Weg wieder frei geräumt. Dann musste sie zurückgehen, um einen neuen Gang zu finden oder den gefährlicheren Weg hoch oben über die Gerippe der Fahrzeuge hinweg nehmen.

Sie dachte an Jackson, für den es keine Frage gewesen wäre: Geradeaus über alle Hindernisse, das war Jacksons Weg, das hatte er bei Mister Chang in den Kursen für Parkour-Läufer gelernt. Dieses Gelände war ein wahres Vergnügen für einen Parkour-Läufer wie ihn.

Lou plagte das schlechte Gewissen, weil sie ihre Freunde nicht eingeweiht hatte. Lange würde das nicht mehr gut gehen und es musste sowieso bald eine Entscheidung fallen.

An der nächsten Ecke verlangsamte sie ihre Schritte. Diese Kreuzung wurde von ein paar ehemaligen Schulbussen gebildet, die allesamt bewohnt waren. Von solchen kleinen belebten Inseln gab es hier einige: Wohnmobile, Busse oder Vans, die ein paar Leute so zusammengeschoben und verschweißt hatten, dass daraus kleine Wohnlandschaften entstanden.

Lou zögerte: ein Geräusch hinter ihr. Sie duckte sich unter die offen stehende Kühlerhaube eines Geländewagens ohne Räder. War das eine Stimme gewesen? Sie unterdrückte einen Schrei, als ihr etwas über die Füße huschte. Beim Miauen der Katze musste Lou lächeln. Die kurze Zeit auf dem Festland hatte sie alle verändert. Ständig auf der Hut zu sein, konnte auf Dauer sehr anstrengend werden. Die gelben Augen der struppigen Katze blitzten sie an. Lou streckte die Hand nach ihr aus. Die Fellnase wollte keine Freundschaft schließen. Sie fauchte und schlug nach Lous Fingern.

In einem der Busse rekelte sich jemand, gähnte laut und schnarchte weiter. Lou setzte ihren Weg fort, bis sie zu der Ansammlung von großen Limousinen kam, die ihr Ziel war. Vor langer Zeit waren diese Autos ein Symbol für Reichtum und Luxus pur gewesen. Einige trugen noch die Markenzeichen dieser längst verrotteten Autofirmen auf der Kühlerhaube. Die meisten dieser Sterne, Ringe und Logos waren jedoch mit Schnüren zu langen schimmernden Ketten verhakt. Sie bildeten einen Vorhang, der leise klimperte, wenn man hindurchtrat und in eine Art Innenhof gelangte.

Hier stand ein Sammelsurium aus Stühlen herum, Getränkedosen und überquellende Aschenbecher bedeckten die Tische, in einer Ecke glommen die Reste eines Feuers in einer Tonne. Durch die Hecktür eines Lieferwagens gelangte man in die nächste Abteilung dieser sonderbaren Behausung: zwei Sattelschlepper, die nebeneinanderstanden. Aus den Seitenwänden hatte jemand mit einem Schweißbrenner einen Durchgang geschnitten.

Das war das Zuhause ihres Bruders.

Es klopfte. Erst leise. Dann lauter.

Kellington fuhr aus dem Schlaf hoch.

»Wer ist da?«

»Ich bin es, Sir!«

»Kommen Sie rein, Mann!« Kellington sah auf die Uhr. Halb drei in der Nacht.

»Sie wollten geweckt werden, wenn Scout sich nicht mehr fortbewegt.« Er reichte ihm das Empfangsgerät. »Es ist so weit.«

Kellington strich sich die Haare zurück und betrachtete den kleinen Bildschirm. »Was willst du da draußen, Scout?«, murmelte Kellington.

»Vielleicht hat sie sich nur schlafen gelegt«, sagte sein Informant. »Vielleicht ist sie an ihrem Ziel. Ist eine üble Gegend da draußen.«

Kellington betrachtete den Punkt. Oder sie ist tot, dachte er.

Er warf seinem Mann das Empfangsgerät zu. »Das müssen wir uns anschauen. Sie kommen mit. Sofort.«

»Du bist ein Trampeltier«, flüsterte Jackson. »Wenn die Katze nicht gewesen wäre, hätte sie uns erwischt.«

»Und wennschon?«, gab Crockie zurück. »Sie soll uns einfach sagen, was sie hier macht!«

»Wenn sie das wollte, wäre sie längst damit rausgerückt.«

Sie hatten Lou gerade noch eingeholt, bevor sie im Labyrinth dieses Schrottplatzes verschwunden war. Die alten Karren rosteten hier schon so lange vor sich hin, dass sie den Weg über die Dächer dieser eigenartigen Siedlung nehmen konnten. Dadurch hatten sie Lou von oben im Blick. Nur an wenigen Stellen war es ein wenig wackelig zugegangen, bis Crockie in ein offenes Schiebedach getreten war und einen Schrei der Überraschung ausgestoßen hatte.

Als Lou durch den Sternenvorhang trat, mussten sie einen kleinen Umweg gehen, um sich in eine gute Position über zwei Lastwagenwracks zu bringen.

»Ich kann die anderen nicht mehr hinhalten«, hörten sie Lou sagen. »Jackson hat längst etwas gemerkt. Ich verstehe es auch nicht, was soll das? Die beiden Jungs sind in Ordnung.«

»Sind sie nicht … oder vielleicht sind sie es oder … ich weiß es nicht.« Die Verzweiflung und Verwirrung in der Stimme des Typen, mit dem Lou sprach, waren nicht zu überhören.

»Du leidest unter Verfolgungswahn. Du musst uns helfen, du musst mit Jackson reden. Uns läuft die Zeit weg.«

Jackson kannte diesen Tonfall schon. Kaum jemand war so geduldig wie Lou, aber wenn sie die Nase voll hatte, konnte sie irgendwann ziemlich sauer reagieren.

»Du hast hier alle Zeit der Welt, das musst du noch lernen. Warum, glaubst du, bin ich aus der City abgehauen? Und du und deine Freunde? Warum seid ihr auf diesen maroden Kutter gestiegen? Wenn er nicht schon seinen Preis dafür bezahlt hätte, würde ich diesen verdammten Jimmy jetzt noch gerne in den Arsch treten. Wie konnte er es wagen, dich in so eine Gefahr zu bringen! Ausgerechnet dich. Nach allem, was du schon durchmachen musstest.«

»Jimmy ist tot! Und Grischa und Fjodor auch«, schluchzte Lou auf. »Scout lebt vielleicht noch, ist aber verschwunden. Nun hör endlich auf, Matt! Ich bin hier. Ich habe es überlebt. Nun kommt es in erster Linie auf dich an, damit das so bleibt.«

Crockie stupste Jackson in die Seite und sah ihn mit einem völlig verwirrten Stirnrunzeln an. Jackson nickte. Sie hatten es beide gehört. Diesen Namen. Diesen verdammten Vornamen. »Matt« hatte sie den Typ da unten genannt. Matt. Es musste ein verflixt großer Zufall sein, wenn der Nachname von diesem Mann Schulz, Rossi oder O'Hara und nicht Fuller lautete. Aber wenn das da tatsächlich Matt Fuller war ...

Jackson wollte diesen Gedanken nicht zu Ende denken. Hatte Lou ihre ganze Hoffnung im Ernst auf so einen Typen gesetzt? Hatte Jimmy für den da unten sein Leben gelassen? So sah es aus. Der große Matt Fuller saß in einer Villa aus Schrottautos.

»Matt, nur deinetwegen haben wir das Risiko auf uns genommen. Wir brauchen dich! Ohne deine Hilfe können wir in Ocean City nichts ändern«, flehte Lou.

»Vergiss die City. Die City ist tot. Das ganze Projekt Ocean City beruht auf Verarschung und Überwachung der Verarschung.« Er stöhnte. »Haben wir das nicht schon gestern durchgekaut, Schwesterchen?«

»Hör auf mit ›Schwesterchen‹, Matt!«

»Aber du bist doch mein Schwesterchen, meine kleine Schwester bleibst du immer, auch wenn du jetzt schon ganz schön groß bist.« Er kicherte. »Fast eine Dame. Wie wär's? Sollen wir ein bisschen shoppen gehen? Morgen nach dem Markt bin ich garantiert wieder ein wenig flüssiger, dann kauf ich meinem Schwesterchen was richtig Cooles. Continental Style No 1. Topadresse.«

Jackson schnappte nach Luft. Matt Fuller war Lous Bruder!

War es etwa nur ein Vorwand gewesen, etwas in der City verändern zu wollen? Für mehr freie Zeit zu kämpfen? Hatte sie einfach nur einen Weg gesucht, um zu ihrem Bruder zu kommen?

»Matt, ich werde niemals hier bei dir bleiben, das ist doch klar«, sagte Lou. Scharf und bestimmt war ihre Stimme nun. Sie hatte die Geduld verloren. »Außerdem müssen wir zurück, weil eine andere kleine Schwester in den Händen von einem Kerl ist, der es sicher nicht gut mit ihr meint.«

Jacksons Hand suchte Halt, aber Crockie hockte nicht mehr neben ihm. Der Platz neben ihm war leer. Von Crockie keine Spur. Wo steckte der? War er etwa runter zu Lou geklettert?

»Ist das mein Problem?«, fragte Matt Fuller.

Jackson robbte vorsichtig über das Dach des Lastwagens ein Stück näher an die Kante heran. Er musste das Gesicht von diesem Matt Fuller sehen. Und er wollte wissen, ob sich Crockie den beiden näherte.

Jackson bekam Lou in den Blick. Sie hockte an einem Lagerfeuer auf einer alten Teekiste. Er kroch noch ein Stückchen weiter vor, bis an die Dachkante des Lasters. Mit dem Ellbogen stieß er dabei an irgendwelche Schrottteile. Sie flogen krachend in die Tiefe. Jackson hielt den Atem an. Als sich unten nichts rührte, bewegte er sich weiter voran.

»Crockie?«, zischte Jackson in die Dunkelheit.

Endlich sah er seinen Freund auf der anderen Seite der Lastwagenburg. Und er war nicht allein! Neben ihm stand jemand. Jackson schluckte.

Kein Zweifel: Es war Scout.

Crockie und Scout fuchtelten mit den Händen, gaben ihm Zeichen, leise zu sein.

Jackson lugte vorsichtig über den Rand des Lkw-Dachs nach unten. Die Plätze am Feuer waren leer. Die beiden mussten in den Lkw gegangen sein. Er rührte sich nicht. Als er aufschaute, waren auch Crockie und Scout verschwunden. Jackson wollte sich umdrehen, um zur Luke zu schleichen, als ihn jemand von hinten packte und ihm ein Messer an die Kehle drückte.

»Hab ich dich! Sag goodbye zu deinem Scheißleben!«, fauchte es in Jacksons Ohr.

Jackson wollte etwas sagen, aber der kalte Stahl der Klinge an seinem Hals ließ ihm den Atem stocken.

»Nein!«, schrie Lou.

Jackson spürte, wie das scharfe Messer die Haut an seinem Hals ritzte.

»Pfoten weg!« Jackson hatte sich noch nie so sehr über die raue Stimme von Scout gefreut wie in diesem Augenblick. Sie richtete eine Pistole auf Matt. »Und die Antwort ist: Ja. Das Ding ist geladen.«

Matt Fuller zog in Zeitlupe das Messer zurück. »Woah, woah. Jetzt keine Hektik hier, alles easy. Man wird doch sein Zuhause verteidigen dürfen.«

Jackson rieb sich den Hals. Das war verdammt knapp gewesen.

Crockie sah ihm in die Augen. »Scheiß, verdammter. Dieses Arschloch ist Matt Fuller?«

»Er ist kein Arschloch«, verteidigte Lou ihren Bruder. »Er ist nur … etwas verwirrt.«

Jackson sah Lou an. »Das sind wir alle.«

»Gibt es hier auch etwas Vernünftiges zu trinken?«, fragte Scout, als sie sich unten versammelt hatten.

Matt hockte auf einem Autoreifen, der ihm als Sessel diente. Die Hände um die Knie geschlungen, nickte er hinüber zu einer Ecke, in der Jackson eine Kanne, ein paar Becher und etwas fand, das wie Tee aussah und auch so roch.

»Pfefferminze«, bestätigte Lou. »Habe ich selbst organsiert.«

Bis Jackson den Tee brachte, brüteten alle schweigend vor sich hin.

»Wie hast du uns gefunden, Scout?«, brach Crockie als Erster das Schweigen.

Scout lachte. »Ihr verhaltet euch in etwa so auffällig wie eine Horde Schimpansen auf der Maui Avenue in der Rushhour.« Sie knuffte Crockie in die Seite. »Habe versucht, auf dem Markt etwas zu essen zu organisieren, als plötzlich alle ›Floaty! Floaty!‹ brüllten, und da dachte ich mir, dass nur ihr kleinen Freaks einen solchen Aufstand anzetteln könnt.«

Scout spielte zwar die Coole, aber sie konnte nicht verbergen, wie froh sie war, wieder bei den anderen zu sein. »Die Nummer auf der Cross-Maschine – alle Achtung!« Jetzt knuffte sie Jackson. »Ich hatte Mühe, an euch dranzubleiben. – Jetzt will ich wissen, was hier abgeht. Habe ich das gerade richtig gecheckt? Dieser Typ da ist …«

»Mein Bruder«, unterbrach Lou Scout. »Ja. Matt Fuller.«

Jackson hatte noch einen Funken Hoffnung gehabt, dass das alles ein Witz war, ein Missverständnis, eine völlig verrückte Geschichte. Mit jedem Wort aus Lous Mund wurde ihm klar, dass es die Wirklichkeit war, an die sie sich alle gewöhnen mussten.

Lou war gerade einmal fünf Jahre alt gewesen, als Matt verschwinden musste. Ihre Eltern, die Jahre zuvor bei einem Unfall ums Leben gekommen waren, hatte sie nicht vermisst. Lou hatte sie kaum gekannt. Matt war – noch vor den Clermonts, die Lou großgezogen hatten – der wichtigste Mensch in ihrem Leben gewesen. Jede Nacht hatte sie von ihm geträumt. Ein Tagebuch nach dem anderen hatte sie mit Berichten an ihn vollgeschrieben.

Vor zwei Jahren hatten sich ihre Wünsche und Hoffnungen erfüllt: eine Nachricht von Matt, die bewies, dass er lebte. Eine kleine Chance, dass sich die Geschwister eines Tages wiedersehen würden. Von diesem Moment an hatte sie ihr ganzes Leben einem Ziel gewidmet: Matt finden.

»Dann war der Mist mit dem ›Kommando Matt Fuller‹ und ›Freizeit ist Freiheit‹ und das alles nur gespielt? Dich interessiert gar nicht, was die Gruppe erreichen wollte? Unwichtig? Alles Lüge?«

»Nein, Jackson, nein!«, wehrte Lou sich. »Aber wichtiger war mir …« Sie konnte die Tränen nicht zurückhalten.

»Ihr Bruder«, sagte Crockie. »Du müsstest das am besten verstehen, Kumpel.«

Lou warf Crockie einen dankbaren Blick zu.

»Wie konntet ihr Kontakt miteinander halten?«, fragte Crockie.

Matt hatte sich nach seiner Panik einigermaßen beruhigt. Auch wenn eine tiefe Furcht nicht aus seinen Augen wich. Das konnten weder der Vollbart noch die verwilderten Haare auf seinem Kopf verbergen.

»Du kriegst alles in die City und auch wieder raus«, erklärte Matt und warf einen getrockneten Ziegenfladen in die Feuertonne. »Nur Menschen, das ist nicht so einfach, also, raus schon, wie ihr gesehen habt. Aber rein, das ist fast unmöglich. Für alles andere gilt: Wenn du einmal einen der Fischer auf deiner Seite hast und ihm genug Schmiergeld zahlst, brauchst du nur eine gute altmodische Kurzwellen-Frequenz. Du funkst ihm die Nachrichten, wenn er sich außerhalb der Störsender der City aufhält. Oder du benutzt eine Drohne, oder du gibst einem, der von der Burg aus nach

Hause fliegt, etwas mit. Wenn die City tief in den Süden driftet, funktioniert das natürlich nicht mehr.«

»Einmal habe ich Monate nichts von ihm gehört«, sagte Lou leise.

»Jackson, wir haben dir versprochen, dass wir zurückgehen, um Celine und deine Eltern und die von Crockie zu befreien. Wir halten das.« Lou hockte sich vor ihn. Sie versuchte, seinen Blick mit ihrem festzuhalten.

Ihr Bruder schnaubte. »Hörst du nicht zu? Du kriegst in die Außenstellen der City keinen rein, verstehst du das nicht? Das ist es, was diese verdammten Floating Citys so besonders, so unendlich attraktiv macht: Nicht jeder kommt rein. Nur die besten der Besten und die Reichen und Mächtigen. Es sammeln sich so viele gute Leute vor der Burg, dass Lydia Tremont und Clark Kellington sogar mit ihnen handeln!«

Crockie schaute ihn verständnislos an.

»Hast du dich noch nie gefragt, mit was die in der City eigentlich Handel treiben? Ihr habt doch nichts. Diese bescheuerte Währung! Zeit? Dass ich nicht lache. Eines habt ihr allerdings: Know-how und Topleute, die wissen, wie man aus Scheiße Energie gewinnt oder aus Plastikmüll Steaks herstellt. Mediziner, Meeresbiotechniker, Energieingenieure, Lebensmittelingenieure und eure hoch spezialisierten Wasserwerker – das sind die Grundsteine der City. Diese Experten werden regelmäßig an die Meistbietenden ausgeliehen. Läuft alles über das tolle *Care & Share International*-Programm. Zuerst sammeln sie über das Aufnahmesystem die besten Talente auf der ganzen Welt, bieten ihnen Topbedingungen in der City, um noch besser zu werden. Später kann irgendein wahnsinniger Diktator oder die meistbietende Community im Katalog blättern und diese Leute bei Tremont und Konsorten bestellen. Es ist ein knallhartes Geschäft.« Er sackte in sich zusammen und wurde wieder langsamer. »Knallhartes Geschäft. So sieht es aus. Menschenvermietung als Gegenwert für alles, was ihr Citydeppen nicht habt.«

»Er redet immer nur von ›ihr‹, merkst du das, Lou?«, meldete sich Jackson zu Wort. »Hast du ihn eigentlich gefragt, ob er mit uns zurück in die City gehen will?«

»Natürlich will er das!«, antwortete Lou spontan. »Willst du doch, oder?«

Matt Fuller wurde plötzlich wieder nervös, stand auf und lief in seinem Lkw-Wohnzimmer auf und ab. »Die City ist tot. Das ganze Modell ist doch Schwachsinn!«

»Dann lass es uns verändern«, sagte Jackson. Es war nur so ein Satz. Aber einer, der eine enorme Kraft entfalten konnte. Das Modell der City verändern. Warum eigentlich nicht? Das war doch das Ziel des Kommandos Matt Fuller gewesen – auch wenn Matt Fuller selbst nichts mehr mit diesem Kommando zu schaffen haben wollte.

Matt lachte trocken. Er ließ seinen Blick von Jackson, dem er fast die Kehle durchgeschnitten hatte, über Crockie und Scout bis zu Lou schweifen. Als Lou ihn ansah, wurde sein Blick weich. Mit trauriger Stimme sagte Matt: »Ich kann nicht zurück.«

»Warum nicht?« Lou standen die Tränen in den Augen.

Matt ließ den Kopf hängen. Dann blickte er hoch. Er sperrte den Mund auf und starrte an Jackson vorbei in die Nacht. Jackson drehte sich um und sah geradewegs in den Lauf eines Maschinengewehrs.

17

Aristide nippte an dem ölig schwarzen Kaffee. Nur morgens verzichtete er auf seinen Hubackle, dann brauchte er Kaffee, echten Kaffee, nicht dieses Gebräu, das sie einem überall sonst in der Stadt andrehten. Sein jüngerer Bruder baute ihn im weiten Westen des Kontinents immer noch an, und Aristide sorgte mit seinen Truppen dafür, dass die Plantage nicht von anderen übernommen wurde.

Aristide lächelte in sich hinein. Es war wie früher, als er noch gespielt hatte. Wenn er ein unschlagbares Blatt auf der Hand gehabt und ein paar Extrakarten unter dem Tisch versteckt hatte. Das prickelnde Gefühl, genüsslich seine Trümpfe auszuspielen, während die Gesichter der Mitspieler immer länger wurden, war gut. Wie hatte er das geliebt. Wie liebte er dieses Gefühl noch immer.

Nun hatte er sie. Matt Fuller und als Beifang die Mädchen und die Jungs, nach denen Lydia Tremont suchen ließ. Für diese kleine Truppe also schickte sie ihren besten Ermittler aufs Festland. Sie waren Gold wert. Mit ihnen in der Hinterhand würde er die Verhandlungen mit Lydia Tremont ganz und gar in seinem Sinne steuern können. Endlich hatte er etwas, dem dieses Biest aus der Zentralbank von Ocean City nicht widerstehen konnte.

Aristide stand von seinem Schreibtisch auf. Er holte sich nun doch eine Dose Hubackle. Köstlich. Zu was diese City fähig war. Einfach großartig. Aristide wusste, was er von Lydia bekommen wollte und bekommen konnte und bekommen würde.

Sie hatte den unverschämten, fetten Chefermittler losgeschickt. Sie hatte diese Kinder von Schnellbooten jagen lassen. Angeblich gab es fast so etwas wie Unruhen in Ocean City, weil dieser Matt Fuller eine Symbolfigur geworden war und die Bürger Angst hatten, wegen dieses verseuchten Stadtviertels. Es war zu schön, um wahr zu sein. Sie war gekommen, um ihren Dreck bei ihm abzuladen. Sie hatte geglaubt, sich da leicht rauskaufen zu können. Seine Preise waren recht günstig, schließlich konnte er jede größere Menge Müll einfach und kostengünstig im Ruinenbezirk oder irgendwo tiefer im Land entsorgen. Nun hatte er sie am Haken.

Matt Fuller und die vier Jugendlichen waren seine Dreingabe zur Müllabnahme. Da sollte sie mal sagen, was sie dafür bot. Wahrscheinlich würde sie mit dem Bau eines Krankenhauses oder Wasserwerks ankommen, sie würde die Großzügige spielen, ihn locken, ihm alles mitsamt dem Fachpersonal überlassen.

Mit einem Wasserwerk auf dem neuesten Stand der Technik wäre das Leben um einiges leichter, aber daran hatte gerade Aristide kein Interesse. Schließlich kontrollierte er die besten Quellen – und sein Wasser war wertvoller, wenn es ein knappes Gut blieb. Nein, mit Krankenhaus und Wasserwerk würde sie ihn nicht abspeisen. Er wollte mehr. Etwas, das diese Tremont schmerzen würde, sehr, sehr schmerzen, denn darauf hatte Aristide Lust: das hochnäsige Weib zu quälen.

Es klopfte.

Aristide setzte sein Pokerface auf. Nur nicht lächeln, wenn das Gemetzel beginnt, sagte er sich. Er setzte sich hinter seinen Schreibtisch und ließ bitten.

Tremont schickte wieder di Gallo. Die schöne Sammy war auch dabei.

»Danke für Ihre Geduld mit uns, Sir«, begann Sammy.

Gut sah sie aus. Diese Unterwürfigkeit stand ihr ganz ausgezeichnet, fand Aristide, obwohl er wusste, dass sie gespielt war.

Er lächelte, bot ihnen die Plätze vor seinem Schreibtisch an und sagte: »Sammy, du weißt: Für meine Freunde bin ich immer da.«

Der dicke Ermittler räusperte sich. Dieser schwitzende Koloss hatte nicht mal seine Kappe mit dem Hubackle-Logo abgenommen. Kannte der Kerl überhaupt keinen Anstand?

Jetzt nahm er sie doch ab und legte sie auf den Schreibtisch.

»Eine hübsche Kappe«, sagte Aristide.

»Wollen Sie die haben?«, sagte di Gallo.

Aristide war sprachlos. Was war denn das für ein Manöver? Steckte da ein Plan hinter? War das eine neue Verhandlungstaktik von Tremont? Oder war der Kerl nur etwas schwach im Hirn? Ihn, Aristide den Zweiten, mit einer billigen Kappe bestechen? Mit einem Werbegeschenk?

Aristide hatte große Lust, die beiden Witzfiguren vor seinem Schreibtisch zu frühstücken. Er ließ diesen Fettsack nicht aus den Augen und sagte: »Es ist ein wenig, wie soll man es ausdrücken ...« Er legte einen Finger an die Unterlippe. »... ein wenig Bewegung in die Dinge gekommen.«

»Sie können uns sagen, wo dieser Matt Fuller ist?« Auf die Stirn des Ermittlers traten ein paar zusätzliche Schweißperlen.

»Nicht nur das. Da wären zudem vier reizende junge Menschen ... äh, wie heißen sie noch?« Er wedelte mit der Hand und ein Bediensteter trat aus der Dunkelheit hinter Aristide.

»Jackson Crowler, Crockie Fleming, eine gewisse Scout und Louise Clermont«, flüsterte der Diener.

Aristide genoss den Anblick der Überraschung in den hübschen Augen von Sammy. Aber dieser fette Polizist bollerte schon wieder los: »Wissen wir. Sie sind uns knapp zuvorgekommen.«

Sammy räusperte sich. »Mit was könnten wir Sie erfreuen, Aristide?«

Aristide lächelte. Ein schönes und auch ein schlaues Mädchen war diese Sammy. Sie machte kein plumpes Angebot, so gehörte sich das. Natürlich wusste sie, dass er für alles Gegenleistungen erwartete, sogar für den Dreck unter seinen Fingernägeln mussten sie zahlen.

»Mit einem Gespräch könnt ihr Aristide erfreuen. Ein Gespräch mit der reizenden Lydia Tremont. Hier. Morgen. Und versauen Sie es nicht!«

Der Polizist und das Mädchen schauten sich überrascht an. Di Gallo wollte noch etwas sagen, aber mit einem Fingerschnippen schickte Aristide sie hinaus in die Hitze des Nachmittags.

Di Gallo stand auf. Er betrachtete die Baseballkappe auf dem Tisch, drehte sich um und ging zur Tür, ohne die Mütze mitzunehmen. Kurz bevor der Polizist die Tür hinter sich schließen konnte, befahl Aristide seinem Diener laut und deutlich: »Nimm dieses verschwitzte, widerliche Ding von diesem verschwitzten, widerlichen Bullen von meinem Tisch und verbrenne es. Und dann bring mir einen Hubackle. Eiskalt.«

Glatte Wände. Beton. Nackt. Neonlicht. Ein Kühlschrank stand in der Ecke. Randvoll mit Hubackle. Über dem Kühlschrank ein Lüftungsgitter. Fest verankert. Scout hatte es als Erstes geprüft. Aussichtslos.

Beim Gedanken an den Hubackle im Kühlschrank lief Jackson das Wasser im Mund zusammen. Die Warnung des Typen, der sie hier eingesperrt hatte, klang ihm im Ohr: »Finger weg von dem Gesöff. Aristide schneidet euch einen nach dem anderen ab, wenn ihr seinen Hubackle sauft.«

Matt saß mit dem Rücken an die Wand gelehnt. Lou hielt einigen Abstand von ihrem Bruder, auf den sie so gehofft hatten. Was für ein Irrtum! Ein kleiner mieser Geschäftemacher war der angebliche Held. Ein Schwarzmarkthändler, der sich mit mies zusammengebasteltem Müll über Wasser hielt.

Crockie hockte zwischen Scout und dem Kühlschrank. Er zitterte nicht. Im Gegenteil. Crockie strahlte eine innere Ruhe aus, die Jackson nicht verstand. Eigentlich musste die Situation ihn doch an die Gefangenschaft im Keller der Abteilung Z erinnern, aber bei ihm war von dem angstvollen Zittern nichts mehr geblieben.

»Scheiße!« Lou stand auf. Sie ging zur Tür. Sie wollte davortreten. Matt und Crockie riefen wie aus einem Mund: »Tu's nicht!«

Lou blieb an der Tür stehen.

»Es ist nicht besonders klug, diese Typen an uns zu erinnern«, sagte Matt. »Am Ende verlegen sie dich vielleicht in ein anderes Dreckloch, alleine. Also Vorsicht!«

»Ich halt das nicht mehr aus.« Lou schluckte die Tränen runter. »Wie spät es wohl ist?« Sie begann auf und ab zu tigern.

Crockie zuckte mit den Schultern. »Als der Wärter heute Morgen das Fladenbrot und den Pisseimer gebracht hat, habe ich auf seine Uhr gesehen. Da war es acht Uhr.«

Lou sackte in sich zusammen. »Wie lange will Aristide uns hier schmoren lassen?«

Jackson wollte Lous Hand nehmen. Matt Fuller war schneller. Er umarmte seine Schwester. Drückte sie an sich. »Es tut mir leid, Lou. Es tut mir so leid. Ich hätte besser aufpassen müssen.«

Jackson starrte die Betonwand an. Seit Wochen war er auf der Flucht vor irgendwem. Er versuchte, an etwas anderes zu denken, etwas Schönes, einen schönen Ort. Der einzige Ort, der ihm durch den Kopf schoss, war ausgerechnet Celines Kinderzimmer. Randvoll mit JayJay-Jellyfish-Kram. Er spürte, wie ihm ein Kloß im Hals wuchs. Guckte Celine gerade ebenfalls auf so eine graue Wand? Und seine Eltern? Und Crockies Eltern?

»Matt, erzähl uns was von früher«, bat Jackson, um sich abzulenken.

Crockie nickte heftig. »Genau! Wie hast du das System damals ausgetrickst? Ich meine: Du hast doch Identitäten gefälscht, oder?«

Zum ersten Mal, seit Jackson Matt Fuller getroffen hatte, huschte ein Lächeln über das zugewucherte Gesicht. »Easy. Es war so easy.« Er streichelte Lou über die Haare. »Armbänder klauen ist einfach: Viele der Obermacker der City haben ein modisches Ersatzarmband. Muss man nur drankommen. Die meisten Leute sind damit ziemlich sorglos, weil die Zeitkonten ja als fälschungssicher gelten.«

Jackson, Scout und Crockie nickten. Das hatten sie schon in der Grundschule gelernt. Ein Armband allein reichte nicht am Trafficpoint. Es wurde erst durch den kleinen Chip, den jeder bei der feierlichen Zeremonie eingesetzt bekam, aktiviert.

»Die Hauptschwierigkeit waren natürlich die Chips. Aber auch das ist relativ easy. Man muss nur die Schwachstellen finden.«

Jackson zuckte zusammen. Genau diesen Satz hatte er selbst geäußert, damals, Crockie und Henk gegenüber. Damit hatte alles angefangen. Sie hatten Schwachstellen des Systems gesucht und gefunden und einen Transponder gebaut, mit dem sie ihre

Zeitkonten aufladen konnten. Matt Fuller hatte Jahre zuvor mit seinen Kumpels ähnliche Ideen wie Jackson und Crockie gehabt.

Matt suchte den Raum mit den Augen ab, dann winkte er sie alle herbei. »Müssen denen ja nicht alles auf die Nase binden«, flüsterte er.

Sie steckten die Köpfe zusammen. Jackson musste lächeln. Nun waren sie wirklich ein kleiner Trupp von fünf Verschwörern, wie aus dem Bilderbuch.

»Wir sind raus ins Krematorium gefahren. Zu den Leichen. Die alten Subku-ID-Chips werden nämlich recycelt«, sagte Matt. »Die Dinger enthalten wertvolle Rohstoffe, vor allem Metalle. Ohne die können die Chips nicht hergestellt werden.«

Jackson sah unauffällig auf seinen linken Arm. Am Handgelenk war ihm der Chip eingeschossen worden. Wenn er die Haut etwas straffte, drückte er sich deutlich vor. War das etwa ein Chip, der schon einmal in einem anderen Menschen gesteckt hatte? Auch Crockie betrachtete seinen Arm. Lou schluckte. Nur Scout schien der Gedanke kaltzulassen.

»So haben wir auch geguckt, als wir das erfahren haben. Aber die Chips sind gereinigt, desinfiziert …« Matt strich sich eine Strähne aus der Stirn. »Vor allem sind sie komplett gelöscht. Die Daten. Alles weg. Vor der Verbrennung der Leichen werden die Chips herausoperiert. Dann kommen sie in einen Resetter. Ist ein kleiner Apparat. Passt in jede Hosentasche.« Matt grinste. »Auch in meine. Ich habe das Ding im Praktikum geklaut damals, meinen eigenen Chip rausgepult und mir einen nagelneuen Chip eingepflanzt. Den habe ich vorher mit den Daten eines stinkreichen Schnösels gefüttert.« Matt grinste versonnen. »Ab da haben meine Kumpels und ich eigentlich nur noch Party gemacht. Es war so simpel!«

Er streckte den Rücken durch. »Um auf die Zeitkonten der Schnösel zuzugreifen, mussten wir nur die passenden Armbänder klauen.« Matt lachte.

»Hast du den Resetter noch?«, fragte Jackson.

Matt sah Jackson an. Er hatte Lous Augen. Denselben durchdringenden Blick. »Du denkst, das wäre was Feines für deine Revolution, Jackson. Aber das, was du vorhast, ist erstens größer, du müsstest eher die ganzen Konten löschen, als ein paar Identitäten zu fälschen. Zweitens: Nein. Das Ding ist längst kaputt. Und drittens war die Party auch recht schnell vorbei ...«

»Logisch! Die Dummköpfe hätten die reichen Schnösel, deren Konten sie angezapft haben, spurlos verschwinden lassen müssen«, sagte Crockie, als wäre es die größte Selbstverständlichkeit der Welt. Jackson kapierte gar nichts. Und auch Lou und Scout schienen auf der Leitung zu stehen. »Denkt doch mal nach! Die haben keine neuen Identitäten geschaffen. Die haben Identitäten verdoppelt! Aber das fällt schnell auf. Wenn Matt und sein Schnösel gleichzeitig die Subway benutzt haben, dann sah das für das System so aus, als würde ein und dieselbe Person im selben Moment in zwei verschiedene Richtungen fahren. Da müssen doch alle Warnlampen in den Zeitagenturen geschrillt haben. Noch vor dem Quartalscheck. Und die Beklauten selbst müssen doch sehen, wie ihnen die Zeit vom Decoder flutscht, ohne dass sie etwas kaufen!« Crockie sah Matt Fuller kopfschüttelnd an. »Wer hat sich nur die Geschichte ausgedacht, dass du ein genialer Kopf und Rebellenführer bist? Wie lang seid ihr damit durchgekommen? Einen Tag? Einen halben? Oder sogar zwei?«

Matt wiegte den Kopf hin und her. »Beim ersten Versuch immerhin zwei Monate. Danach kamen sie uns immer schneller auf die Schliche.«

Crockie pfiff durch die Zähne. »Erstaunlich lang.«

Scout lachte bitter. »Die Reichen haben kein Zeitgefühl, sag ich ja schon lange. Denen fehlt der Überblick über die eigenen Konten.«

Jackson sah auf seine staubigen Schuhe. Wie hatte sich Jimmy nur so in Matt täuschen können? Das war kein Rebell. Absolut nicht. Er hatte keine tolle Bande von Kontaktleuten. Er hatte höchstens noch ein paar Mittäter, die im Knast saßen oder abgehauen waren. Und den Resetter hatte er auch nicht mehr. Neue Identitäten konnten sie mit Matt Fullers Hilfe nicht konstruieren. Die ganzen Geschichten über den Freiheitskämpfer Fuller, der das System der City angeblich so gefährdet hatte, war eine Legende. Die Wahrheit war: Matt hatte Leuten ihre Zeit gestohlen. Und nun saß der Rest des Kommandos Matt Fuller mit diesem runtergekommenen Kerl im Bunker eines Warlords fest. An eine Rückkehr nach Ocean City war nicht mehr zu denken. Von der Befreiung seiner Familie ganz zu schweigen. Was für eine miese Geschichte.

Stimmen im Gang vor ihrem Gefängnis ließen sie alle aufhorchen.

»Es kommt jemand!« Lou sprang auf.

»Endlich«, stöhnte ihr Bruder.

Scout stellte sich neben den Kühlschrank. Sie sah aus, als wolle sie dem nächsten Wärter, der den Raum betrat, an die Kehle springen.

Nur Jackson und Crockie blieben ruhig. Jackson staunte nicht schlecht, als er die Person im Gegenlicht des Scheins erkannte, der durch die geöffnete Tür hineinfiel.

»Das Schwein hat uns also doch gelinkt«, knurrte Crockie.

18

»Sie kommen!« Di Gallo deutete aus dem Fenster im dritten Stock über die Absperrung.

»Das sehe ich selbst«, blaffte Lydia Tremont. Sie kochte noch immer vor Wut, wenn sie an die letzten Stunden dachte.

Ausgerechnet dieser Aristide hatte etwas gefangen, das sie haben wollte. So sehr wollte sie es haben, dass sie sich alle Mühe geben musste, damit dieses aufgeblasene Würstchen es bloß nicht merkte. Wahrscheinlich hat dieser andere Idiot, den sie selbst zum Police Superintendenten befördert hatte, es längst ausgeplaudert. Zu einem kleinen Time-Controller würde sie di Gallo degradieren, wenn diese Sache hier ausgestanden war.

Mit Aristide zu verhandeln, war kein Zuckerschlecken. Das kannte sie zur Genüge vom Vertrag zur Entsorgung von Bezirk 404. Bereits über den Ort der angeblich unausweichlichen Zusammenkunft hatten sie gestritten. Er hatte sie in seinen Bunker eingeladen. Das kam natürlich überhaupt nicht infrage: Unter keinen Umständen würde sie sich so tief hinein in diesen verstaubten schmutzigen Kontinent bewegen. Ocean City kam als Treffpunkt allerdings ebenso wenig infrage. Niemals dürfte ein Warlord wie Aristide einen Fuß auf den schwimmenden Boden der Stadt setzen.

Es war di Gallos Vorschlag gewesen, die *Paris Bar* im dritten Stock der Burg für diese Zusammenkunft zu nutzen. Darauf konnte sich Aristide nach einigem Hin und Her einlassen.

Die ganze Etage wurde für Besucher gesperrt. Die neuen Bewerber für das Aufnahmeverfahren der City mussten sich mit den Seminarräumen im zweiten und den Sporträumen im Keller begnügen. Das Gebäude war nun besser gesichert als die Zentralbank von Ocean City.

Vom Dach aus behielten Scharfschützen alles im Blick. An jeder Tür standen zwei bewaffnete Wachen. Die Fahrstühle waren abgeschaltet.

Di Gallo öffnete die Lamellen vor dem Fenster mit zwei Fingern und sah runter. »Müssten jetzt in der Sicherheitsschleuse sein.«

»Ziehen Sie die Jalousien hoch, sofort«, befahl Lydia Tremont.

Tremont hatte Mechthild Schmidt und zwei ihrer Kollegen von der Abteilung Z mitgebracht. Die Männer waren breit wie Kleiderschränke und machten als Leibwächter etwas her.

Aristide zelebrierte seinen Termin in der Burg wie einen Staatsbesuch. Es war lächerlich: drei Fahrzeuge, gepanzert, Motorräder vorne und hinten, dann ein Notarztwagen.

Wollte der hier einziehen? Warum brachte er nicht noch sein Sofa oder einen Thron mit zur Unterredung? Mit wie viel Mann rückte der an? Wie viele nahm er wohl mit, wenn er zum Pinkeln ging? Alle bewaffnet bis an die Zähne. Nur Aristide selbst, das hagere Männlein in ihrer Mitte, schien unbewaffnet zu sein. Sie ließen die Wagen im Hof stehen. Abfahrbereit, falls etwas schiefging.

»Wie ein Haufen Verbrecher«, murmelte Lydia Tremont, während di Gallo befahl, Fahrstuhl 1 einzuschalten, um Aristide in die *Paris Bar* zu bringen.

Sie lief hinüber zur langen Tafel. Ein uralter Kellner stand bereit und bot ihr Wasser an. Hatten die in dieser Burg nichts anderes zu bieten als diesen greisen Knacker?

»Sollen wir vor der Tür warten?«, fragte Mechthild.

»Nichts da! Sie weichen nicht von meiner Seite! Postieren Sie Ihre Kollegen so, dass sie mir nicht im Weg sind, aber jederzeit eingreifen können. Aristide ist nicht zu trauen.« Lydia Tremont setzte sich an den Tisch. Sie hielt es nicht aus. Warten ging ihr auf die Nerven. So eine Zeitverschwendung. Die konnte sie sich zwar leisten, aber sie wollte nicht. In ihren Augen war es eine Unverschämtheit der Ingenieure, dass der Aufzug nicht schneller fuhr.

Endlich gingen die Türen auf und sie schwärmten herein. Zwei Mann links. Zwei Mann rechts. Dann Aristide selbst. Der Rest seiner Leute sicherte ihn nach hinten ab.

Sie erhob sich und ärgerte sich sofort, dass sie nicht sitzen geblieben war.

Er lächelte. Das war nicht gut. Er lächelte nur, wenn er verdammt gute Karten hatte. Das wusste sie.

»Lydia, meine Liebe!«, säuselte Aristide.

Er war kleiner als sie. Das war vermutlich der Grund, warum er seine Gäste angeblich immer im Sitzen empfing. Sie hatte schon viele Geschäfte mit ihm gemacht. Lydia Tremont kannte ihn nur zu gut. Sie wusste vermutlich mehr über Aristide als er über sich selbst. Sie kannte sein Geburtsdatum, seine Herkunft, seinen wahren Namen, seine Rolle im Bürgerkrieg.

»Aristide, es ist mir eine Freude.«

Sie bot ihm nicht die Hand, sondern zeigte auf einen Stuhl an der langen Tafel, wo er so Platz nehmen musste, dass ihm das grelle Licht der Sonne direkt ins Gesicht schien. Sie zwinkerte zu di Gallo hinüber. So macht man das, sagte ihr Blick. Von mir kannst du noch etwas lernen, du großer Verhörspezialist.

Di Gallo ließ die Türen schließen.

»Sie machen einen nervösen Eindruck.« Lydia Tremont deutete auf die Wachposten, die hinter Aristide strammstanden.

Aristide grinste und deutete auf di Gallo, Mechthild Schmidt und ihre Leute von der Abteilung Z. »Sie sind auch nicht gerade entspannt.«

Lydia Tremont setzte sich und winkte den Kellner herbei. »Ich habe gehört, dass Sie ein großer Hubackle-Fan sind. Vielleicht mögen Sie etwas Neues ausprobieren? Unsere Chemiker sind sehr kreative Köpfe.«

Der Kellner beugte sich zu Aristide herunter. »Einen Algen-Shake? Oder einen Eiweiß-Erfrischer auf Planktonbasis, leicht mit Meersalz gewürzt?«

»Geben Sie mir ein Wasser«, sagte Aristide kühl. Er musterte Lydia Tremont.

Sie setzte sich nun ebenfalls und erteilte Aristide das Wort: »Dann lassen Sie mal hören. Warum müssen Sie mich so dringend persönlich sprechen? War nicht alles mit unserer Entsorgungsabteilung geregelt? Wir haben doch Verträge!«

Aristide lächelte. »Die Entsorgung Ihrer verseuchten Bauteile kann problemlos anlaufen. Ich habe aber einen kleinen Bonus für Sie.«

»Für ein gutes Geschäft zur Freude aller bin ich immer zu haben.«

Ihr Besucher nahm einen Schluck Wasser und zuckte entschuldigend mit den Schultern. »Es wird Sie allerdings auch eine kleine Gefälligkeit kosten.«

»Warum überrascht mich das nicht?«, fragte Lydia.

Mechthild Schmidt stand neben ihr. Sie ließ weder Aristide noch seine Wachleute aus den Augen.

Aristide winkte di Gallo an den Tisch. »Mein lieber Freund, setzen Sie sich zu uns.«

Was ging hier vor? Spielte di Gallo ein doppeltes Spiel?

Der Ermittler schien selbst überrascht zu sein. Er quetschte seinen massigen Körper in einen der schmalen Stühle am Tisch.

Aristide tätschelte di Gallos Pranke. »Unser gemeinsamer Freund di Gallo sollte jemanden suchen. In Ihrem Auftrag, Lydia.«

Lydia Tremont stockte der Atem. War das etwa das, was di Gallo unter einer diskreten Untersuchung verstand?

»Er suchte, aber ich fand.«

»Ich bin nicht zu Rätselspielen aufgelegt.« Wenn du nicht zu Potte kommst, trete ich dir in den Allerwertesten, dachte sie und lächelte weiter.

»Nun gut, ich habe Ihren Matt Fuller gefunden.«

Lydia Tremont spürte das Triumphgefühl, mit dem Aristide diesen Namen fallen ließ. Sie blieb kühl. Ihr war Fuller eigentlich egal, aber vielleicht führte der sie wiederum zu den kleinen Ratten, die sie reingelegt hatten.

»Schön, schön. Wo steckt er?«

»Er ist mein Gast. Nun, welchen Gefallen können Sie einem Mann wie Aristide für Matt Fuller anbieten?«

Lydia Tremont lachte. »Sie glauben, ich lasse mich erpressen? Sie kriegen das Volksfest, alljährlich. Das ist genug. Der Rest ist pures Geschäft.«

»Lydia, Sie haben es nicht ganz verstanden. Ich habe Matt Fuller. Den suchen Sie seit Jahren. Sie können ihn haben. Und noch eine Handvoll Jugendlicher, die Ihnen weggelaufen sind, dazu.«

Tremont legte die Hände wieder in den Schoß.

»Sie mögen diese Namen nicht: Jackson Crowler, Crockie Fleming, Louise Clermont und so weiter.« Aristide erhob sich.

»Sie sind eine Ratte, wissen Sie das?«, fauchte Lydia Tremont. Wie dumm, wie dumm von mir, dachte sie sogleich, aber diese Namen lösten einfach ein Erdbeben in ihr aus. Sie sah sich in diesem Lieferwagen, in den diese Biester sie geworfen hatten: gefesselt, zerzaust, hintergangen, übertölpelt. »Nun setzen Sie sich wieder hin, verdammt!«

Aristide blieb stehen und wartete auf ihr Angebot. Ihr war klar, dass er eines erwartete, und ihm war klar, dass sie eines machen würde.

»Also gut, sagen wir ein Wasserwerk, mit dem Sie ihre gesamten Wasserprobleme lösen können. Meerwasser-Wandelanlage.«

Sie wartete, wie das wirken würde. Es wirkte gar nicht. Aristide sah sie nur mitleidig an. Er wollte offenbar mehr.

»Und ein Lazarett. Sagen wir ein ganzes Krankenhaus.«

Aristide verzog noch immer keine Miene.

»Inklusive Personal auf unbestimmte Zeit.«

Di Gallo räusperte sich. Lydia Tremont ignorierte den dicken Polizisten.

»Im Gespräch mit unserem lieben Freund *Ambrose* hatte ich das Gefühl, dass Sie alles für diese Jugendlichen geben würden. Alles, was ich verlange.«

»Dann verlangen Sie endlich was!« Lydia Tremont hielt es nicht länger auf dem Stuhl. Dieser Eiertanz war unerträglich. Die reinste Zeitverschwendung! Und es war die wertvollste Zeit, die hier verschwendet wurde: *ihre* Zeit.

Aristides Lächeln erstarb. Er sah sie mit seinen schwarzen Knopfaugen an. »Ich habe da von diesen Goldenen Chips gehört …«

Tremont schnappte nach Luft. Das musste ein Scherz sein. Einen Golden Chip verlangte der Kerl? Der ihm Zugang zum Ältestenrat der City verschaffte. Genau elf davon waren im Umlauf und diese elf Personen entschieden am Ende über alle wichtigen Fragen. Sie hätte einen der derzeitigen Inhaber umbringen müssen, denn die Chips mit den dazugehörigen Decodern wurden auf Lebenszeit verliehen.

Von ferne drang Aristides fiepsige Stimme weiter in ihr Ohr.

»… ein volles Konto, eine saubere Existenz im oberen Gesellschaftsbereich für mich, und natürlich komme ich nicht alleine, ein paar meiner Freunde …« Er schaute in die Runde seiner Leibwächter.

Lydia Tremont war für einen Augenblick sprachlos. Dann schallte ihr Lachen durch den Raum. Er wollte Bürger der City werden? Aristide der lächerliche Zweite?

»Was ist so komisch?«, fragte Aristide scharf.

Sie schüttelte den Kopf. »Ausgeschlossen. Das geht nicht. Das ist schon rein technisch unmöglich, oder, di Gallo?« Sie sah zum dicken Superintendenten. Der nickte artig.

»Das System ist perfekt. Es gibt keine Schlupflöcher. Nicht mal für mich. Ich kann Ihnen nicht einfach eine Existenz verschaffen.«

Nun war es Aristide, der ein Lachen unterdrücken musste. »Crockie Fleming und Jackson Crowler.« Er ließ diese Namen wirken. »Ich weiß, dass sie es geschafft haben, Ihr System auszutricksen. Matt Fuller ebenfalls. Also erzählen Sie mir keine Märchen, Lydia. Ich hasse Märchen!« Plötzlich wurde sein Ton noch fiepsiger, seine Männer standen noch strammer da. Als würden sie jederzeit mit einem Kampf rechnen.

Das machte Mechthild Schmidt und ihre Leute ebenfalls nervös. Nur di Gallo blieb die Ruhe in Person. »Vielleicht können wir uns anderweitig einigen?«, schlug er vor.

Lydia Tremont hatte die Nase voll. »Nichts da! Die City unterstützt schon ihr menschenverachtendes Volksfest mit einer Menge

Kapital. Und wir drücken alle Augen zu bei all den miesen Geschäften mit all dem Dreck, den Sie verticken. Mein Angebot liegt auf dem Tisch: Wasserwerk, Krankenhaus, inklusive Personal von uns, das sie von mir aus behalten, misshandeln und einsperren können, wenn es nicht gehorchen sollte. Das ist alles, Aristide, mehr gibt es nicht.« Sie tippte sich an die Stirn. »Ich lasse doch nicht einen wie Sie in meine schöne City! Da können wir uns gleich Löcher in die Schwimmkörper hacken.«

Aristide sprang auf. »So redet niemand mit Aristide! Niemand! Ich kann Matt Fuller und Jackson Crowler und den ganzen Rest der Bande bei der Bullet-Challenge antreten lassen, wenn ich will. Ich bin Aristide! Sie sind von mir abhängig wie ein Baby von seiner Mama! Ich kann Sie am langen Arm verhungern lassen, da draußen an den Krakenarmen meines Floating Ports. Ich kann die Tore öffnen. Ich kann Sie überrennen lassen von Flüchtlingen. Ich kann Sie in Ihrem Müll ersticken lassen.«

»Lächerlich!«, fauchte Tremont. »Wir sind gerüstet gegen Feinde von außen. Und was den Müll angeht: Wir versenken das Zeug einfach vor Ihrer Küste und fertig. Fischfang braucht ihr nicht mehr zu unterrichten. Fische sind dann Geschichte für euch.«

Aristide schnaubte. Seine Stimme überschlug sich. »Ich habe andere Mittel, um an Ihr lächerliches Schwimmstädtchen zu kommen, Lydia! Ganz andere Mittel!«

Tremont rang sich ein Lachen ab. Sie sah rüber zu Mechthild Schmidt. »Hat er der City gerade mit Krieg gedroht? In unserem Haus? Ich denke, das ist ein ausreichender Grund für eine Festnahme, oder nicht?« Eiskalt zeigte sie auf Aristide. »Verhaften Sie diesen Mann!«

»Nicht so schnell!« Plötzlich hielt Aristide eine Waffe in der Hand. Er richtete sie auf di Gallo. Zog ihn am Ohr vom Stuhl und verschanzte sich hinter ihm. Die Waffe hielt er an di Gallos Schläfe. »Waffen runter!«, befahl er. »Sonst ist euer Sicherheitschef tot!«

Lydia Tremont war außer sich vor Wut. Di Gallo konnte sie opfern. Di Gallo war gut, aber nicht unersetzlich. »Schießt, verdammt! Knallt sie alle ab!«

Di Gallo riss die Augen auf. Er starrte sie an. Blankes Entsetzen lag in seinem Blick und eine ungeheuer große Überraschung.

Was hatte er denn erwartet? Die City ließ sich nicht erpressen. Von niemandem. Von einem Warlord wie Aristide sowieso nicht.

Mechthild Schmidt zögerte.

Aristides Männer zögerten nicht. Sie schoben ihren Boss aus der Bar. »Abmarsch! Rückzug!«, riefen sie. Sie stießen di Gallo zurück in das Lokal, umringten Aristide und bahnten sich, die Waffen schwingend, den Weg hinunter zum Wagen.

Di Gallo stand wie versteinert da. Er starrte Lydia Tremont an.

»Was glotzen Sie so? Wenn Sie besser ermittelt hätten, wäre das alles nicht ...«

Di Gallo unterbrach sie. Seine Stimme klang kalt und fassungslos. »Sie wollten mich opfern?«

Lydia Tremont schüttelte den Kopf: »Ach was, nein, wo denken Sie hin. Wir hatten intern Verabredungen. Die Kollegen hatten den Befehl, nur abzudrücken, wenn das Schussfeld frei ist.«

Di Gallo nickte.

Er schien das zu fressen. Ganz sicher war sie sich nicht. Aber sie hatte im Augenblick sowieso keinen besseren Mann hier. »Also Schwamm drüber. Holen Sie mir endlich diesen Matt Fuller und seine Leute aus den Fängen dieses Monsters.«

»Ich tue, was ich kann.« Er ging zur Tür.

»Tun Sie mehr als das, di Gallo. Tun Sie mehr!«, rief Tremont ihm nach.

19

Jackson sprang auf. Bucks stand in der Tür. Damit hatte er nicht gerechnet, keiner von ihnen hatte das.

»Ihr habt Glück«, versuchte Bucks einen Scherz. »Er hat euch zu seinem Hubackle-Kühlschrank gesperrt. Das ist fast schon eine Auszeichnung. Wenn ihr ihm so viel wert wärt wie eine Dose von dem Zeug, stünde es gar nicht schlecht für euch.«

Jackson war nicht nach Scherzen zumute. Schon gar nicht bei Bucks' Anblick, der wie aus dem Ei gepellt dastand. Der Typ hatte garantiert nicht auf dem Fußboden einer Zelle herumgehangen und auch nicht in einer Hütte wie der von Silver die Nächte verbracht. Er packte Bucks am Kragen.

»Du hast uns reingelegt!«, schrie er.

»Hab ich nicht«, würgte Bucks hervor.

Crockie trennte Jackson und Bucks.

»Du hast uns an diesen Aristide verraten und verkauft, so wie du jeden und alles verkaufen würdest. Gib es wenigstens zu.« Jackson hatte ein gutes Gefühl bei Bucks gehabt. Die Enttäuschung machte ihn so wütend.

»Meint ihr?« Bucks zog sein Shirt hoch und zeigte ihnen seinen Rücken. Tiefe Striemen, Spuren von Peitschenhieben, die kaum verheilt waren, verunzierten ihn. »Ich habe verdammtes Glück gehabt, dass er sehr gute Laune hatte und mir geglaubt hat, dass ich so dumm war, mich von der Chinesin fangen zu lassen. Ganz ohne Strafe konnte ich nicht davonkommen.«

Jackson erschauderte beim Anblick dieses Rückens.

»Es hätte mich die Hand oder gleich den Kopf kosten können, aber ich bin ihm einfach zu viel wert. Die nächste Bullet-Challenge steht an, und er hat niemanden, der so gut ist wie ich. Nur das Bunkergelände durfte ich nicht verlassen. Glaubt mir, ich konnte nichts für euch tun, euch nicht einmal warnen.«

Matt trat aus der Ecke hervor. »Aristide ist ein völlig unberechenbarer Typ.«

Jackson beobachtete, wie Bucks den Neuen in der Runde musterte. Matt gefiel Bucks nicht. Jackson erkannte es sofort.

»Du bist also Matt Fuller?«, fragte er in einem Tonfall, der allen klarmachte, was er sich dachte: Für diesen Typen seid ihr all die Risiken eingegangen?

Eigentlich hatte Jackson keine Lust mehr auf Erklärungen und Ausflüchte, aber Lou forderte ihn mit einem aufmunternden Blick auf, Bucks eine Chance zu geben.

»Ich wollte euch unter seinen Schutz stellen und habe ihm natürlich gesagt, dass ihr ein wertvolles Pfand sein könntet. Da wusste ich noch nicht, dass er bereits nach dem da suchte.« Bucks machte eine abfällige Kopfbewegung hinüber zu Matt. »Es ist ein Bulle aus der City hinter euch her, der versucht hat, etwas aus Aristide herauszukriegen.«

Scout nickte müde. »Klar, di Gallo. Den kennen wir. Ist fast schon Teil unserer Truppe.«

Von draußen hämmerte jemand gegen die Tür.

»Es wird Zeit«, sagte Bucks.

»Für was?«, fragte Lou.

»Für *wen,* wäre die richtige Frage«, antwortete Bucks. »Aristide will mit eurem Anführer sprechen.« Er deutete auf Matt.

»Auf keinen Fall«, rutschte es Jackson entsetzt heraus.

»Hey«, murrte Matt beleidigt, ruderte jedoch sofort zurück. »Ist vielleicht wirklich nicht die beste Idee.«

Lou quittierte die Worte mit einer enttäuschten Miene. Sie warf Jackson einen Blick zu. Jackson sah, dass sie es auch kapiert hatte: Ihr Bruder war einfach zu feige.

Jackson schaute Crockie an. Crockie erwiderte seinen Blick. Obwohl sie beide so unterschiedlich waren, verstanden sie sich schon immer ohne viele Worte.

Was tun wir?, stand in Crockies Miene geschrieben.

Du oder ich?, signalisierte Jacksons Blick, aber er erkannte sofort, wie die Antwort lautete.

»Ich mache das«, brachte Jackson entschlossen hervor.

Crockie nickte.

»Dann erst einmal ab ins Badezimmer«, sagte Bucks.

Jackson schaute ihn erstaunt an.

»Kleinen Augenblick, vielleicht kriege ich den Originalton hin«, sagte Bucks mit einem Grinsen und fuhr in einer fiepsigen Stimme fort: »Und wascht mir diese stinkende Ratte, am Ende schleppt sie mir noch Läuse oder die Krätze oder Schlimmeres an.«

Di Gallo sagte nichts.

Er saß bei Sammy auf der Terrasse. Sie tranken ein Gebräu, das entfernt an Kakao erinnerte. Kakao mit einem kräftigen Schuss von irgendetwas Hochprozentigem, wahrscheinlich selbst gebrannt.

»Was soll jetzt passieren?«, fragte Sammy.

Di Gallo sah sie an. Ihre Schönheit machte ihn immer wieder sprachlos. Seit dem Treffen zwischen Tremont und Aristide in der Burg wusste er, dass ihm nicht mehr viel Zeit blieb. Er musste Entscheidungen treffen. Vielleicht war es auch nur eine einzige, wichtige Entscheidung. Nach dieser würde sich alles von selbst ergeben.

Er goss sich nach, nahm noch einen Schluck und spürte, wie der Alkohol in seine Gehirnwindungen stieg. Er erzeugte dieses trügerische Gefühl von Mut, der schon mit einem Schluck zu viel zu Übermut führen und dann zu tödlicher Gefahr werden konnte.

Er räusperte sich. »Schon mal darüber nachgedacht, wie es wäre, mit einem fetten Bullen auf dem Rücksitz durch die Wüste zu knattern?«

Sammy lachte erst. Dann sah sie ihn ernst an. »Kein Scherz?«

»Scherze habe ich nicht mehr im Programm«, murmelte di Gallo.

»Dann sollten wir zumindest erst einmal auf Brüderschaft trinken, was?« Sie hob das Glas. »Ich heiße Sammy.« Sie trank einen Schluck und küsste ihn vorsichtig auf die Lippen.

Ambrose nippte ebenfalls an seinem Glas. Ihm wurde schwindelig.

»Und nun mal ernst«, sagte Sammy. »Wie stellst du dir das vor? Du kommst von der besten aller Welten und willst in die Wüste?«

»Wenn Ocean City die beste aller Welten ist, dann können mich die besten Welten mal.«

Sie sahen der Sonne zu, wie sie im Meer versank.

»Nun sag schon«, fragte Sammy. »Was ist bei dem Treffen passiert?«

Di Gallo schaute Sammy in die Augen. Er wollte nur noch in

diese Augen schauen und Ocean City mitsamt der Abteilung Z und der grässlichen Tremont hinter sich lassen. Er wollte nicht mehr an die *Paris Bar* denken.

Aber Sammy ließ nicht locker.

Wenn es einen Menschen auf dieser verdammten Erde gab, den er nicht belügen wollte, dann saß dieser Mensch hier vor ihm. Er nahm noch einen Schluck. Sah auf das Meer hinaus und sagte schließlich: »Tremont wollte mich opfern.«

Glasklar, frisch und in einem kühlen Strahl strömte das Wasser durch Jacksons Haare, über sein Gesicht hinab, seine Schultern, Bauch und Beine und kam unten in der Duschwanne als rotbraune Brühe an. Mit einem tiefen Seufzer streckte er das Gesicht in den Wasserstrahl. Niemals zuvor hätte er gedacht, dass eine simple Dusche ein solches Vergnügen sein konnte.

Den Typen, der sich an der Tür des Badezimmers aufgebaut hatte, um ihn zu bewachen, nahm er dabei gerne in Kauf. Jackson fragte sich, was der muskelbepackte Kerl bewachen sollte oder wovor dieser Aristide Angst hatte. Sie waren mindestens drei Stockwerke in die Tiefe des Bunkers hinabgebracht worden, fast jede Tür bestand nicht nur aus zentimeterdickem Stahl, sondern wurde auch von ähnlichen Typen wie dieser Wache gesichert.

Jackson zögerte den Augenblick, in dem er aus der Dusche treten musste, heraus. Er seifte sich noch einmal ein und seufzte wieder.

»Hey, was machst du da?«, blaffte der Muskelmann. »So viel kann an dir halber Portion nicht zu waschen sein. Mach hinne, der Boss wartet nicht gerne.« Statt auf eine Antwort zu warten, riss er die Duschtür auf und drehte das Wasser ab. »Außerdem musst du unser Wasser nicht verschwenden.«

Jackson schubste ihn weg und wunderte sich im selben Moment über sich. Es war ein Reflex, den er wohl bereuen würde. Solche Typen ließen sich nicht schubsen, sie schubsten selbst, und mehr als das. Der Kerl blieb jedoch ruhig. Er sah wohl ein, dass Jackson nicht mit Seifenflöckchen auf dem Kopf bei Aristide dem Zweiten antanzen konnte.

Jackson war auf diesen Warlord gespannt, vor allem aber brauchte er noch Zeit, um sich irgendeinen vernünftigen Plan zurechtzulegen. Vielleicht auch einen unvernünftigen, auf jeden Fall einen, der sie erst einmal wieder aus dem Bunker hinausbefördern würde.

Diese ganze Aktion, in die Crockie und er geraten waren, entpuppte sich mehr und mehr als Himmelfahrtskommando. Jackson fragte sich, an welcher Stelle er verpasst hatte, von diesem Highway zur Hölle abzubiegen.

Verplempere deine Zeit nicht mit solchen Gedanken, ermahnte er sich. Meister Chang, erinnere dich an Meister Chang: nach vorne denken, nicht nach hinten.

Bucks hatte ihm ein paar Informationen zugeraunt, bevor der Muskelmann ihn übernommen hatte. Aristide war in keiner guten Stimmung. Der Warlord hatte sich mit Lydia Tremont getroffen und es hatte einen gewaltigen Streit gegeben. Angeblich hätte der fast in einer Schießerei in der Burg geendet. Dass Lydia Tremont die City verließ, hatte Jackson noch nie erlebt. Dass sie Kontakte in alle Himmelsrichtungen hatte, davon war auszugehen, aber jeder wusste, dass sie nicht einmal für einen Urlaub auf eine der künstlichen Ferieninseln reiste, die nur der Führungselite zur Verfügung standen.

»Sein Leibwächter sagt, Aristide habe einen Golden Chip verlangt«, hatte Bucks ihm zugeflüstert.

Einen Golden Chip. Jackson grinste beim Gedanken an diese Information. Der Typ war entweder völlig verrückt oder größenwahnsinnig oder er verfügte über das Gehirnvolumen einer Makrele.

Tremont hatte den verweigert. Klar. Daraufhin hatte Aristide angeblich damit gedroht, die Gefangenen bei der Bullet-Challenge antreten zu lassen. Das wäre für sie alle der sichere Tod. Aber wie hatte Bucks gesagt: Es ging immer um den Wert, den man für Aristide darstellte. Also musste er ihm klarmachen, dass sie tot weniger wert waren als lebendig.

Aber wie sollte das gehen? Er brauchte irgendeine wahnwitzige Story, die darauf hinauslief, dass sie alle für Aristide am meisten wert waren, wenn sie nicht tot auf dem Festland, sondern quicklebendig in Ocean City herumspazierten.

Jackson wischte sich die letzten Tropfen von der Stirn.

Plötzlich hatte er eine Idee. Völlig durchgeknallt. Aber möglich. Blieb nur zu hoffen, dass sich Aristide einigermaßen in den griechischen Heldensagen auskannte.

20

Aristide der Zweite war für Jackson auf den ersten Blick eine Enttäuschung. Der gefürchtete Typ, der diesen Teil der Stadt beherrschte und es wagte, sich mit Lydia Tremont anzulegen, sah aus wie ein trauriges Würstchen. Besonders weil er Jackson in einer Turnhose, die um die Knie schlotterte, und einem Muskelshirt und goldenen Basketballsneakers empfing. Es gab nur leider keine Muskeln, die das Shirt auch nur annähernd ausfüllten, was besonders auffiel, weil ihn seine Leibwächter umgaben. Sie platzten allesamt fast aus ihren Trainingsklamotten.

Der Geruch von Schweiß und Angst lag in der Luft. Jackson fragte sich, warum er vorher hatte duschen müssen.

Bucks hatte ihn gewarnt. Aristide sei unter anderem zum Herrscher über diesen Bezirk aufgestiegen, weil alle glaubten, er sei ein leichtes Opfer. Das hatte sich oft als böse Fehleinschätzung herausgestellt. Aristide beachtete Jackson zunächst nicht. Er legte sich auf eine Bank, über ihm hing in den zwei Halterungen die Hantelstange mit zwei winzigen Gewichten an den Seiten. Er streckte die Arme aus, pumpte mit schnellen Zügen Luft in seine Lungen, stieß einen Schrei aus und bewegte die Hantel in hastigen Stößen rauf und runter. Dann absolvierte er Übungen für den Bizeps und die hinteren Armmuskeln.

Nach zehn Minuten hatte Aristide immer noch keine Notiz von Jackson genommen. Ihm wurde langsam flau. Die Wächter hatten ihnen nichts zu essen gegeben. An die letzte Mahlzeit konnte Jackson sich kaum noch erinnern.

Risiko, dachte Jackson. Wie hatte Meister Chang gesagt: Bequeme Wege führen meistens nach hinten. Wenn du nach vorne kommen willst, musst du auch Risiken eingehen: kalkulierte Risiken, keine Wahnsinnstaten. Ob das nun eine Wahnsinnstat würde, konnte Jackson nicht einschätzen. Trotzdem sprach er die Worte aus: »Ich werde hier wohl nicht gebraucht.«

Er drehte sich um und ging zur Tür.

Würde er in der nächsten Sekunde eine Hantel im Rücken spüren? Oder auf dem Schädel? Oder etwas Schlimmeres?

Einen Wimpernschlag vorher war der Raum noch von Geächze und Schnaufen erfüllt gewesen, das Eisen der Gewichte hatte geklackert und die Seilzüge hatten gesurrt. Jetzt herrschte einen kurzen Moment Totenstille, dann zählte eine fiepsige Stimme die letzten Wiederholungen einer Übung ab.

»… 16, 17, 18, 19 und 20. – Handtuch! Hubackle!«, hörte Jackson in seinem Rücken jemanden befehlen. »Auch ein Getränk für den jungen Mann? Den *mutigen* jungen Mann, sollte ich wohl eher sagen.«

Ein schmales Lächeln huschte über Jacksons Lippen. Er fing es sofort wieder ein und drehte sich mit ernster Miene um. Die Verhandlungen zwischen Aristide dem Zweiten und Lydia Tremont hatten einen katastrophalen Verlauf genommen. Das sollte ihm nun nicht passieren. Jede Silbe, jede Geste kontrollieren, darauf kam es nun an.

»Das ist sehr freundlich, Sir …« Jackson hielt einen halben Atemzug inne.

War das zu unterwürfig?

Genau richtig, erkannte er an Aristides Blick.

»… aber ich habe gerade keinen Durst. Obwohl das Angebot eines Hubackle verführerisch ist«, fuhr er fort.

»Wie du willst«, sagte Aristide. »Wenn du es dir anders überlegst, sag es. Ich lasse sofort eine Dose holen. Hubackle muss immer frisch aus dem Kühlschrank kommen, aber vergessen wir das kurz. Wir wollen nicht über Lieblingsgetränke plaudern, nicht wahr?«

»Davon gehe ich aus«, sagte Jackson.

Bedachtsamer Vorstoß. Jetzt.

»Ich vermute, es interessiert Sie, was oder wer meine Freunde und mich in Ihren Bezirk getrieben hat, Sir?«

Aristide wischte sich mit einem blütenweißen Handtuch aus dickem Frottee Schweiß von der Stirn, den es dort gar nicht gab. »Aha, also direkt zur Sache, nur keine Zeit verlieren!«, sagte er.

»Verzeihung, Sir, so werden wir in Ocean City erzogen.«

»Kein Problem, Entschuldigungen sind unnötig«, erwiderte Aristide. »Noch nicht«, fügte er leise hinzu.

Jackson verstand, dass er vorsichtig sein musste. »Nun ja, ich sollte es einfach sagen, wie es ist. Wir haben Lydia Tremont in den Hintern getreten.«

Ein Glucksen war die Antwort, aber Aristide hatte sich sofort wieder im Griff. »Ja, in diesem Fall sucht man besser das Weite.«

Jackson verlor ein paar Worte darüber, wie sie Tremont ausgetrickst hatten. Aristides Miene blieb ausdruckslos, als Jackson auf den Transponder kam und von gefälschten Chips und Decodern berichtete. Es schien so, als sei Aristide darüber längst informiert. Er spürte, wie der Warlord erste Anzeichen von Ungeduld zeigte: ein Flackern in den Augen, nervöses Nesteln an dem Handtuch, mit dem er sich zum dritten Mal über die Stirn wischte.

»Warum das Ganze?«, fragte Aristide. »Für ein paar freie Stunden, die ihr dann vergammelt?«

Aristide konnte natürlich nicht im Entferntesten ahnen, wie schön ein paar vergammelte Stunden waren, wenn man in der City lebte. Darüber wollte Jackson jetzt keinesfalls mit ihm debattieren.

»Wir haben das System satt, den Terror der Decoder und Chips, Trafficpoints und Zeitkonten«, sagte er und fügte ein paar von den Parolen aus den Flugblättern der Gruppe hinzu. Ganz zum Schluss sagte er: »Außerdem haben die meine kleine Schwester und meine Eltern geschnappt, als Druckmittel.«

»Lydia Tremont!«, schnaubte Aristide. »Sie ist wirklich ein Biest und schreckt vor nichts zurück.«

»Man muss der Hexe zeigen, dass sie nicht machen kann, was sie will. Ein für alle Mal«, schürte Jackson dieses Feuer.

»Und wie willst du das anstellen, mein Junge?«

Mein Junge. Nicht mehr ›junger Mann‹. Hatte er Aristide schon auf seiner Seite? Oder nahm er ihn einfach nicht ernst? Er musste nun alles auf eine Karte setzen.

»Wir können jeden in die City bringen«, behauptete Jackson und versuchte, so überzeugend zu klingen, als wäre es nicht nur ein Bluff, sondern Gewissheit.

»Mrs Tremont behauptet, das sei unmöglich.«

»Mrs Tremont kennt die technische Begabung meiner Freunde nicht. Allerdings müssen wir zurück in die City, um Lydia Tremonts Macht von innen auszuhöhlen.«

Aristide legte das Handtuch zur Seite. Er nahm einen Schluck Hubackle. »Aha. Ich wusste, dass es einen Haken gibt«, seufzte er. »Wie wollt ihr das machen?«

»Kennen Sie die Geschichte vom trojanischen Pferd?« Jackson

wartete die Antwort gar nicht erst ab, damit Aristide nicht als dummer Kerl dastehen konnte. »Die alten Griechen belagerten vor ein paar Tausend Jahren die sagenhafte Stadt Troja, eine endlose Geschichte, mit Gewalt klappte es einfach nicht, die Trojaner waren zäh und hatten starke Mauern. Da überlegten die Griechen sich eine List. Sie bauten ein riesiges hölzernes Pferd, versteckten sich darin und ließen es von einem harmlosen Typen als Geschenk an die Trojaner überbringen. Sobald das Ding in der Stadt war, strömten die Krieger aus dem Bauch, öffneten die Tore von innen und die Griechen nahmen die Stadt ein.«

»Und wo kriegen wir so einen Gaul her?«, fragte Aristide etwas verwirrt.

»Er steht vor Ihnen, Sir.«

Aristide schaute in die Runde seiner Leibwächter, die alle an dem Trainingsgerät, an dem sie jeweils zuletzt geschwitzt hatten, ausharrten. »Raus!«, befahl Aristide.

Jackson konnte ein zufriedenes Lächeln nicht verhindern. Aristide hatte angebissen.

»Manche Dinge bespricht man unter vier Augen.«

Jackson nickte.

»Aber Vorsicht! Eine falsche Bewegung deinerseits und die Herren stehen hier stramm, um dich in Stücke zu zerlegen. Glaube mir: ein Menschenleben ist nicht viel wert hier. Ich kann Menschen verschwinden und wieder auftauchen lassen, wie und wann es mir beliebt!« Er wartete, bis die Muskelberge draußen waren. »Also los.«

»Wir müssen wieder in die City. Wenn wir drin sind, können wir die Tremont stürzen. Unser Transponder klemmt noch in der Leitung, jederzeit bereit, dass wir angreifen. Wir können innerhalb von Stunden das gesamte Bankensystem zerstören, eine Panik auslösen, völliges Chaos verbreiten.«

Er verschwieg, dass er sich das gerade ausgedacht hatte und dass die Sache weitaus schwieriger war, als es nun klang.

»Ich soll euch laufen lassen.« Aristides Miene wurde düster.

»Anders geht es nicht«, gab Jackson, ohne zu zögern, zurück, schob dann aber noch schnell hinterher: »Sir!«

Aristide erhob sich, umrundete Jackson einmal. Jackson rührte sich nicht. Jetzt galt es, die Nerven zu behalten. Jackson wusste, dass es für einen wie Aristide völlig verrückt erschien, sein Pfand aus den Händen zu geben.

»Wenn Lydia Tremont stürzt, ist der Koloss da draußen ohne Führung.« Er deutete in die Richtung, in der er seine alte Heimat vermutete, die am Floating Port hing. »Eine Firma wie Ocean City Inc. braucht eine Führung. Eine starke Führung.«

Aristide lächelte.

Er hatte verstanden.

»Laufen lassen soll ich euch …«, sagte Aristide noch einmal. Er dachte eine Weile nach.

Jackson schwieg. Jetzt half kein Wort mehr, das wusste er.

Der Warlord ging zur Tür und öffnete sie. »Bringt ihn zu den anderen.«

»Aye, Boss«, sagte einer der Muskelmänner.

Aristide nickte.

Die Sache war wohl doch nicht so gelaufen, wie Jackson dachte. »Jede Brücke erlebt den Tag, an dem sie einbricht«, hatte Meister Chang einmal gesagt. »An diesem Tag nimmt man besser einen anderen Weg.«

»Es kommt etwas Bewegung in die Gruppe, Sir!«

Smink blieb auf der Türschwelle von Kellingtons Zimmer in der Burg stehen.

Clark Kellington nickte seinem treuen Informanten und winkte ihn herein. »Das wurde aber auch Zeit. Sind sie raus aus dem Bunker?«

Smink schüttelte den Kopf. »Das nicht. Aber offenbar bewegt sich Scout innerhalb des Bunkergeländes recht frei.«

Kellington stand aus seinem Sessel auf. Das war ein gutes Zeichen. Auch was seine zwei Auserwählten, Jackson und Crockie, anging. Sie sollten Gefahren erleben, aber seine besten Schüler wollte Kellington auch nicht einfach bei einem bescheuerten Ballerspiel wie der Bullet-Challenge verlieren.

»Halten Sie die Augen auf, Smink. Und sobald sie das Gelände verlässt, folgen Sie ihr. Ich muss wissen, wen sie trifft.« Und für sich murmelte er: »Und ich würde zu gern hören, was Jackson und Crockie gerade denken.«

Verdammt!, hatte Jackson zuerst gedacht, ich habe es überreizt, doch er hatte sich getäuscht. Aristide hatte angebissen. Das grenzte an ein Wunder, verschaffte ihnen aber nur wenig Zeit. Die Bullet-Challenge stand vor der Tür. Die Arbeiten für die Entsorgung von Bezirk 404 waren so gut wie abgeschlossen. Ocean City würde bald vom Festland wegdriften.

Aristide hatten sie seit dem Treffen mit Jackson nicht mehr zu Gesicht bekommen, Bucks nur bei den Mahlzeiten und hier und da auf dem Weg durch den Bunker. Er trainierte für die Bullet-Challenge, was darin bestand, dass er immer und immer wieder alle möglichen Arten von Pistolen und Revolvern ziemlich nah am Kopf abfeuern ließ. Es war ein Wunder, dass er nicht längst taub war.

Einer von Aristides Männern, ein gewisser *Tschakko,* hatte ihnen Zimmer in der ersten Ebene des unterirdischen Baus zugewiesen. Tschakko verlor nur die wichtigsten Worte. Ob sein Wortschatz mehr als *Yepp* und *Nope* umfasste, wussten sie noch nicht.

Lou und Scout hatten ein Zimmer bekommen. Jackson, Crockie und Matt teilten sich ein zweites. Alle hatten sich genauso wie Jackson über eine Dusche gefreut und noch mehr über ein gar nicht so schlechtes Essen.

Gewaschen und rasiert erkannte man Matts Ähnlichkeit mit seiner Schwester. Besonders die Augen irritierten Jackson immer wieder. Wenn er in Matts Augen schaute, sah er manches Mal Lou. Allerdings gab es einen großen Unterschied. Lou hatte auch nach all dem, was sie erlebt hatten, noch etwas unverhohlen Freundliches, Vertrauensvolles in ihrem Blick. Matt beherrschten Misstrauen und Angst. Manchmal war da auch etwas Verschlagenes, Hinterhältiges. Es gab noch viel zu entdecken bei Matt und sicher nicht nur Gutes, daran zweifelte Jackson nicht.

Es war ihm anfangs auch schwergefallen, zu Lou wieder Vertrauen aufzubauen. Sie hatte sie alle mit ihrem Alleingang gefährdet. Andererseits verstand er sie auch. Sie hatte ihrem Bruder hoch und heilig versprochen, zuerst alleine Kontakt zu ihm aufzunehmen. Matt traute wirklich nichts und niemandem. Nicht einmal dem Wort seiner Schwester.

»Okay, ich fasse also noch einmal zusammen«, sagte Matt. »Wir haben keinen Resetter, müssen uns aber neue Identitäten zaubern, weil wir alle gesucht werden. Und meinen alten Fehler will ich nicht wiederholen, also brauchen wir komplette Identitäten, das heißt: Chips, Decoder, Namen und Konten.«

Jackson nickte. Crockie nahm einen Schluck Wasser. Scout schien in ihrem Liegestuhl zu schlafen und Lou kritzelte irgendwas auf einen Block.

»Wie soll das gehen? Das ist doch ein Witz!«, fauchte Matt.

»Langsam. Nicht so schnell«, murmelte Jackson. »Wo gibt es saubere Chips?«

Crockie setzte sich aufrecht hin. »Abgesehen vom Krematorium? An zwei Stellen: bei der großen Zeremonie, aber nur für neunjährige Kinder.«

»Sind wir nicht«, warf Matt ein. »Und wir können auch nicht so tun, als ob.«

»Und in der kleinen Zeremonie bei der Einreise von Novizen«, fuhr Crockie fort.

Jeder Neuankömmling, der nicht in Ocean City geboren wurde, kam als Erstes in die historischen Ankunftshallen. Dort wurde ihm das Novizenarmband der Bewerber abgenommen. Dann stimmte er feierlich dem Vertrag zu und bekam den Chip unter die Haut gesetzt und den endgültigen Decoder angelegt. Dann erst waren die Novizen Teilhaber von Ocean City.

»Wir sind aber auch keine Novizen«, sagte Matt.

Jackson klopfte nachdenklich auf den Tisch. »Wir könnten so tun, als ob.« Er durchdachte seine Idee noch einmal. Ja, die Möglichkeit bestand tatsächlich. Auch wenn sie nicht gerade nett war. Es war ein Verbrechen. Und was für eins.

»Kennst du zufällig ein paar Novizen, die genauso aussehen wie wir?«, fragte Matt. »Natürlich nicht.«

Jackson und Crockie warfen sich nur Blicke zu. Sie sahen auf Scout und sagten dann wie aus einem Mund: »Marie!«

Lou und ihr Bruder Matt glotzten so verständnislos aus der Wäsche, dass Jackson lachen musste.

Aber dann überlegte er sich noch einmal, was das alles bedeuten würde, und sagte schließlich: »Die Möglichkeit könnte es geben. Aber das wird etwas …«

»Dreckig?«, fragte Scout.

»Nein«, sagte Crockie. »Wenn ich Jackson richtig verstehe, wird es wohl eher blutig.«

»Was?«, entfuhr es Lou. »Du willst Leute ermorden, um zurück nach Ocean City zu kommen?«

Jackson schüttelte den Kopf. »Quatsch. So blutig wird es auch wieder nicht. Ein bisschen Blut könnte allerdings fließen, nicht nur das der Novizen, sondern unseres.«

»Nur damit ich das richtig verstehe«, fragte Scout. »Wir werden bluten? Wir werden uns als Novizen einschleichen? Und du glaubst, dass das funktioniert, obwohl wir mit unseren blöden Fressen auf jedem verdammten Bildschirm von Ocean City gesucht werden?«

Jackson nickte. »Ja.«

Matt schüttelte den Kopf. »Ich bin raus! Ich bleibe auf dem Festland. Unser Boss hier ist total durchgeknallt.«

Jackson bemerkte, dass ihm die Anrede als »Boss« galt. Und er bemerkte, dass ihm diese Anrede ein bisschen gefiel.

Crockie und Lou hingegen spitzten die Ohren. »Schieß los, Jackson. Was brauchen wir?«

»Wir müssen Leute verschwinden lassen. Das kann Aristide übernehmen. Aber wir brauchen Hilfe. Wir brauchen jemanden in der Burg.«

»Kein Problem. Ich frag di Gallo, der wollte mich doch eh kaufen.« Scout lachte schallend.

Die anderen lachten nicht.

»Genial, Scout! Genau so machen wir es!«, rief Jackson.

»Was, spinnst du? Das war ein Gag, Jackson! Ich lass mich doch nicht freiwillig von dem fetten Bullen verhaften?!«

21

Di Gallo aufzutreiben, stellte kein großes Problem dar. Aristide wusste nicht nur, dass der Kommissar noch immer auf dem Festland herumhing. Er wusste auch, dass er neuerdings das Strandhaus einer gewissen Sammy Bekham der Sicherheit der Burg vorzog. Noch etwas hatte Aristide verraten: Di Gallo wäre um ein Haar von den Leuten der Abteilung Z erschossen worden, wenn die auf Tremonts Befehle gehört hätten.

Jackson saugte all diese Informationen auf wie ein Schwamm. Sie passten ihm einfach perfekt in den Kram. Tschakko fuhr ihn, Scout und Matt Fuller zu Sammy Bekhams Strandhaus. Auch dieser Service von Aristide war Gold wert. So schnell und sicher waren sie noch nie durch die Stadt gefahren.

Scout und Matt guckten dennoch ziemlich unsicher, als Jackson an die Tür von Sammy Bekham klopfte.

»Du bist sicher, dass du gerade etwas Geniales tust, oder?«, fragte Scout. »Denn wenn du dir nicht sicher bist: Ich bin mir sicher, dass es wahnsinnig ist!«

Jackson war sich nicht sicher. Das verriet er Scout lieber nicht.

Di Gallo war tatsächlich zu Besuch bei Sammy Bekham. Er kam aus dem Staunen nicht mehr heraus. »Na, das nenne ich mal eine Überraschung, Leute!« Er stand auf. »Wollt ihr euch stellen?«

Jackson hätte gerne schallend gelacht, aber er wusste, dass er das nicht überzeugend hinkriegen würde. »Nein. Wir brauchen Ihre Hilfe.«

»Meine Hilfe? Wobei? Tremont verarschen?«

Scout nickte. »Kann man nicht besser sagen.«

Sammy pfiff durch die Zähne. »Vorsicht, Ambrose. Die kommen direkt von Aristide!«

»Wollen wir trotzdem hören, was sie zu sagen haben?«, fragte di Gallo.

Sammy musterte Jackson, Scout und Matt Fuller und entschied dann: »Okay, kommt rein!«

Die drei betraten die Hütte.

»Setzt euch!« Es gab nur ein paar einfache Stühle und leere Kanister als Hocker, die um eine Tischplatte, die früher mal eine Zimmertür gewesen war, standen. »Willkommen in meiner Villa.« Sammy lachte und schenkte jedem ein Glas Wasser ein.

Jackson nahm einen Schluck. Er sah den schwitzenden Kommissar an. Di Gallo hatte sich verändert. Müde sah er aus. Belustigt hörte der Police Superintendent sich an, was Jackson zu sagen hatte.

»Ihr wollt die Novizen aus dem Weg räumen und ihre Stelle einnehmen?«, fragte di Gallo.

»›Aus dem Weg räumen‹ klingt ein bisschen krass«, sagte Scout.

»›Ihre Bewegungsfreiheit vorübergehend einschränken‹ wäre die genauere Beschreibung«, sagte Jackson. »Bis wir mit ihren Identitäten wieder in die City eingereist sind.«

»Ich soll euch helfen, Jugendliche zu entführen, die das ganze Bewerbungsverfahren überstanden haben? Dieser Lars hat durch seine Versuche mit Quallen einen Weg gefunden, nanomäßig kleine Plastikverschmutzungen aus dem Meerwasser zu filtern. Mit nicht einmal sechzehn Jahren! Wisst ihr, was das für die Floating City bedeutet, die sich ihn schnappt? Das kommt einem Jackpot in der Lotterie gleich. Vergesst es!«, sagte di Gallo. Dann stockte er. »Das heißt … andererseits … nun ja, dem Schnösel würde ich einen kleinen Schreck gönnen.«

»Ihm wird nichts passieren, das hat Aristide uns versprochen.«

»Auf Aristides Versprechen würde ich nicht viel geben«, sagte Sammy.

»Er brennt darauf, Lydia Tremont eins auszuwischen«, sagte Jackson.

»Damit ist er nicht allein auf der Welt.« Di Gallos Miene verdüsterte sich, dann grinste er. »Wann soll es losgehen?«

»Übermorgen«, sagte Jackson.

Di Gallo pfiff durch die Zähne. »Du willst während der Bullet-Challenge zuschlagen?«

Matt Fuller wurde ungeduldig. »Die Frage ist, ob es überhaupt jemanden gibt, der passt. Wir bräuchten mit Bucks und mir sechs Identitäten. Fünf Jugendliche und einen mehr oder weniger Erwachsenen.«

Di Gallo schüttelte den Kopf. »So leid es mir tut: Es sind nur vier Jugendliche. Zwei Jungs und zwei Mädchen. Da müsstet ihr euch leider entscheiden.« Di Gallo ließ sich Jacksons Plan anscheinend noch einmal durch den Kopf gehen. Plötzlich stützte er sich auf die Tischplatte auf und sah Jackson in die Augen. »Du weißt hoffentlich, mit wem du dich anlegst, Jackson! Es ist nicht nur Lydia Tremont.«

Jackson hielt dem Blick stand. »Wenn es jemand weiß, dann ich, Sir! Wir müssen die Abteilung Z auflösen. Komplett. Meine Schwester hat nichts verbrochen. Meine Eltern nicht. Und Crockies auch nicht. Was da passiert ist, ist aber keine Ausnahme!«

Di Gallo legte seine schweren Hände nachdenklich auf den kahlen Kopf. »Und du meinst, dass ihr das schaffen könnt?«

»Na, wer denn sonst?«, knurrte Scout. »Also, was ist nun? Helfen Sie uns? Oder wollen Sie mich verraten und verkaufen?«

»Ihr meint es wirklich ernst mit der Revolte, oder?« Sammy sah von Scout zu Jackson und weiter zu Matt.

Jackson meinte es ernst. In diesem Augenblick wurde ihm erst so richtig klar, wie ernst er es meinte. Wenn er und Crockie mit ihren Familien weiterhin in der schwimmenden Stadt leben wollten, mussten sie Ocean City verändern. Ansonsten würden sie entweder für immer auf der Flucht vor Abteilung Z sein oder im Knast oder sie würden sich auf den Kontinent durchschlagen müssen. Wenn er eines in den letzten Tagen gelernt hatte, dann war es das: Ein Leben auf dem Kontinent war ihm viel zu gefährlich. Ja, er wollte die City ändern. Ocean City war als künstliche Welt, als Stadt mit dem Anspruch, für ihre Bewohner zu sorgen, gestartet. Was war daraus geworden? Jeder wurde überwacht. Jeder war in Gefahr, wenn er sich nicht anpasste. Das angeblich perfekte System sperrte sogar Kinder ein und entführte ihre Eltern.

»Du glaubst also, dass du es fertigbringst, das System der City zu ändern?« Di Gallo sah Jackson an.

Jackson spürte, dass für den Kommissar der ganze Rest seines Lebens davon abhing, wie Jackson nun antwortete. Er spürte, dass das, was er nun sagte, nicht nur für di Gallo, sondern auch für sich selbst entscheidend sein würde. Er zögerte. Es wäre doch völliger Größenwahn, auf diese Frage mit einem einfachen »Ja!« zu antworten.

Di Gallo winkte ab. »Siehst du, du kannst es nicht. Es ist unmöglich.«

»Haben Sie es für möglich gehalten, dass man das Zeitkontensystem austrickst oder Identitäten fälscht?«

»Nein.«

»Hielten Sie es für möglich, dass jemand aus dem Hochsicherheitsgefängnis ausbricht und mit sechs Kumpanen durch den äußeren Ring entkommt?«

»Eigentlich nicht.«

»Okay, dann haben Sie drei Beweise dafür, dass das Unmögliche möglich ist. Sie sagen: Die City zu ändern, ist unmöglich? Ich sage: Die City ist von Menschen gemacht. Wir sind Menschen. Also können wir die City ändern. Wenn es zum Guten ist, werden uns die Bewohner folgen. Wenn sie sehen, dass ein freieres Leben in der City möglich ist, wer würde dagegen rebellieren? Außer Lydia Tremont, Clark Kellington und ihren Gefolgsleuten. Aber wenn die Bewegung erst mal da ist, wird Tremont sie nicht aufhalten. Ich kann es nur nicht allein. Wir müssen wissen, wo wir unseren Hebel ansetzen.«

Matt kratzte sich am Hinterkopf. »Was er meint, ist: Wir können jedes System knacken, wenn wir seine Schwachstelle kennen.«

»Ihr kennt die entscheidende Schwachstelle der City?«, fragte di Gallo.

Jackson nickte. »Wir haben eine Ahnung, ja.«

Sammy grinste. »Also, wenn diese Kids hier das fertigbringen, Ambrose, dann melde dich bei mir und ich komme zu dir nach Ocean City.«

Die Miene von Ambrose di Gallo hellte sich mit einem Schlag auf. »Habt ihr das gehört? Das war ein Versprechen!« Ernst fügte er hinzu: »Es könnte eng werden für euch, wenn ihr niemanden in der Verwaltung habt, der mit euch zusammenarbeitet. Jimmy lebt nicht mehr ...«

Jackson zögerte. Vielleicht hatte Ambrose di Gallo recht. In der City gab es nur noch eine Person, die sie alle unterstützte: Heather Blue, die mit Jimmy zur kleinen Führungsriege des Kommandos Matt Fuller gehört hatte. Heather saß jedoch nicht auf einem Posten, wie Jimmy es getan hatte, der als Assistent von Lydia Tremont auch Zugriff auf geheime Informationen gehabt hatte. Heather war mehr oder weniger die Pförtnerin der Clark Kellington Highschool.

Ob Ambrose di Gallo sie weiter unterstützte, stand in den Sternen. Jackson hatte das Gefühl, dass der Polizist schon mit der Insel abgeschlossen und jede Hoffnung auf Veränderungen verloren hatte. Wollte er etwa mit Sammy hier in der Hütte bleiben? Wenn wir die Hoffnung verlieren, hatte Lou gesagt, dann sind wir wirklich am Ende.

»Es ist irre. Es ist verrückt, das System von Ocean City umkrempeln zu wollen. Aber eins ist es nicht: unmöglich«, sagte Jackson. »Beschaffen sie uns die Namen, das Aussehen, die Einbürgerungsakten der Jugendlichen? Wenn ich nicht versuche, meine Familie zu befreien, wer dann?«

Ambrose di Gallo nickte. »Einverstanden. Ich bin dabei. Aber wenn ich im Knast lande, in der Abteilung Z, dann kommst du höchstpersönlich und holst mich wieder raus, Jackson. Klar?«

Jackson reichte di Gallo die Hand.

Der Kommissar zögerte kurz, dann schlug er ein.

Sie waren schon fast aus dem Haus, als di Gallo sagte: »Ach, Scout, eins noch. Gib mir doch bitte den Peilsender aus deinem linken Schuh. Ich glaube, den brauchst du nicht mehr.«

Scout bekam Monsteraugen, als er die Mikroelektronik aus der Schuhsohle schnitt.

»Können wir so einem Kerl vertrauen?«, fragte sie Jackson leise, als sie mit Matt zurück zum Wagen gingen.

»Keine Ahnung«, antwortete Jackson. »Aber einen Versuch ist's wert. Und eine andere Möglichkeit haben wir nicht.«

Lydia Tremont hatte die Nase gestrichen voll vom Kontinent. Nie wieder würde sie einen Fuß daraufsetzen. Mit ein paar kurzen Befehlen tauschte sie das Personal in der Burg aus. Es waren einfach zu viele Zeugen, die sich verplappern könnten.

Um di Gallo würde sie sich später kümmern. Der nahm ihr die ganze Sache beim Treffen mit Aristide hoffentlich nicht krumm. Verlassen konnte sie sich auf den Spürhund jedenfalls nicht mehr.

Der äußere Ring war, bis auf die vorgesehenen Passagen am Einreiseportal, dicht. Die vielen Helfer von *Care & Share International* machten die Sache dort etwas unübersichtlich, aber damit konnte sie leben. Falls jemand ohne Chip einreiste, wäre er oder sie ohnehin bald aufgeflogen und ausgewiesen oder verhungert. Größere Kopfschmerzen bereitete ihr der Zeitplan. Der Bezirk 404 war so gut wie zerlegt. Nun blieb nur zu hoffen, dass Aristide nicht sofort merkte, dass bei den Mengen und Belastungen des Schrotts etwas nicht stimmen konnte. Hoffentlich kam dieser Wahnsinnige nur nicht auf die Idee, den Müll zu verbrennen! Er würde die Gegend bis weit über die Halbinsel hinaus verpesten. Auf jeden Fall musste sich Ocean City schleunigst vom Festland entfernen, um den giftigen Gasen, die bei einer Verbrennung des Materials entstehen würden, zu entgehen.

Das grässliche Volksfest mit der Bullet-Challenge galt es abzuwarten, aber dann würde die City davondriften. Frei wie ein Eisberg.

Auf dem breiten Boulevard zwischen der Burg und der Arena, die Aristide eigens für die Bullet-Challenge hatte errichten lassen, bauten die Straßenhändler ihre Buden und Geschäfte auf. Je weiter Jackson den Blick Richtung Burg schweifen ließ, desto mehr gelbe *Care & Share*-Banner entdeckte er an den Ständen. Das große grüne Zelt der *Ocean City Bar* war auch schon aufgebaut und nicht zu übersehen. Die Menschen hatten alle Hände voll zu tun, um die Spiele vorzubereiten. Ocean City wollte dem Festland Gutes tun. Kistenweise wurden Hubackle, Algenburger und andere Spezialitäten aus den Lebensmittellaboren an Land geschafft.

Tschakko hupte sich den Weg über den Quoki-Platz frei, als der alte Mann auftauchte. Gebeugt lief er vor Tschakkos Wagen her. Tschakko hupte noch einmal. Der Alte hob den Kopf, lächelte, fixierte Jacksons Blick.

Jackson erkannte ihn.

Kein Zweifel. Er war es. Hier auf dem Kontinent.

Der Mann zwinkerte Jackson zu und ging seiner Wege.

»Verdammt. Was macht der hier?«, rief Jackson.

»Wer?«, fragte Matt.

»Kilroy, Rufus – wie auch immer. Da drüben!« Er zeigte in die Richtung. Aber der Mann war bereits in der Menschenmenge verschwunden.

»Du drehst allmählich durch, Jackson«, nuschelte Scout. »Hitze, Angstzustände, das kann einem schon die Murmel durcheinanderhauen. Glaub mir. Du solltest mal was trinken.«

Jackson glaubte nicht, dass er halluziniert hatte. Es war Rufus gewesen. Was tat er hier? Was wollte er von ihm?

22

Jackson saß mit Crockie, Lou, Scout und Matt auf der obersten Etage des ehemaligen Parkhauses, unter dem sich Aristides Bunker in die Tiefe erstreckte. Frei reden konnten sie innerhalb der Bunkermauern nicht. Die Angst, dass sie belauscht werden könnten, hatte sich mehr als einmal als berechtigt erwiesen. Hier oben fühlte sich Jackson einigermaßen sicher. Die Sonne brannte auf die verstaubten Sonnenschirme, die Bucks ihnen besorgt hatte.

Sammy hatte die Unterlagen von di Gallo wie verabredet geliefert. Es war alles bereit: Sie hatten fünf Zielpersonen, zwei Mädchen, Marie und Linda, im Alter von Scout und Lou, dazu zwei Jungs, Lars und Marvin. Der Tutor Simon war der Betreuer, der die kleine Gruppe begleiten würde. In seine Rolle sollte Matt schlüpfen.

Es passte alles einigermaßen. Nur für Bucks hatten sie noch immer kein Ticket. Ansonsten war alles da. Aristide würde für das Verschwinden der Novizen sorgen. Das war denkbar einfach, denn Lars hatte Gott und die Welt zu seinem Abschiedsumtrunk in das Zelt der *Ocean City Bar* am Tag der Challenge eingeladen.

Matt kannte zum Glück einen vertrauenswürdigen Friseur. Sie mussten am Ende den Personen auf den Bildern einigermaßen ähnlich sehen. Jackson rechnete zwar damit, dass die Leute im

Transitcenter sowieso nicht so genau hingucken würden, solange nur ihre Decoder ordnungsgemäß abgelesen wurden. Aber die Augen- und Haarfarben würden sie anpassen müssen. Das kosmetische Material dafür war nicht aufzutreiben, aber Jackson hatte noch eine Idee.

Jackson nervte di Gallo so lange, bis dieser in der Burg ein Medikament für die Augen der kleinen Juliette besorgt hatte. Die Tube mit der Salbe steckte in Jacksons Hosentasche. Nur das Gespräch mit Bucks, das stand noch aus. Das hatte er einfach noch nicht übers Herz gebracht.

Matt war weiterhin von Zweifeln zerfressen. Lou legte ihm eine Hand aufs Knie. »Matt! Es wird alles gut gehen! Vertrau Jackson!«

Matt schüttelte den Kopf. »Vertrauen? Es ist Wahnsinn! Merkt ihr das nicht? Es läuft viel zu glatt! Zufällig gibt es genau fünf Leute, die wir ersetzen können. Und rein zufällig lässt sich der Chefermittler drei Tage vor dem Ablegen der City von uns umdrehen und spielt den Doppelagenten? Geht's noch? Das glaubt doch kein Schwein!« Matt wischte sich den Schweiß von der Stirn. »Kommt euch nicht auch diese ganze Stadt, dieser Kontinent auf einmal wie die Landschaft eines irren Computerspiels vor? Immer, wenn es weitergeht, wirft euch jemand neue Hindernisse hin. Und jetzt läuft alles glatt?«

»Manchmal haben eben sogar wir Glück!«, hauchte Lou.

»Und ganz so zufällig ist das alles ja nicht«, bemühte sich Jackson um eine Erklärung. »Diese Gruppe um Lars sind fünf Leute. Wären es sechs, sähe die Sache für uns besser aus. Und was di Gallo angeht …«

Matt schüttelte sich. »Ich weiß nicht, ob du schon mal in so einem verdammten Knast warst, Jackson. Ich war es schon.« Matt kam mit seinem Gesicht sehr nahe an das von Jackson. »Und sieh dir deinen Freund Crockie mal an, wenn einer was von Abteilung Z oder den Agenten erzählt! Oder frag mal Scout nach ihren Eltern. Ich will da nie wieder landen, kapiert? Aber du bringst uns mit deinem Scheißplan direkt wieder hin! Ich sage dir: Wir laufen in eine offene Falle!«

Crockie begann, mit dem Fuß zu wippen. Lou sah Jackson an. Verunsichert hatte ihr Bruder sie, überzeugt hatte er sie aber nicht. Jackson war sich sicher, dass sie das einzig Richtige taten. Sie mussten zurück auf die Insel. Sie mussten Lydia Tremont und vielleicht sogar Clark Kellington stürzen. Und di Gallo hatte sie nicht belogen. Er hatte Wort gehalten, und wenn das kein Beweis für seine Loyalität war, was dann? Außerdem hatten sie sowieso keine Alternative: Wenn sie nicht gingen, würde Aristide sie erschießen lassen. Hier auf dem Kontinent waren sie nutzlos, sobald die City ablegte.

»Was schlägst du vor?«, fragte Jackson.

Matt verschränkte die Arme vor der Brust. »Gar nichts. Ich verkrieche mich wieder auf meinen Schrottplatz und wünsche euch viel Glück.«

Lou standen die Tränen in den Augen. »Du hast es versprochen, Matt! Du hast versprochen, mich nicht mehr allein zu lassen!«

Matt nickte. »Aber ich habe nicht versprochen, bei einem Himmelfahrtskommando mitzumachen!«

Crockie sah Matt in die Augen. »Ich kenne den Knast. Ich kenne die Abteilung Z. Ich kenne Menschen, die Leute auspeitschen lassen. Aber ich habe die Hoffnung noch nicht aufgegeben. Die Hoffnung, meine Eltern wiederzusehen. Und die Hoffnung, die City zu verändern.«

»Ohne Hoffnung sind wir im Eimer«, sagte Scout leise und schielte rüber zu Lou.

Matt starrte Crockie an. Dann sah er von Scout zu Lou und schließlich landete sein Blick bei Jackson. Völlig fassungslos fragte er: »Ihr meint die Scheiße doch nicht ernst, oder? Ihr glaubt doch nicht im Ernst, dass ein paar Schüler der Eliteschule es mit der Konzernspitze von Ocean City aufnehmen können! Bitte sagt mir, dass ihr das nicht ernst meint. Was ihr über mich zu wissen glaubt, war alles frei erfundener Scheiß. Es war Legende! Ich war nie ein Revolutionär. Ich war kein Rebell. Ich habe keine Armee von tausend Leuten hinter mir, die nur darauf wartet, dass ich zurückkehre!« Er stand vom Tisch auf. »Kapiert es endlich, ich bin kein Held!« Nervös spielte Matt mit dem Anhänger eines Kettchens, das er immer am Hals trug. Seine Hand flog oft zu diesem Schmuckstück, wenn er unter Druck geriet, als wolle er sich daran festhalten.

Zum ersten Mal erkannte Jackson, dass es ein Ring war, der an der Kette hing. Eine Erinnerung blitzte in Jacksons Gedächtnis auf. Der Ring kam ihm bekannt vor. So schnell diese Erinnerung aufgetaucht war, so schnell verflog sie auch wieder.

Jackson lächelte Matt an. »Das wissen wir. Wir brauchen dich. Ohne dich funktioniert es nicht. Du musst die Rolle von Simon, dem Tutor, übernehmen. Altersmäßig und von der Statur her kommt das so einigermaßen hin. Bucks würde das niemand abnehmen. Damit bist du unser wichtigster Mann. Der echte Tutor zieht seit Monaten mit Lars und den anderen umher, er würde uns sofort enttarnen!«

»Bitte, Matt!«, flehte Lou.

Matt seufzte und nickte schließlich. »Wenn was schiefgeht, bin ich weg. Sofort. Ich riskiere für keinen hier das Genick. Und Lou nehme ich mit.«

Jackson grinste Lou an und sagte: »Dann lass uns dafür sorgen, dass nichts schiefgeht.«

Sie hatten noch so viel zu tun. Mit den Mappen aus der Burg hatten sie Namen und Fotos. Lou und Jackson brauchten blonde Haare, Scout überhaupt welche. Crockie musste seine Augenfarbe und Frisur ändern.

Matt nickte finster. »Also gut. Ich bin dabei. Hast du schon mit Bucks gesprochen?«

»Worüber wolltest du mit mir sprechen?«

Bucks war so leise auf dem Dach aufgetaucht, dass Jackson zusammenzuckte. Bucks ließ seinen Blick über die Unterlagen auf dem Tisch gleiten. »Es sind vier und der Tutor«, sagte er dann. »Es fehlt eine Identität.«

Jackson nickte.

Bucks zog die Augen zu zwei wütenden Schlitzen zusammen. »Wann wolltet ihr mir das sagen? Wenn ich eine Kugel im Kopf habe? Oder wenn die City ablegt? Oder einfach in der Warteschlange am Check-in?«

Jackson stand auf. »Bucks! Warte mal.«

Bucks wandte sich zum Gehen. »Ich habe eine Menge riskiert für euch! Scheiße! Ihr seid genau so, wie sie alle sagen: Floatys sind Egoisten. Sind kaltherzig. Es geht nur ums Geschäft. Ihr zieht jeden über den Tisch.«

»Halt, Bucks!«, warf Jackson ein. »Du kannst mein Ticket haben, wenn du willst.«

Das stoppte Bucks' Redefluss. Die anderen starrten Jackson an. »Von Alter und Statur her kriegen wir das irgendwie hin.«

Bucks sah sich das Bild von Lars an. Er schüttelte den Kopf. »Er ist blond. Er hat blaue Augen!«

»Kontaktlinsen und Haarfarbe sind kein Problem«, sagte Jackson. »Ich weiß, wo wir die herkriegen können.«

»Und die Hautfarbe?«

»Müssten wir eben riskieren.«

»Und du?«, fragte Bucks.

»Ich bleibe hier«, sagte Jackson. »Ich werde versuchen, Aristide weiterzuhelfen, damit ich was wert bleibe. Ich sorge dafür, dass Lars und seine Freunde nicht doch noch von Aristide gegrillt werden.«

Bucks lachte. »Du wirst als Kanonenfutter enden, Jackson. Du hast keine Chance. Höchstens drei Tage. Mit Sammys Hilfe vielleicht 'ne Woche.«

»Na ja, für dich sieht's drüben auch nicht rosig aus«, sagte Crockie. »Abteilung Z, wenn wir auffliegen. Und die Gefahr ist groß. Folterknast.«

Bucks nahm die Unterlagen über Lars in die Hand. »Scheiß, verdammter. Warum kann nicht jeder da wohnen, wo er will?«

»Weil es immer irgendeinen gibt, der was dagegen hat«, sagte Jackson.

Bucks nickte. »Was wären deine ersten drei Gesetze nach der Revolte, Jackson?«

»Wir lösen Abteilung Z auf, wir senken die Arbeitszeiten und wir öffnen die Stadt für Leute wie dich«, sagte Jackson.

»Was sind Leute wie ich?«, fragte Bucks.

»Nette Typen, die bei uns wohnen möchten.«

»Das könnte jeder sein!«, sagte Bucks.

»Warum denn nicht?«, fragte Crockie.

»Weil euer verdammtes Eiland dann untergehen würde«, sagte Bucks.

Scout schüttelte den Kopf. »Ach ja? Dann bauen wir eben eine neue City nebenan! Das Meer ist groß genug.«

Bucks schluckte. Dann drückte er Jackson die Mappe über Lars in die Hand. »Geh du rüber. Aber vergiss mich hier nicht.«

Jackson sah Bucks an. »Vergessen? Niemals. Ich hol dich rüber, sobald wir können, Bucks!«

»Scheiß, verdammter«, knurrte Bucks noch einmal und lief rüber zum Aufgang.

»Warte auf mich!« Jackson lief hinter ihm her. »Wir müssen noch was erledigen.«

Silver war überrascht, als er Jackson und Bucks die Tür öffnete.

»Spinnt ihr? Was tut ihr noch hier? Ich dachte, ihr wärt längst abgehauen, hinüber auf die saubere Seite des Lebens.«

Er ließ sie herein.

Seine Frau Benita saß am Tisch, holte rasch Tee, als die beiden Jungs eintraten.

»Wie geht es Juliette?«, fragte Jackson.

Silver sah ihn ernst an. »Nicht besser.«

»Du weißt noch, was ich dir versprochen hatte?«, fragte Jackson.

Silver schnallte seine Prothese Marke Eigenbau ab und setzte sich auf die Kissen, die rund um den niedrigen Tisch lagen. »Klar. Aber so ist es eben im Leben, Jackson. Man kann nicht alles bekommen.«

»Manchmal schon.« Jackson zog die kleine Tube aus der Hosentasche. »In zwei, drei Wochen ist es besser. Du musst jeden Morgen und Abend diese Salbe auftragen. Mindestens zwei Wochen lang, hat der Doc gesagt.«

Silver kippte fast um vor Freude. Er hüpfte auf seinen anderthalb Beinen rüber zu Jackson und umarmte ihn. »Danke, Jackson! Danke!«

Er nahm auch Bucks in den Arm. »Danke, dass du diese verblödeten Rumtreiber hergebracht hast, Bucks!« Er wischte sich eine Träne aus den Augen. »Benita! Alles wird gut!«

Seine Frau kam mit dem Tee ins Zimmer. Sie sah die Tube und weinte vor Glück.

»Ist Juliette wach?«, fragte Jackson.

»Sie schläft sehr viel«, sagte Benita kopfschüttelnd. »Aber ich kann sie wecken, wenn du möchtest. Sie würde dich sicherlich gern sehen.«

Jackson schüttelte den Kopf. »Nein. Lass sie schlafen. Grüßt sie von uns.«

Silver sah rüber zu Bucks, der sich die Zunge am Tee verbrannte. »Was ist mit der Challenge? Musst du antreten?«

Bucks nickte finster. »Einmal noch, sagt Aristide. Das sagt er allerdings immer.«

»Und danach? Gehst du mit Jackson?« Silver grinste. »Du gehst mit, oder?«

Jackson schluckte. Er merkte, dass es ihm schwerfiel, Bucks zurückzulassen.

Bucks pustete in seinen Teebecher. Dann lächelte er in die Runde. »Einer muss für den Spaß sorgen. Jackson auf der Insel und ich hier. Aber eines Tages ...«

Silver nahm seine abgeschnallte Prothese und schlug damit einmal wütend auf den Boden. »Wer hat sich diesen Wahnsinn ausgedacht?«

»Du sollst weder fluchen noch mit der Prothese um dich schlagen!«, ermahnte ihn Benita und leiser fügte sie hinzu: »Auch wenn du recht hast.«

Silver sah Jackson an. »Wie kann ich dir nur danken?«

Jackson lächelte. »Ihr habt genug für uns getan.« Aber dann grinste er verschmitzt. »Es gibt da allerdings noch eine Kleinigkeit, mit der du uns tatsächlich aushelfen könntest. Du hast doch in deinem Lagerbestand ein paar hübsche Kontaktlinsen und Perücken, oder?«

Silver drohte Jackson mit dem Zeigefinger. »Mag ja sein, dass ich ein Schlitzohr bin, Jackson Crowler, aber du bist kein Stück besser als ich!«

Jackson lachte und folgte Silver in sein Lager.

23

»Sollen wir eine Voodoo-Zauberformel sprechen?«, fragte Crockie. »So was wie den Eid, nur rückwärts oder so?«

Sie saßen alle im Kreis auf dem Boden im Zimmer von Jackson, Crockie und Matt. Vor jedem von ihnen lag auf einem Handtuch das Skalpell. Daneben auf einer Untertasse die kleine Tube mit dem Wundkleber.

»Sag, was du willst, aber mach beim Schnippeln keinen Mist«, sagte Scout. Sie erklärte noch einmal, wie es funktionierte, ohne ein Gemetzel anzurichten. »Ihr ertastet euren Chip. Fühlt, in welcher Richtung er liegt. Dann ritzt am einen Ende in die Haut und schiebt ihn durch diesen Ritz raus.« Sie grinste ihr rattenartiges Grinsen. »Und dass mir hier keiner an die Pulsadern geht. Die machen eine Riesensauerei!«

Jackson drehte seinen linken Arm. Er bog die Hand nach unten, sodass der Chip sich deutlich abzeichnete. Er versuchte, ihn etwas zu schieben. Der Chip schien gut zu sitzen. Er schluckte. Er hatte selbst diesen Plan erdacht. Er wusste, dass sie, wenn alles glattlief, in 24 Stunden neue Chips mit neuen Identitäten an genau derselben Stelle eingeschossen bekämen. Trotzdem kam es ihm merkwürdig vor. Seit seinem neunten Lebensjahr lief er mit dem Chip herum. Normalerweise trug er das Decoder-Armband darüber. Schon ohne Armband fühlte er sich nackt. Wie entblößt würde er sich erst ohne den Chip fühlen?

Auf diesem Chip stand, wer er war. Was er war. Jackson Crowler. Musterschüler der Kellington Highschool. Mit Ersparnissen von ungefähr 2,5 Tagen. Aber sein Konto war wertlos. Diese ganze Jackson-Crowler-Identität war wertlos. Er konnte nirgends auf der Welt etwas damit anfangen. Denn die einzige Stadt, in der die Chips benutzt werden konnten, war Ocean City. In deren System war das Konto von Jackson gesperrt, sodass es ihm fast unmöglich war, längere Zeit durch die Straßen zu laufen. Er musste sich von diesem Chip, er musste sich von dieser Art, Jackson zu sein, er musste sich irgendwie von diesem Leben verabschieden.

»Ist schon merkwürdig, oder?«, fragte er in die Runde.

»Nicht die Spur«, sagte Matt. »Haut die Teile raus und fertig. Ich habe das sofort nach meiner Flucht aus der City gemacht. Aber schmeißt die Dinger nicht weg! Die können wir recyceln, wenn wir wieder auf der Insel sind.«

»Auf drei?«, fragte Lou.

Scout verdrehte die Augen und nahm ihr Skalpell. »Drei!«, sagte sie und ritzte sich am Arm. Ihr Chip fiel auf die Untertasse. Sie tupfte die Blutstropfen ab. »Erledigt.«

Jackson biss die Zähne zusammen. Auch Crockie schluckte. Sie nickten sich zu. Dann machten auch sie den winzigen Schnitt und schoben ihre Chips heraus. Lou war fast gleichzeitig so weit und verklebte sofort die Wunde. In ein paar Stunden würde man kaum mehr etwas von der kleinen Verletzung sehen. Die Proteine für den Wunderkleber gewannen die Pharmazeutiker der City aus der Leber einer Makrelenart. Diese Entdeckung war vor fünfzig Jahren fast so aufsehenerregend gewesen wie Lars Strømbergs Ergebnisse der Quallenforschung.

Jackson hatte es nicht ganz so sauber hinbekommen wie die anderen.

»Was sagen wir, wenn auffällt, dass alle dieselbe Wunde haben?«, fragte Matt.

Crockie grinste. »Das war so ein Novizen-Abschieds-Mutproben-Scheiß. Wir haben versucht, uns Kuchengabeln unter die Haut zu stecken.«

Scout grinste. »Klingt total realistisch.«

»Sind Sie sicher?«, fragte Lydia Tremont.

»Leider ja, M'am.«

»Alle?«

»Ja. Ich habe sie selbst gesehen. In einem Wagen von Aristide.«

Lydia Tremont saß am Teleport in ihrem Büro in der City. Di Gallo hing in der Burg rum und wollte offenbar wieder nach Hause.

»Soll das etwa heißen, dass Sie Ihren Auftrag nicht erfüllen konnten, di Gallo?« Natürlich konnte er das nicht. Die Bande war ihm entwischt. Aristide hatte sie fort in die Wüste geschafft. Vermutlich wollte er sie dort aussetzen, der niederträchtige Wicht.

Di Gallo nickte in die Kamera. »Ja. Leider. Sie sind mir entkommen. Ich kann hier nichts mehr tun, es sei denn, Sie wünschen, dass ich ihnen nachjage.«

Da stimmte etwas nicht. Wieso bot di Gallo selbst an, sich in die Wüste schicken zu lassen? Wollte er etwa den Dienst quittieren? Sich ein Hintertürchen aufhalten? Oder meinte er das nicht ernst? »Wie stehen die Überlebenschancen in diesem Teil der Wüste?«

»Es gibt keine«, sagte di Gallo sofort.

»Was? Keine Wüste?«

»Keine Chance, Ma'm.«

Tremont zögerte. Das war verlockend. Die Teenager weg. Fuller weg. Und di Gallo, der ein widerwärtiger Zeuge einiger ihrer schlechtesten Tage war, auch noch weg.

»Ach was, nein. Das steht in keinem Verhältnis. Kommen Sie wieder in die City und Schwamm drüber. Jedem kann mal ein Fehler unterlaufen.«

Sie bemühte sich sehr, diesen letzten Satz glaubhaft zu äußern. Auch wenn er das glatte Gegenteil von dem war, was sie dachte. Fehler waren das Hinterletzte. Schlimmer als Zeitverschwendung. Das würde di Gallo zu spüren bekommen, sobald er den ersten Trafficpoint der Insel passiert hatte.

Zeit kann man nicht zurückdrehen. Man kann sie nicht verdichten. Man kann sie nicht strecken. Man kann sie noch nicht mal fälschen. Darauf hatte Clark Kellington gebaut, als er das Zeitkontensystem von Ocean City ersonnen und eingeführt hatte.

Jackson wünschte sich, er könnte sie ein bisschen vordrehen.

Er stand nahe am Eingang zum Zelt der *Ocean City Bar*. Genau wie verabredet. Tschakko war mit zwei Mann an seiner Seite.

»Es ist wichtig für unseren Plan, dass Lars und seinen Leuten nichts geschieht, Tschakko!«, prägte Jackson dem Muskelprotz noch einmal ein. »Du sagst ihnen, so kurz vor dem Transfer in die City sei die Teilnahme an dieser irren Bullet-Challenge nicht erlaubt. Auch nicht in sicherer Entfernung, denn es gebe oft irre Schießereien. Du setzt sie ins Auto und behauptest, dass du sie sicher in die Burg bringen würdest. Verstanden?«

Tschakko nickte und murmelte: »Yep.«

Unglaubliche Menschenkolonnen strömten den Boulevard herauf. Ausgestattet mit gepufften Planktonsnacks in *Care & Share*-Tüten. Alles war kostenlos. Das Essen, die Getränke. Das zog die Massen an. Auch ins Stadion liefen schon Tausende. Jackson schauderte es bei dem Gedanken, dass dort heute diese grässlichen Spiele stattfinden würden. Aber die Leute wollten Emotionen sehen. Mehr Emotionen, als Menschen beim Sterben zuzusehen, gab es kaum. Das Spiel war grauenhaft, aber alle schienen es zu lieben.

Offiziell verurteilte die City die Spiele. Deshalb wurden die Geschenke an die Bevölkerung des Kontinents nur vor dem Stadion verteilt. Jackson hätte kotzen können. So einen Mist dachten sich die Tremonts der Floating Citys aus.

Es war drei Uhr. Jackson sagte in sein Mikrofon: »Irgendwas stimmt mit der Funkverbindung nicht, Leute. Das rauscht so bei mir. Könnt ihr mich noch hören?«

Dann wechselte er den Funkkanal, genau wie verabredet.

»Positionen?«, sagte Jackson.

»Wir sind da«, hörte er Scout sagen.

»Matt? Was ist mit dir?«, fragte Jackson.

Matt reagierte nicht.

»Matt? Verdammt! Matt, was ist los?«, fragte Jackson wieder ins Funkgerät. »Wo sind unsere Kaninchen?«

Kaninchen war das Codewort für die Gruppe um Lars und Marie. »Alle bereit, sie verlassen jetzt die Burg. Alle vier … der Tutor fehlt noch«, sagte Lou. »Wo ist Matt?«

Jackson schwitzte. Hatte Lous Bruder gekniffen? Hatte er die Waffe genommen und war in letzter Sekunde abgehauen? Oder hatte Aristide ihn ausgeschaltet? Oder sonst irgendjemand? Ohne

Matt würden sie am Einreiseportal auffliegen. Seine Aufgabe war es, ein paar Schüsse abzufeuern, um eine kleine Panik auszulösen. Die sollte das Sicherheitspersonal, die Abteilung Z, einfach alle ablenken.

Endlich knackste es in der Leitung. »Hallo? Hört mich wer?«

»Matt! Verdammt, wo warst du?«, fragte Jackson über Funk.

»Sorry, da waren ein paar Gestalten ganz dicht hinter mir, die verdächtig nach Abteilung Z aussahen.«

»Ist etwas ...«

»Nein, nerv nicht rum. Es ist alles klar, kann losgehen«, hörte Jackson Matt sagen. »Soll ich?«

»Warte noch!« Jackson beobachtete den Eingang zum Zelt. Er sah sie kommen. Sie wirkten fröhlich. Lars redete unablässig auf Marvin ein. Jackson zeigte Tschakko die vier. »Klar so weit?«

Tschakko nickte.

»Wo steckt dieser Simon?«, fragte Jackson durch das winzige Mikrofon.

Er hörte Lous Stimme nur schwach. »Ich kann ihn nicht finden. Ich weiß es nicht. Verflixt, warum passt der nicht auf seine Leute auf?«

»Was jetzt? Wollt ihr es ohne ihn durchziehen?«, fragte Matt.

»Nichts da!«, sagte Jackson.

Er drückte zwei Zeltplanen auseinander und linste in das Festzelt der *Ocean City Bar*. Lars kippte sich gerade einen Drink rein. Als er den zweiten bestellte, hielt jemand seinen Arm fest. Jackson musste sich ein bisschen strecken, um zu sehen, wer das war: Simon, der Tutor!

»Alles klar!«, sagte Jackson erleichtert ins Funkgerät. »Simon war schon im Zelt. Sorry, mein Fehler, Lou. Ich hatte ihn nicht gesehen.«

Er zeigte Tschakko den Tutor und sagte dann ins Mikrofon: »Matt. Es kann losgehen!«

Jackson hatte seinen Satz kaum zu Ende gesprochen, als ein Schuss den Trubel rund ums Stadion zerriss. Dann ein zweiter. Leute vor dem Stadion gerieten in Panik. Jackson knüpfte sofort die beiden Zeltbahnen auseinander. Er ließ Tschakko in das Festzelt schlüpfen. Der Muskelprotz wedelte mit einer selbst gebastelten Polizeimarke herum und packte sich dann mit seinen Leuten Lars, die schreiende Marie, den protestierenden Marvin, Simon und die völlig sprachlose Linda. Er schob sie alle aus dem Zelt.

Jackson drehte sich schnell zur Seite, als Lars an ihm vorbeigeführt wurde. Lars erkannte ihn. »He! Dich kenn ich doch! Du warst doch auf dem Markt, als wir ...«

»Halt die Klappe, Lars!«, schimpfte sein Tutor. »Genau diesen Ausflug hättest du nicht machen dürfen, du Idiot!«

Die Menge rannte hin und her. Tschakko und seine Leute schoben ihre Gefangenen zielstrebig auf einen Kleinbus zu. Wenn die Gruppe checkte, was los war, konnten sie nichts mehr ausrichten. Aristides Leute hatten ihnen bereits eine Zelle im Bunker hergerichtet und würden ihnen die Novizendecoder abnehmen – ob sie wollten oder nicht.

»Tschakko, wir brauchen den Chip und den Decoder von diesem Simon ebenfalls«, ermahnte Jackson den einsilbigen Mann aus Aristides Team.

»Alter, hältst du mich für verblödet?«, gab dieser zurück. Es war der längste Satz, den er bisher von Tschakko gehört hatte. »Du musst mir nicht alles dreimal sagen.«

Jackson zögerte kurz, dann sagte er es aber doch: »Dieser Simon ist unschuldig. Er soll am Leben bleiben!«

Tschakko schob Jackson schnaubend zur Seite.

»Rückzug«, befahl Jackson, nachdem der Kleinbus um die Ecke gebogen war. »Schmeißt die Funkgeräte weg!« Mit diesen Worten zog er sich selbst den Knopf aus dem Ohr und ließ ihn unauffällig fallen. Jeder von ihnen würde nun einen eigenen, verschlungenen Weg aus dem Gewimmel der Leute zu ihrem Treffpunkt nehmen. Hoffentlich, dachte Jackson, hoffentlich geht das gut.

Bucks wartete bereits. Er hatte ihnen die kleine Hütte in der Nähe des Hafens besorgt.

»Sind die anderen schon da?«, fragte Jackson, als Bucks ihm die Tür öffnete.

Bucks schüttelte den Kopf.

Jackson seufzte.

»Reg dich nicht auf«, sagte Bucks. »Wir haben vereinbart, dass jeder auf Nummer sicher gehen soll. Sobald nur der geringste Verdacht aufkommt, dass jemand verfolgt wird …«

»Schon klar, aber ein bisschen Sorgen wird man sich doch machen dürfen.«

»Darfste, hilft aber nicht.«

Von der Rückseite der Hütte konnte man bis zu den Kaimauern schauen, an denen vor dem Ablegen der City reges Treiben herrschte. Bucks hatte ihnen geraten, sich an einem bisher unbekannten Ort zu treffen. Die Gefahr, dass sie am Bunker oder bei Silver erwischt wurden, war zu groß.

Immerhin hatte Tschakko die Decoder der Novizen und den Chip samt Armband von Simon, dem Tutor der Gruppe, besorgt und an Bucks übergeben.

»Hat Tschakko dem Tutor etwas angetan?«, fragte Jackson.

»Na, schön war das Entfernen des Chips sicher nicht. Du solltest schon mal anfangen«, drängte Bucks und hielt ihm die Perücke hin, die ihm ein wenig Ähnlichkeit mit diesem Lars geben sollte.

Jackson hatte sie gerade aufgesetzt, als die anderen in kurzen Abständen eintrudelten. Auf Crockie mussten sie am längsten warten.

»Hatte das Gefühl, dass mir so ein geschniegelter Typ an den Fersen hing, hab ihn aber abgehängt«, sagte er und brach in Gelächter aus, als er Jackson mit der Perücke sah. »Ein Wischmopp …«, kicherte er.

Nach einer Stunde hatten alle ihre Perücken und Kontaktlinsen angelegt. Wenn man nicht allzu genau hinschaute, konnte es klappen. Wer interessiert sich schon für ein paar Jugendliche?, redete Jackson sich ein. Vor allem Scout war von Marie kaum zu unterscheiden. Bis sie Matt den Chip des Tutors unter die Haut geschoben hatten, dauerte es eine Weile, weil Matt immer wieder maulte und die Hand zurückzog. Dann waren sie aber so weit.

»Es kann losgehen«, sagte Bucks. Seine Stimme bebte. »Keine große Abschiedsnummer!«

Jackson schlang trotzdem die Arme um ihn und presste Bucks an sich. »Verdammt«, flüsterte er.

24

Anita Stremolo hasste ihren Job. Sie hasste den Kontinent und sie hasste die City. Sie hasste jeden Einzelnen in der Schlange an ihrem Schalter und sie hasste die ganze Schlange. Das Geplapper der Einreisenden ging ihr auf die Nerven. Am meisten hasste sie jedoch sich selbst.

Zudem hasste sie eine Frau, die sie noch nie zuvor persönlich kennengelernt hatte. Über eine Teleportverbindung, die alle paar Minuten zusammengebrochen war, hatte diese Person Anita vor wenigen Tagen die Hölle heißgemacht.

Lydia Tremont höchstpersönlich hatte dafür gesorgt, dass all die Jahre, in denen Anita fehlerfrei gearbeitet hatte, umsonst gewesen waren. Jahre, in denen Anita Bestnote an Bestnote und später Überstunde an Überstunde gereiht hatte. Vor ihren Vorgesetzten hatte sie gebuckelt, Verehrern hatte sie die kalte Schulter gezeigt, anderen Kadetten in der Marineschule hatte sie an den richtigen Stellen ein Bein gestellt.

Das war nicht nett, und sie verspürte auch keinerlei Bedürfnis, nett zu sein. Anita wollte Erfolg, und Erfolg hieß für sie, vor ihrem dreißigsten Lebensjahr Kommandantin eines Verbandes von mindestens einem Kreuzer und zwei Begleitschiffen der Border Control Agency zu sein.

Sie war schon so nah dran gewesen.

Und dann das.

Bis heute wusste niemand, wie diese kleine miese Bande es angestellt hatte, aus der City zu fliehen. Anita bezweifelte immer noch, dass sie wirklich mit dem heruntergekommenen Kutter getürmt waren, den sie selbst kontrolliert hatte. Sehr genau kontrolliert. Zwei Personen waren an Bord gewesen. Zwei Kerle, die über einen Passierschein verfügt hatten. Anita daraus einen Strick zu drehen, sie dermaßen zu degradieren, war eine himmelschreiende Ungerechtigkeit.

Jetzt saß sie fest auf diesem verdammten Kontinent. Das Grauen auf Erden. Eine Landratte war sie nun, eine von denen, auf die sie mit ihren Besatzungen der Schiffe immer hinabgeschaut hatte. Jemand, der die schmutzige Unterwäsche von Einreisenden durchwühlte – das war sie nun.

Unterhosen.

Socken.

Büstenhalter.

Von fremden Leuten, in deren Zeug man nun wirklich nicht herumkramen wollte, auch nicht mit den grünlichen Handschuhen, die zur Ausstattung der Kontrolleure an der Einreiseschleuse gehörten.

»Bitte öffnen Sie die Reisetasche«, sagte Anita Stremolo. »Wenn es geht, ein bisschen schneller«, flutschte es ihr heraus.

Sie biss sich sofort auf die Lippen. Bei den Leuten, die sie gerade abfertigte, kam es gar nicht gut an, wenn man sie anblaffte. Eine Beschwerde von einem solchen Miststück wie der Frau im engen dunkelblauen Kostüm, und Anita landete noch weiter unten, wurde vielleicht sogar endgültig aus der Border Control Agency geschmissen.

»Es ist doch alles schon durchleuchtet worden«, sagte die Frau, deren Passierschein sie als Hannah Cyrus auswies: Einreisekategorie Triple A.

Normalerweise bedeutete dies, dass sie *A* wie *außergewöhnlich* reich war. Dreimal außergewöhnlich reich an Kontakten und Einfluss.

Anita tat alles, um ein Lächeln hinzubekommen. »Gnädige Frau, wir müssen leider jedes Gepäckstück einzeln untersuchen, ohne Ansehen der Person. Die Einfuhr von Lebensmitteln jeglicher Art sowie von lebenden Tieren und –«

»Sehe ich aus, als würde ich ein Krokodil oder eine Dose Kaviar zwischen meiner Unterwäsche verstecken?«, raunzte Hannah Cyrus. »Lydia sieht es garantiert nicht gerne, wenn ihre Freundinnen wie miese kleine Schmuggler behandelt werden.«

»Die verschärften Anweisungen stammen von der Generalsekretärin persönlich, gnädige Frau«, brachte Anita gerade noch ohne einen Wutausbruch hervor und kramte weiter in der Tasche aus feinstem Krokodilleder.

Sie wusste, dass gelegentlich in solchen Fällen Ausnahmen gemacht wurden, aber sie würde keinen Fehler mehr machen, keinen noch so kleinen. Ein Auge bei irgendetwas oder irgendwem zuzudrücken, das konnte im Zweifelsfall sogar ein großer, ein riesengroßer Fehler sein.

Anita drehte sich herum. Sie griff in eines der Regale links oben hinter dem Abfertigungstresen und zog einen stabilen Standardkoffer aus bruchsicherem Algen-Verbundstoff hervor. Nicht schön, aber praktisch.

»Was machen Sie da?«, fragte Hannah Cyrus entgeistert.

»Die Nutzung von Materialien wie Krokodilleder ist in der Ocean City Inc. laut Paragraf 67, Absatz 14 der Immigrationsvorschriften verboten. Nicht nur die Nutzung, sondern auch der Besitz«, leierte Anita los. »Organische Substanzen, insbesondere tierischer Herkunft, dürfen nicht eingeführt werden. Wir räumen Ihre Fummel, äh, Ihre Unterwäsche und alle weiteren Gegenstände um. Besser gesagt: Sie tun es. Hier hinein. Dort drüben.« Anita zeigte auf eine kleine Kabine und hielt ihr den Koffer hin.

Die Frau schnappte nach Luft, entschied sich jedoch, sich der Anweisung nicht zu widersetzen.

»Bitte schnell. Der Prozess des Ablösens der City vom Floating Port ist in vollem Gang. – Der Nächste bitte«, winkte Anita einen jungen Mann heran.

»Warum geht Matt nicht weiter?«, raunte Jackson Crockie zu, ohne eine Miene zu verziehen.

Crockie, der sich sonst nur schlurfend und mit hängenden Schultern fortbewegte, gab sich gerade größte Mühe, so stramm und aufrecht zu stehen, wie dieser Marvin es getan hatte, in dessen Rolle er geschlüpft war.

»Woher soll ich das wissen?«

»Ich kriege kaum Luft«, stöhnte Jackson. Das Hemd, das sie mit di Gallos Hilfe aus Lars' Zimmer geklaut hatten, war mindestens eine Nummer zu klein.

Lou drehte sich um. Ihr neuer Pferdeschwanz wippte wie bei dieser Linda. Sie schaffte es ohne Mühe, deren kecken Augenaufschlag zu imitieren. An ihrem Blick erkannte Jackson jedoch sofort, dass etwas nicht stimmte.

Matt wühlte in seinem Rucksack herum. Der Sack war sein einziges Handgepäck.

»Wird das bald was?«, rief die BCA-Kontrolleurin. »Oder wie lange soll ich meine Pause noch hinausschieben?«

Nicht mehr lange, hoffte Jackson. Er schob Matt einfach weiter. »Ganz richtig, die arme Frau steht sich hier schon lange genug die Beine in den Bauch«, rief er aufmunternd.

Die Kontrolleurin quittierte es nur mit einem abschätzigen Blick. »Immer nur einer«, sagte sie. »Ihr anderen wartet hinter der gelben Linie.« So schnell konnte man sich bei ihr offensichtlich nicht einschleimen.

Scout, Crockie, Lou und Jackson taten, was sie sagte. Matt zappelte mit den Fingern herum. Viel zu nervös. Er versaut uns alles, dachte Jackson. Kaum zu glauben, dass der Kerl mal so abgebrüht gewesen sein soll, mit einem gefälschten Chip durch einen Trafficpoint zu laufen.

Die Nervosität von Matt fiel der Kontrolleurin tatsächlich auf. »Alles okay, Sir?«

»Ja, ja. Es ist nur …«

»Was?«, fragte sie misstrauisch.

»Ach, ich bin froh, dass ich diese Bande hier bald los bin und in meinen alten Job als Lehrer zurückdarf.«

»Ah, hier steht, dass Sie Sozialarbeiter sind!«, sagte die Frau. Sie sah in seine Unterlagen.

»Ja klar, aber eben an einer Schule«, stotterte Matt alias Simon. »An der, der Clark Kellington Highschool.«

»Damit können Sie bei mir keinen Eindruck schinden«, knurrte die Kontrolleurin. »Durch die Tür aufs kleine Boot links, bitte!«

Zügiger fertigte sie Lou und Crockie ab. Dummerweise bemerkte sie offenbar die permanente Wut in Scouts Augen, in ihrem ganzen Körper. Aufreizend lange kramte sie im Rucksack herum, der einmal Marie von Borkel gehört hatte. Die Zornesfalte auf Scouts Stirn grub sich tiefer ein, die Adern an ihrer Schläfe quollen von Sekunde zu Sekunde hervor, obwohl kein bisschen von dem Inhalt des Rucksacks Scouts Eigentum war. Ihr konnte das Geschnüffel in den privaten Sachen des Mädchens völlig egal sein. Bei Scout war das allerdings eine Sache des Prinzips. Sie hasste Bevormundung, sie hasste die Regeln der City.

Jackson atmete auf, als Scout trotzdem durchgewinkt wurde und die Schranke hinter sich ließ, ohne Anita Stremolo, wie er jetzt auf dem Namensschild lesen konnte, an die Gurgel zu gehen. An den Abzeichen der Frau war nicht zu erkennen, welchen Rang sie hatte. Keinerlei Sterne auf den Schulterklappen, keine Streifen an den Ärmeln.

»Guten Morgen, Officer«, sagte Jackson. Es kam nur ein Krächzen aus seinem eingeschnürten Hals.

»Kein Handgepäck?«, fragte die Frau.

Jackson schüttelte den Kopf.

»Dann den Decoder hier hinhalten.«

Jackson zögerte.

Zum ersten Mal seit ihrer Flucht aus der City sollte er sich wieder in einem Trafficpoint scannen lassen. Früher eine mehr als alltägliche Bewegung, über die man höchstens nachdachte, wenn die Zeitkonten im roten Bereich standen und dies peinlicherweise für Umstehende auch zu sehen war.

»Komm schon, Jungchen, daran wirst du dich in Zukunft gewöhnen müssen.« Anita Stremolo wartete nicht, sondern schnappte sich seinen Arm. Dabei rutschte das Novizenarmband vom Handgelenk.

»Hoppla«, sagte die Kontrolleurin, »das sieht aber nicht gut aus.« Die vorher so eisige Frau klang fast ein wenig mitleidig. Sie zeigte auf die Wunde am Handgelenk. »Was ist denn da passiert?«

Jackson lächelte. »War so eine Art Mutprobe. Wir haben gewettet, wer beim Einsetzen des Chips umkippt, und es einfach mal ausprobiert. Schnipp, schnipp! Dumme Sache.«

Sie schüttelte den Kopf. »Leider kann ich dich so nicht einreisen lassen. Ich habe Vorschriften, die muss ich einhalten. Tut mir leid, junger Mann«, sagte sie, allerdings merkte man, dass es ihr keineswegs leidtat. Stattdessen schob sie ohne Vorwarnung ein kleines Gerät in Jacksons Ohr. Das Gerät piepste. »Erhöhte Temperatur, aha.«

»Die Aufregung und die Hitze. Äh …« Jackson öffnete den obersten Knopf des Hemdes.

»Davon hat man keine erhöhte Temperatur, junger Mann. Und das mit dem offenen Hemd wird auch nicht gerne gesehen«, beschied ihm Anita Stremolo nun. »Ordnung muss sein, besonders für Novizen, aber das hat sich wohl vorerst erledigt.« Sie zückte einen kleinen Streifen, der wie ein Pflaster aussah. »Ich darf kurz eine Schweißprobe von deiner Stirn nehmen. Das ist ein Schnelltest für …«

Weiter kam sie nicht.

»Kannst in die Mittagspause gehen, Anita.«

Anita Stremolo zuckte zusammen. Sie zog die Hand zurück, die fast schon Jacksons Stirn erreicht hatte. »Captain Stremolo, wenn ich bitten darf«, zischte sie, aber ihr Kollege winkte ab.

»Vorerst ist nichts mehr mit *Captain*, klar?«, knurrte er. »Deine Schicht ist seit vier Minuten vorbei. Du kennst doch sonst immer alle Vorschriften.« Es machte dem Mann, auf dessen Namensschild Chuck Nording stand, unübersehbar Spaß, seiner Kollegin in die Parade zu fahren.

»Wir haben hier aber einen möglichen Infektionsträger, der ansteckend sein könnte!«, beharrte Officer Stremolo.

Jackson machte den Mund auf, um etwas zu sagen. Aber dieser

Chuck Nording sah sich nur den Kratzer an, schüttelte den Kopf und knurrte: »Sie haben Pause, Kollegin. Ich übernehme das.«

Kaum war Anita Stremolo abgezogen, zwinkerte er Jackson zu. »Selbstmord mit 'ner Kuchengabel geübt?«

Jackson schüttelte den Kopf und sagte achselzuckend und mit der größten Unschuldsmiene: »Nur ein blödsinniger Streich.«

»Schon klar. Wirklich dämlich, so kurz vor der Einreise, Junge.« Er schaute sich seinerseits Jacksons Handgelenk an. »Da könntest du Ärger beim Chippen kriegen. Ich schreib das auf, damit der Doc das drüben gleich checken kann.« Er schaute auf den Monitor.

Jackson erstarrte. Jetzt ging es um alles.

Das Foto und der Name von Lars Strømberg erschienen auf dem Bildschirm.

»Gute Fahrt wünsche ich«, sagte der Grenzbeamte.

Jackson rührte sich nicht.

»Hörst du?« Der Mann deutete auf den Durchgang. »Bitte …«

Jackson ließ endlich die Luft, die er angehalten hatte, aus seiner Lunge strömen. »Ja … äh … klar … äh …«, stotterte er und folgte Lou und Scout durch die Schranke.

»Halt! Strømberg!«, rief der Kontrolleur ihm nach.

Jetzt fuhr Jackson ein kalter Schauer über den Rücken. Er drehte sich herum.

»Das Armband! Das brauchst du noch ein paar Stunden!« Chuck lachte und warf ihm seinen Novizendecoder zu. »Der Nächste, bitte.«

Jackson fing das Armband auf. Er legte es sich um das Handgelenk und zog es fester. Dann lief er nach links zu den anderen ins Boot.

Die City lag wie ein majestätisches Gebirge an dem langen Ausleger, der sie für die Zeit der technischen Überholung mit dem Festland verbunden hatte. Wenn die City auf dem offenen Ozean trieb, war der äußere Ring nicht komplett geschlossen. Jetzt bildete er einen schier undurchdringlichen Kreis.

Der schwimmende Shuttle, der die Gruppe der Neuankömmlinge transportierte, schob sich langsam durch eine Schleusenöffnung, nahm jedoch nicht Kurs auf den Kai, von dem aus sie mit der CK 1 geflohen waren. Weiter östlich von dieser eher schäbigen Gegend steuerte das röhrenförmige, geschlossene Schiff auf eine passgenaue, runde Öffnung zu, die einem U-Bahn-Tunnel glich. Der Transporter klickte sich dort ein, wurde aus dem Wasser gehoben und mit einem geschlossenen Auslegearm verbunden, durch den die Passagiere das Ankunftsterminal betreten konnten.

Für ein paar Augenblicke verharrten alle. Die feierliche Stimmung war mit Händen zu greifen. Jackson wusste, dass dieser Moment der Höhepunkt im Leben normaler Neubürger war, jedoch nicht für ihn. Nicht für Crockie und nicht für Lou, Scout und schon gar nicht für Matt Fuller. Der nestelte nervös an seinem Armband herum.

»Beruhige dich!«, raunte Jackson ihm zu. »Alles wird gut, Simon!«

»Willkommen in Ocean City«, begrüßte sie eine freundliche Stimme aus dem Lautsprecher, eine Stimme, die Jackson fast schon vergessen hatte. Es war die von Amber Lucky, der immer gut gelaunten Schauspielerin und Moderatorin, die ihre Stimme in der City fast allen Durchsagen, die von einem Band abgespielt wurden, geliehen hatte. »Die Bewohner von Ocean City freuen sich, dass Sie in Zukunft unsere Gemeinschaft unterstützen wollen. Bitte begeben Sie sich durch die farblich markierten Ausgänge, die den Farben auf Ihrem Einreise-Zertifikat entsprechen, in die Begrüßungssektoren. Dort werden Sie von den für Sie zuständigen Mentoren empfangen. Sie erkennen unsere freiwilligen Mitarbeiterinnen und Mitarbeiter des *Care & Share*-Programms an den Buttons und Kappen. In den ersten Tagen werden sie Ihnen mit Rat und Tat zur Seite stehen.«

Jackson und seine Freunde blieben ruhig. Sie mussten gechipt werden. Das machte keine Maschine. Das machten Menschen. Sie alle hatten das schon einmal erlebt, als sie neun Jahre alt gewesen waren.

Crockie zupfte Jackson am Ärmel. Er tippte auf das Ticket, das jeder von ihnen bei sich trug. Schwarze Schrift auf weißem Grund. Das fiel Jackson erst jetzt auf. Keine der fünf Farben der fünf verschiedenen Ausgänge. Jackson schaute in die Runde. Einer nach dem anderen zuckte mit den Achseln.

»Herzlich willkommen«, sagte nun jemand in ihrem Rücken. »Ihr sucht sicher euren Ausgang?«

Sie drehten sich um. Vor ihnen stand eine Frau mittleren Alters. »Mein Name ist Corinna Mertens«, sagte die Frau. »Bitte folgt mir.«

Zielstrebig bewegte sie sich auf eine der seitlich gelegenen, unscheinbaren Schiebetüren zu. Dabei warf sie keinen Blick nach hinten, so als sei sie sich sehr sicher, dass ihre neuen Schutzbefohlenen ihr folgen würden.

»Ihr werdet die ersten Monate in einer externen Wohngruppe am Lambda College verbringen. Vor allem müsst ihr euch in dieser Zeit mit den Gepflogenheiten der persönlichen Zeitverwaltung vertraut machen und weitere Schulungsprogramme durchlaufen.«

Sie bat sie in ein Nebenzimmer. Eine Assistentin brachte ein Tablett. Darauf lag die Chip-Pistole. »Bitte schließen Sie doch die Tür, Herr … wie war noch der Name?«, fragte Corinna Mertens den nervösen Matt.

Matt hob zu einer Antwort an. Würde er sich verhaspeln? Jackson kam ihm zuvor. »Trigens. Simon Trigens«, antwortete er an Matts Stelle. »Mann, Mister Trigens, es ist nicht zu fassen, aber Sie haben es geschafft, uns hierherzubringen.« Jackson lachte etwas gekünstelt, die anderen stimmten ein.

»Aber bald sind Sie uns los«, sagte Lou und lachte noch einmal.

Matt verzog nur den Mund.

»Haben sie Ihnen Ärger gemacht, Mister Trigens?«, fragte Corinna Mertens mit einem freundlichen Lächeln, wandte sich dann aber den anderen zu. »Ihr habt die Prüfungen bestanden. Ihr habt eure neuen Aufgaben hier. Ihr habt ein neues Leben.« Sie nahm sich einen Chip, legte ihn ein. Kontrollierte den Namen, sah Jackson an und sagte: »So, Lars Strømberg, mit dir wollen wir beginnen. Kannst du den Eid auswendig? Oder wollt ihr ihn alle gemeinsam sprechen?«

»Au ja! Wie bei der großen Zeremonie!« Scout klatschte begeistert in die Hände. Wahrscheinlich spielte sie diese Freude so übertrieben, weil sie sich kaum noch an den Text des Schwurs erinnern konnte.

Also leierten sie ihn alle gemeinsam runter. Diesen Eid, diesen wichtigsten Teil des Vertrages zwischen jedem Teilhaber von Ocean City und der Firma Ocean City Inc.

»Ich gebe der Ocean City Inc. aus freiem Entschluss das Recht, mich zu regieren, und die Macht, über mich und meine Zeit zu bestimmen, so wie es alle Mitglieder der Gemeinschaft zuvor auch getan haben. Mir ist bewusst und ich habe verstanden, dass nur die Gemeinschaft dazu in der Lage ist, mich gegen Feinde von außen und gegen Unrecht im Innern zu schützen.«

»Etwas nicht verstanden?« Die Frau sah sie alle an. »Nein? Gut, dann begrüße ich euch nun als Teilhaber von Ocean City Inc.« Sie zögerte, als sie Jacksons Arm sah. »Und wegen dieses Kratzers hier mach dir mal keine Sorgen.«

Lächelnd setzte sie das einer kleinen Pistole ähnelnde Gerät an und jagte Jackson den Chip und damit seine neue Identität unter die Haut. »Herzlichen Glückwunsch, Lars«, sagte sie und tauschte Jacksons Novizenarmband gegen einen dauerhaften Decoder aus.

Was für ein Wahnsinn, dachte Jackson. Für diese Zeremonie wurde gestorben! Dafür waren Menschen bereit zu kämpfen, ihre Eltern zu verlassen. Er rang das schlechte Gewissen, das er Lars und seinen Leuten gegenüber hatte, nieder.

Nachdem sie alle gechipt, beglückwünscht und mit neuen Armbändern ausgestattet waren, führte Corinna Mertens sie aus dem Raum. Am Ende eines langen Flurs öffnete sie mit ihrem Decoder eine Tür und ließ den Neulingen den Vortritt.

»Herzlich willkommen in Ocean City!« Sie nickte Matt zu. »Bringen Sie Ihre Schützlinge am besten direkt zu ihrem Quartier. Sie werden erwartet.«

Matt nickte, schluckte und hauchte: »Ja, logisch, ich meine, geht klar.«

Als sich die Tür hinter ihnen schloss, fuhr Lou ihren Bruder an: »Was ist los, Simon? Drehst du durch?«

Matt schüttelte den Kopf. »Schon gut. Ich glaub, ich bin ein bisschen seekrank.«

»Vor Angst«, sagte Scout spöttisch. Sie schlug sofort den Weg zur nächsten Subway-Station ein.

Jackson und Crockie sahen sich an. Sie hatten es tatsächlich geschafft. Sie waren wieder in Ocean City. Sozusagen zu Hause. Und doch hatte er das Gefühl, als sei er von einem echten Zuhause weiter entfernt denn je.

»Wir werden garantiert überwacht«, murmelte Lou. »Also gewöhnt euch direkt schon mal an eure neuen Namen!«

Aber Jackson war sich seiner Sache sicher. »Es leben 15 Millionen Menschen in der Stadt. Es existieren nur vage Bilder von uns, die von der Grenzkontrolle bestätigt wurden. Mit unseren Verkleidungen haben uns noch nicht mal die Leute von der BCA erkannt. Unsere neuen Identitäten funktionieren. Niemand kennt Lars Strømberg. Wenn wir keinen Fehler machen, kann uns keiner erkennen!«

Auch Crockie wedelte vergnügt mit dem neuen Decoder vor ihren Augen herum. Sie hatten den Eingang der Subway fast erreicht. »Wie sollte uns jemand entdecken? Crockie und Jackson existieren nicht mehr! Wir könnten unerkannt durch die Kellington High spazieren, so wie wir jetzt aussehen und …«

»Still!«, schnitt Lou ihm das Wort ab. Sie blieb stehen und hielt Jackson am Arm zurück. »Verdammt, was ist hier los? So viel Zufall gibt es nicht. Haut ab! Haut ab!«, zischte sie. »Und zwar jeder in eine andere Richtung!«

Jackson sah sich um. Er verstand nicht, was Lou meinte. Für ihn sah alles völlig normal und unauffällig aus. Leute liefen aus den Gassen auf den Platz. Busse fuhren herum. Einige Menschen hetzten aus dem Tunnel der Subway, andere liefen hinein. Es lag etwas mehr Geschäftigkeit in der Luft, aber das kam ihm vielleicht nur so vor, weil er das hohe Arbeits- und Lebenstempo der City nach den Wochen auf dem Festland nicht mehr gewohnt war. Auch Crockie war etwas zu langsam. Leider. Sie beide sahen sich an. Dann sahen sie sich nach Lou, Scout und Matt um, aber die waren bereits in den Gassen und zwischen den Menschen verschwunden.

»Was ist?«, hauchte Crockie.

Jackson zuckte mit den Schultern. Irgendetwas hatten sie anscheinend beide übersehen. Sie machten einen Schritt auf die Treppe, die runter zur Subway führte, zu. Niemand schien sie erkannt zu haben.

Da tippte jemand Jackson auf die Schulter. Er fuhr herum und starrte in ein altbekanntes Gesicht.

»Jackson, Crockie! Was macht ihr denn hier?«